Belzebub

Christine Bendik absolvierte eine Ausbildung als Fachverkäuferin. Sie holte ihr Abitur nach, schnupperte in verschiedene Berufe hinein, kam aber immer wieder auf das Schreiben zurück. Begonnen hat sie mit Heftromanen, mittlerweile schreibt sie Thriller und Kriminalromane. Die Region um Frankfurt und den Taunus herum kennt sie von Kindesbeinen an.

CHRISTINE BENDIK

Belzebub

TAUNUS KRIMI

emons:

Bibliografische Information der Deutschen Nationalbibliothek
Die Deutsche Nationalbibliothek verzeichnet diese Publikation in der Deutschen Nationalbibliografie; detaillierte bibliografische Daten sind im Internet über http://dnb.d-nb.de abrufbar.

FSC
www.fsc.org
MIX
Papier aus verantwortungsvollen Quellen
FSC® C083411

Umschlagmotiv: © mauritius images/imageBROKER/Georg Stelzner
Umschlaggestaltung: Tobias Doetsch
Gestaltung Innenteil: César Satz & Grafik GmbH, Köln
Lektorat: Susann Säuberlich, Neubiberg
Druck und Bindung: CPI – Clausen & Bosse, Leck
Printed in Germany 2014
ISBN 978-3-95451-391-8
Taunus Krimi
Originalausgabe

Prolog

Belzebub

Das Kind in ihrem Arm, trat Melda vor den mit Blütenranken geschmückten Altar. Am Boden flackerten Kerzen, in der Form eines Pentagramms. Nur das Beste für Luzifer, dachte sie stolz, und ihre kleine Maria gehörte nun ihm.

»Das Lamm des Teufels«, skandierten die Jünger. Mit ehrfürchtigen Gesichtern verbeugten sie sich vor dem Säugling wie bei gewöhnlichen Messen vor der mit Tinte von Tintenfischen gebackenen Hostie.

»Amen. Satanas in Ewigkeit.«

Der Fluchtreflex ereilte Melda – nur einen Herzschlag lang. So klar war ihr Verstand selten. Tat sie das Richtige? Das hier wirkte verdammt ernst auf sie.

Nimm dein Kind und lauf.

Luzifer entzündete das trockene Johanniskraut in der Opferschale. Er legte den Rosenkranz verkehrt herum an, mit dem silbernen Kreuz im Nacken.

»Ad eum qui laetificat meum. Ad eum qui regit tenebrarum.« Vor ihn, der mir Freude bringt. Zu ihm, der die Erde regiert.

Das Feuer glomm hell auf. Ein vager, fremder Geruch mischte sich in den des Krautes, hornartig, schwoll an und verging, wie ein Aufbäumen. Es blieb die holzige Note.

Ein Bett aus schwarzen Rosen empfing das Kind. Zu spät für Maria. Eine Sekunde zu lang gezögert.

Lob und Ruhm sei dir, Satan.

Die Apostel knieten nieder, die Kapuzen fielen. Rote Haarschöpfe kamen zum Vorschein.

Amen. In aeternam.

1

Natalja

Jemand nieste, warmer Sprühregen traf meine Wange. Zwischen Traum und Erwachen blinzelte ich gegen die Sonnenstrahlen auf dem Sitz meines Vordermannes an. Ich sah mich noch auf meiner gelben Luftmatratze am Strand von Kreta liegen. Ich schmeckte Meer und Sonne und Salz mit jedem Atemzug, hatte dreckige Füße, Sandkörner zwischen den Zähnen und fühlte mich, zum letzten Mal an jenem Tag, sorgenfrei.

Dann tastete ich nach meiner Schwester Dana. Ihr Platz neben mir war leer. Schwamm sie ein paar Züge, an der Seite des schwarzäugigen Don Juans, den sie in der Disco kennengelernt hatte?

Das Sonnengold auf dem Sitz wurde zu ihrem weichen Haar, flocht seine Strahlen zu einem Zopf, und ich griff verlangend hinein in die knisternde Weichheit.

Dana, komm zurück zu mir!

Es war mein sehnlichster Wunsch seit dem schrecklichen Tag. Ich sah ihr Gesicht, ihren Mund, konzentrierte mich auf ihre Worte. Ich wusste, sie würden nach Ehrlichkeit schmecken und die dunkle Seite im Buch meiner Lebensfragen endlich erhellen. Doch die Augen fielen mir noch einmal zu.

Es nieste erneut. Abrupt erwachte ich, als der Blechvogel die Wolkendecke durchstieß und polternd sein Fahrgestell entfaltete.

Ich sortierte meine Gedanken: Urlaub, Kreta, Flugzeug. Neben mir fand ich nicht Dana, sondern eine Person Marke Sky Dumont. Die Augen waren braun, mit einem Schuss goldenen Gelbs wie Safran. Ich hatte das Gefühl, den Mann schon mal irgendwo gesehen zu haben, nur wo?

Ein Blick in die Fensterreihe gegenüber zeigte vertraute Gesichter: das Ehepaar Lehmann von Travel-Vital, den begnadeten jungen Tänzer aus dem Rolli-Tanzverein und das schwarzhaarige Mädchen, das bei den Paralympischen Winterspielen eine Medaille abgesahnt hatte.

»Salut«, stammelte ich, die ich, seit ich meinen Ehemann Carlos kannte, hin und wieder ins Spanische für den Hausgebrauch verfiel. Der Typ an meiner Seite schnarrte ein halbherziges »'tschuldigung«. Ich musterte ihn aus den Augenwinkeln, feiner Anzug, goldenes Halskettchen.

Naserümpfend erklärte ich: »Kein Problem, Herr …«

Er murmelte einen ausländischen Namen, dessen Klang im nächsten Niesanfall unterging. Der Sprühregen traf mich zwischen den Augenbrauen, und mein Sitznachbar fummelte mir gleich darauf unbeholfen mit einem Taschentuch im Gesicht herum. Spontan dachte ich an den verkalkten Handbrausekopf in meiner Dusche, stellte fest, wie schlecht er vergleichsweise funktionierte, und schwor mir, beim nächsten Mal erster Klasse zu fliegen, wo die Sitzplätze bazillenfeindlichere Abstände hatten. Beim Stichwort Bazillen dachte ich außerdem an meinen hypochondrisch veranlagten Freund Marc.

Draußen regnete es auch, Bindfäden, toller Frühling. Ich griff nach der Tageszeitung in dem Netz am Vordersitz.

»Frankfurt. Wasserleiche von Spaziergängern in Höhe Untermainkai entdeckt.« Großer Gott. Hoffentlich nicht … Kundschaft konnte ich immer brauchen, doch in Ausnahmefällen gönnte ich der Konkurrenz einen Auftrag. Eine Wasserleiche, das hieß: schwammiges Gesicht, aufgequollene Fingerbeeren, ekelhaft so etwas und immer noch gewöhnungsbedürftig. Meine Mitarbeiter hatten sich nicht gemeldet, also ging ich davon aus, dass die Leiche anderswo lagerte und nicht in meinem Institut.

Aus dem Lautsprecher drang die Stimme des Flugkapitäns: »Meine Damen und Herren, Flughafen Frankfurt. Condor bedankt sich für die angenehme Gesellschaft.«

Es blieb mir nichts anderes übrig, als zunächst auf meinem Platz zu verharren, Spiele der Geduld, die ich zwangsläufig täglich spielte. Ein bunter Menschenwurm drängte zur Gangway, internationale Geschäftsleute, Engländer, Deutsche, Urlauber in Hawaiihemden und kurzen Hosen, ein viel zu junger Mann für den dunklen Nadelstreifenanzug und die teure Seidenkrawatte.

Eine Frau mit rotem Haar, die mir nur ihre Rückansicht präsentierte. Dennoch traf mich fast der Schlag: Die lockige Pracht war schulterlang, ein Wirbel am Hinterkopf, eine einzelne schwarze Strähne, links. Es könnte wahrhaftig *sie* sein!

Wenn ich das Haar dieser Frau betrachtete, konnte ich seinen Duft fast riechen. Wie hatte Paps, Gott hab ihn selig, Dana und mich stets genannt? Rotfuchs und: Goldköpfchen, das war ich. Die Jüngste, Claudia, tendierte zu straßenköterblond.

Dumont und der junge Flugbegleiter hoben mich aus dem Sitz, noch ehe meine Betreuer sich kümmern konnten, und brachten mich draußen zu meinem Rollstuhl. Bei dieser Aktion betrachtete ich, mit einem Gemisch aus Bewunderung und Verachtung, den in Gold gefassten Opal in Beerengröße an Dumonts Ringfinger. Solche Schmuckstücke an Männerhänden konnte ich auf den Tod nicht leiden. Das erinnerte mich an … Eine Szene aus dem Frankfurter Rotlichtmilieu stand plötzlich vor meinem inneren Auge.

»Kann ich sonst noch was für Sie tun?«, erkundigte sich der unfreiwillig von mir zum Zuhälter Abgestempelte, indessen er sein feines Sakko glatt strich. Ich dachte nur an Flucht vor weiteren möglichen Niesattacken, nickte dem Ringtypen flüchtig zu und umklammerte die Rollstuhlreifen. Über glitzerndes Linoleum rollte ich in die klimatisierte Flughafenhalle und sah nur noch kurz zurück. Ein letztes Mal traf mein Blick auf den Nieser, als der die Richtung Gepäckausgabe einschlug. Plötzlich wirkte der Mann wie getrieben auf mich, sah sich andauernd um, so als verfolge ihn jemand. Ich stellte grimmig fest, dass meine oft ausschweifende Phantasie durch die Ruhe im Urlaub nicht gedämpft, sondern eher noch angeregt worden war.

Carlos hatte angeboten, mich abzuholen. Ich hatte dankend abgelehnt, weil er sich just die letzte Schulstunde hätte freinehmen müssen und die Fahrt mit dem Sammelbus, der mich bequem nach Oberursel brachte, sowieso im Reisepreis inbegriffen war.

Vor der Heimreise wollte ich heimlich ein Zigarettchen rauchen. Mein Gatte und ich hatten das Rauchen vor drei Wochen aufgegeben. Fünf Minuten Zigarettenlänge blieben, *sie* wiederzufinden unter all den Menschen und einen Blick auf ihr Gesicht zu erhaschen. Doch sie war wie vom Erdboden verschluckt. Ich tröstete mich mit dem Gedanken, dass mir gewiss mal wieder eine Enttäuschung erspart geblieben war.

Den Hausflur mit der strapazierfähigen Laufstraße fand ich dunkel vor. Vom Haupteingang her nutzten ihn nicht nur meine Mitarbeiter Pit Halmich und Mona Ebbsen, sondern auch die werte Kundschaft, um in die Geschäftsräume des flachen, unterkellerten Anbaus linker Hand zu gelangen – zumindest die Lebendigen taten das. Die Anlieferung der Toten erfolgte über die Rampe im Hinterhof.

Aus dem Vogelzimmer im Obergeschoss drang das erregte Kreischen meiner Blaustirnamazone Papageno, kurz Geno genannt. Das Kerlchen erkannte mein Erscheinen bereits an den Fahrgeräuschen meiner Rollstuhlreifen auf dem Parkett. Pit und Mona hatten bestimmt schon das Wochenende eingeläutet. Wie stets hing ein süßlicher Geruch in den Winkeln und Ecken, dem man erfahrungsgemäß nur mit der Sprühflasche »Odor ex Lavendel« beikam. Die Fahrt mit dem Treppenlift in den ersten Stock dauerte eine gefühlte Ewigkeit. Ein zweiter Rollstuhl, für dessen Besitz ich einen harten Kampf mit der Krankenkasse ausgefochten hatte, erwartete mich direkt neben der Treppe. Mit der Leichtigkeit meiner mehrjährigen Übung glitt ich in seinen ledernen Sitz. Seit dem Brand meines Elternhauses in Burgholzhausen und meinem dabei erlittenen bösen Sturz versagten mir meine Beine den Dienst.

Carlos hatte bereits Feierabend und empfing mich im Wohnzimmer, mit überkreuzten Beinen am Vertiko lehnend, das Telefon am Ohr. Ich maß seine hohe, schlanke Gestalt, den kastanienfarbenen Schopf, die lebhaften Augen in der Farbe von Zartbitterschokolade, die den Blick von der leicht groben Nase ablenkten. Knapp sieben Jahre kannten wir uns, davon waren wir zwei verheiratet – und ich war verliebt wie am ersten Tag. Ich hatte mächtig Sehnsucht, in seine starken Arme zu sinken.

»Nicht hier. Nicht jetzt«, flüsterte mein Gatte bei meinem Anblick in den Hörer. »Ich rufe zurück.«

»Geheimnisse?«, fragte ich lächelnd, als ich näher fuhr. So cool, wie ich mich gab, war ich innerlich nicht. Zeitweilig zeigte Carlos diesen entrückten Blick, und wenn er mich in einer solchen Phase mit besonderer Zärtlichkeit verwöhnte, machte ich mir so meine Gedanken. Gerade traf mich dieser Blick, aber ich konnte mich irren.

»Frau Gesswein«, erklärte er mit einem Nicken auf den Apparat. Gesswein war eine Kundin, deren Ehemann wir vor zwei Wochen beerdigt hatten. Sie habe die Rechnung verschlampt und bitte um eine neue. Ich solle mir keinen Kopf machen, er kümmere sich schon darum. Dann breitete er die Arme aus. »Schön, dass du da bist, *querida*.«

Ich sagte: »Gesswein also. Da läuft doch nichts zwischen euch beiden?« Die Gesswein war über achtzig.

»Komm mal her.« Carlos beugte sich zu mir herab und bedeckte mein Gesicht mit Küssen. Ich roch sein Rasierwasser, herb und vertraut, doch etwas war anders. Sein Lächeln täuschte mich nicht über den fremden Ausdruck in seinen Augen hinweg. Hatte er wirklich mit meiner Kundin telefoniert? Ich hielt mich mit der Frage zurück, fürs Geschäftliche blieb später noch Gelegenheit.

»Wie war die Reise?«, erkundigte er sich. Seine Hand strich fest und in gleichmäßigen Zügen über meinen Rücken und ich genoss den Druck.

»Ich bin müde. Gibt's Kaffee?«

Er half mir auf das Sofa mit den blauen Häkelkissen, wickelte meine Beine in ein dünnes Baumwollplaid und ging in die Küche, um Kaffee zu kochen.

Auf dem Glastisch lag die FAZ. Die fette Schlagzeile warf eine Frage auf: »Rituelle Tötung?«

Darunter ein Foto vom Mainufer, vom Fundort der Leiche. Ein katholischer Pfarrer aus Griesheim. Den Artikel, verfasst von meinem besten Freund Marc, wollte ich mir nach dem Kaffee vornehmen.

Ich löste ein Stückchen Zucker in der dampfenden Tasse. Carlos und ich aßen schweigend Kreppel, die unsere Perle Georgina mir zuliebe auch außerhalb der Saison buk. Die Buntbarsche glotzten mit gespitzten Mäulern vom Aquarium in der Anbauwand zu uns herüber. Ich beneidete sie. Ihr Lebensinhalt bestand aus drei Komponenten: fressen, fressen und – der zweitschönsten Sache der Welt. Nicht dass ich Hunger gehabt hätte.

Doch Carlos' Begrüßung nach einer Woche Getrenntseins war merkwürdig frostig ausgefallen.

Vom Flur her hörte ich Geno rufen.

»Schön, dass sich wenigstens der Vogel freut«, murmelte ich.

»Es tut mir leid«, lenkte Carlos ein. »Ich bin ein Idiot. Der Stress, weißt du.«

Oh ja, ich wusste! Ich wollte doch wissen, was mein Mann so trieb, und hielt mich stets auf dem Laufenden. Stress, den hatte er immer, oft hausgemacht. Über meinen Beruf redeten wir so gut wie nie, Carlos konnte Leichengespräche nicht ertragen, und ich schätzte mich glücklich, dass er, wenn schon keinen der Paketdienstboten oder Lieferanten, so doch wenigstens meine zwei Angestellten persönlich kannte.

»Idiot.« Ich nickte. »Dem ist nichts hinzuzufügen. Carlos, sprich einfach mit mir. Ich bin deine Frau. Gab es Ärger in der Schule?«

Er winkte ab, rückte näher, seine Zunge begann, den Puderzucker von meiner Oberlippe zu lecken. Meine Hand fuhr unter sein Hemd, langsam, während ich hörte, wie sich einen Stock tiefer ein Schlüssel in der Haustür drehte. Ich vernahm die Stimmen meiner Mitarbeiter und das Rasseln der fahrbaren Trage auf den Fliesen. Kundschaft?

Sanft schmiegte ich mein Gesicht in Carlos' Achselhöhlen, ließ mich mit dem Strom meiner Gefühle treiben. Er knöpfte mir die Bluse auf und drückte mich mit sanfter Gewalt in die Horizontale. Seine Hände fuhren tiefer, um meine tauben Beine zu spreizen.

Beim ersten Stoß stöhnte er auf.

»Pequeña!« Kleine.

»Querido!« Lieber.

»Te quiero.« Ich liebe dich. Er lächelte abwesend, griff in mein Haar, fügte an: »Roja.«

Dann kippte er zur Seite.

Ich war schlagartig entzaubert. Das Kosewort war mir neu, meinte er mich – oder wer zum Teufel war »Roja«? Es bedeutete so etwas wie »Rote«.

2

Melda

Wie hatte es nur so weit kommen können? *Tu's jetzt*, befahl eine innere Stimme. Menschen verschoben lästige Dinge gern auf den rechten Moment, der dann doch nie eintraf. Der rechte Moment war hier und jetzt. *Räum endlich auf.*

Melda ließ den Blick über das Chaos gleiten, und sie empfand wieder diese lähmende Hilflosigkeit. War es Mamas Stimme? Melda sah die Bilder, wie sie durch das elterliche Wohnzimmer wirbelte, mit dem Staublappen in den Kinderhänden, wie sie das Essen richtete, die Terrakotta-Fliesen schrubbte und die Kloschüssel bürstete und es doch nie recht machte.

Einen kleinen Kratzer und ein kaltes Gefühl auf Meldas Haut hinterlassend, sprang die Katze aus ihrem Arm. Melda folgte ihr mit den Blicken hinüber zur Fensterbank. Selbst auf dem Sims türmten sich leere Dosen und Teller mit alter Bratensoße, deren sich die Katzenzunge annahm. Sie mussten dort seit Wochen dümpeln. Zum Spülbecken war ja auch kein Durchkommen.

Hinter ihr kicherte Jorgas auf.

»Wie du guckst.«

»Wie gucke ich denn?«

»Na, so«, meinte er und zog Grimassen.

»Bengel«, tadelte sie. Sie mochte das Bürschchen, doch von Zeit zu Zeit bedurfte es eines erzieherischen Dämpfers, damit er ihr nicht auf der Nase herumtanzte.

Noch bevor ihr die passende Reaktion einfiel, schnurrte das Handy. Eine SMS, von Luzifer. *Lass uns reden. Gewohnte Zeit, neunzehn Uhr?*

Seufzend versenkte sie das Handy in der Hosentasche. Über Luzifer wollte sie jetzt nicht nachdenken. Zuerst die Brücke finden. *The bridge. The bridge over troubled water.* Sie nannte den schmalen Durchgang zu Bad, Küche und dem zum Kinderzimmer umfunktionierten Büro die Brücke, die sich durch Schluchten aus Unrat wand.

Ein wenig schämte sie sich vor dem Jungen. Sie sollte ein Vorbild sein. Stattdessen bot sie ihm Dreck und Flöhe seit dem Tag, als ihre kleine Maria für immer aus ihrem Leben verschwunden und Jorgas ihr fast zeitgleich zugelaufen war wie eine mutterlose Katze. Knapp ein Jahr war seither vergangen. Ein Jahr, das Jorgas und Melda zur untrennbaren Einheit verschweißt, ein Jahr, das Melda den Jungen lieben gelehrt hatte wie ihr eigenes Fleisch und Blut. Auch wenn er sich manchmal bockig zeigte: Er liebte Melda von Herzen, war ihre Gedanken, ihre Gefühle, ihr engster Vertrauter. Am liebsten saß er im Schneidersitz, dort auf dem Bierkasten zwischen Klamottenstapeln, und gerade bohrte er höchst ausführlich in seiner Nase. Dabei wackelte die Nickelbrille auf seinem Nasenbein, die Melda für einen Euro plus Versand bei Ebay ersteigert hatte, weil das Geld für den Optiker hinten und vorn nicht reichte.

»Jorgas hat Hunger«, verkündete der Racker. Eingehend betrachtete er das Produkt seiner Fingerübungen, bevor er es in den Mund steckte.

Melda seufzte.

»Scheint mir auch so.«

»Gibt's Schoki?«

»Wart's ab.« Sie strebte auf die Brücke zu. Schokolade war eine gute Idee, das Zeug hob sofort die Laune. Mit etwas Glück fand sich im Kühlschrank noch eine Tafel Trauben-Nuss vom letzten Einkauf in der Tanke.

Linker Hand wucherten Zeitschriften, Kissen, ein String-Tanga, auf der anderen Seite der Brücke verschüttetes Katzenfutter, Katzenkot, Lebendiges: Kugelkäfer, die sich im Futter tummelten, eine surrende Schmeißfliege. Zwickte Melda die Augen zusammen, so verschwamm das Ganze zu einer breiigen Masse, ein Konglomerat schmutziger, erdiger Farben. Wie bei Hochwasser, dachte sie, wenn der Main über die Ufer trat und Schlamm und Sand anspülte.

Wenn Mama das sähe! »Saustall«, würde sie sagen. »Aus dir wird nie was Vernünftiges.«

Melda fiel ein, was der Main letzte Woche noch so alles

preisgegeben hatte, und für eine kleine Sekunde schimmerte dort zwischen dem Unrat ein bleiches Gesicht, worüber die Maden krochen. Es war das Gesicht von Pfarrer Kunze.

Sie war geübt im Verdrängen von Schmerz und Gefühl, sie wandte den Blick von dem grässlichen Bild. Bestimmt war er selbst schuld an seinem Tod, der Pfaffe.

Im Vorbeigehen fand sie eine Plastiktüte. Mit spitzen Fingern sammelte sie ein Toastbrot mit Käfern hinein. Der Gestank, irgendwo zwischen Schimmel und Tod, trieb ihr Tränen in die Augen, sodass sie beschloss, öfter durchzulüften. Herr Großkurt, der Vermieter, hatte sich zu einem Gespräch angekündigt. In dieses Durcheinander konnte sie ihn unmöglich bitten, sonst würden sie nicht über Mieterhöhung, sondern gleich über Kündigung reden. Melda musste die Müllsäcke holen: ein seelischer Kraftakt.

In ihrer Tasche vibrierte das Handy, doch sie konzentrierte sich auf die Müllsacksuche. Der sanfte Summton steigerte sich zum Klingeln.

Jorgas rief: »Hast du was mit den Ohren, Mel?«

»Sei lieber still, Freundchen«, zischte sie. »Hörst du? Sonst esse ich die Schoki allein auf.«

»Wenn es wieder Luzifer ist …«

»Was dann?«

»Kann ihn nicht leiden.« Es war erschreckend, wie klar Jorgas oft Meldas Gedanken aussprach. In letzter Zeit hielt sie nicht mehr so große Stücke auf den Hohepriester, das hieß, die Gefühle für diesen Mann wechselten. Noch gab es Zeiten, in denen sie Zärtlichkeit fühlte.

Sie machte noch einen Schritt und blieb Jorgas die Antwort schuldig. Was wollte Luzifer? Wollte er ein privates Treffen, oder hatte er ihr etwas Wichtiges, Gruppeninternes mitzuteilen?

Unterwegs klaubte sie die Grauwollene auf, die ihr leise maunzend um die Beine strich.

»Schscht, Katze. Kriegst gleich dein Fresschen.«

Nach Meldas Trennung von Dimmi hatte Luzifer angefangen, ihr wieder Avancen zu machen. Wollte sie das? Sie sah ihn mit anderen Augen. Seit Walpurgis, letztes Jahr.

»Schoki«, bettelte Jorgas, und jetzt surrte auch noch das Festnetzgerät.

Melda zog den Kopf zwischen die Schulterblätter, spürte den schnelleren Herzschlag und wie sie die Finger tiefer in das Katzenfell krallte. Luzifer spielte schnell die beleidigte Leberwurst, wenn man ihn ignorierte. Sie zog das Handy aus der Hosentasche, noch bevor sie die nötigen Müllsäcke aus dem Hochschrank gleich neben der Tür holte und dann seitlich die Kühlschranktür wegen der Schokolade öffnete. Sekundenlang starrte sie das Display an wie einen Feind.

3

Natalja

»Bürgerhospital Frankfurt, Innere Abteilung, Schwester Claudia am Apparat.«

»Na, sag mal«, grummelte ich. »Der Papst ist einfacher zu erreichen.« Ich hatte mich schier verzehrt vor lauter Sehnsucht nach der Mausestimme. Es war sieben Uhr durch, Claudia hatte gerade Pause. Ich ahnte, dass sie schon mal das eine oder andere Glimmstängelchen rauchte, vor dem Haupteingang der Klinik. Beim Stichwort Zigarette griff ich automatisch in die Tüte mit der Ersatzbefriedigung: Gummibärchen.

»Hi Allia. *Nice*, dich zu hören, das Flugzeug ist also noch heil.«

Haha, das Flugzeug! Piepmäuschenpiep. Es klang erfrischend unbekümmert. Ich konnte das Herzgesicht meiner kleinen Schwester vor mir sehen, die dunklen Rotweinlippen, die stets ein wenig fiebrig wirkten, während mein Blick über den offenen Aktenschrank gegenüber streifte.

»Was gibt es denn«, fragte sie, »mitten in der Nacht?«

»Alles und nichts«, erwiderte ich. Am Telefon besprach ich nicht gern meine Sorgen und Nöte, ich wollte ein persönliches Treffen und konnte warten, weil ich Claudias Rat schätzte. Obwohl sie die Jüngere war, musste ich ihr in Bezug auf Männer deutlich mehr Erfahrung zubilligen.

»Und wie geht es mir so, nach dem Urlaub? Und Mama? Ihr habt bestimmt geredet.«

Da war sie wieder: die Schwesternsprache. Wie geht es mir. Damit meinte sie *mich*. Und mir ging es beschissen. Nicht, weil mir der intensive Geruch der Tigerlilien auf meinem Schreibtisch Kopfschmerzen bereitete, sondern wegen Carlos.

»Mama«, fuhr ich fort, »richtet dir übrigens Grüße aus. Sie will zu uns … na ja, so um den ersten Mai herum …« Geno gurrte zustimmend. Ganz in Gedanken hatte ich das Kerlchen auf meiner Schulter ins Büro getragen, das sonst für es tabu war.

»Ach?«, fiepte Claudia. »Wieso vermiete ich nicht einfach mein Gästezimmer?«

Ich zuckte mit den Schultern, als könne sie es sehen. Die Süßigkeit brannte in meinem Rachen. Über Claudias Minderwertigkeitsideen mir gegenüber bezüglich Mama hatten wir schon öfter gerätselt und waren auf keinen grünen Zweig gekommen. Es ging wohl um so subtile Geschichten wie die Verteilung liebevoller Blicke, kleiner Streicheleinheiten mit einem zärtlichen Über-den-Schopf-Fahren oder das Geschenk eines mütterlich liebenden Lächelns. Es ging um das Leuchten in stolzen Mutteraugen. Claudia fand, dass sie weit schlechter dabei wegkam als ich.

»Du hältst doch eh nichts vom Laufen, no?«, sagte ich zu meiner Verteidigung.

Ich hörte sie noch schimpfen, wie viele Kilometer sie täglich in der Klinik ableistete und dass sie es verdient hätte, sich am Wochenende auf die Couch vor den Fernseher zu fläzen. »Und Mama will unbedingt in den Hessenpark und dann im Taunus spazieren gehen«, fügte ich an. Außerdem drehte Mama an ihrem Hochzeitstag allein in ihren vier Wänden in Friedrichsdorf-Burgholzhausen durch, seit Paps verstorben war. Alles erinnerte an ihn, auch wenn sie selbst nur noch den ersten Stock bewohnte, den sie nach dem Brand neu hatte hochziehen lassen.

An dieser Stelle hielt ich es für angebracht, das Thema zu wechseln. »Und du, Maus? Was hast du so gemacht die Tage? Was habt *ihr* gemacht, du und Mika?« Ich lachte auf. Das reizte auch den Grünen auf meiner Schulter zum Lachen. »Es ist doch noch Mika?« Eine berechtigte Frage. Claudia wechselte die Partner wie die Frisuren.

»Mika? Wieso Mika? Seit gestern heißt mein Schatz Tom.«

»Na bitte.«

»Erwischt«, lachte sie. »Du hast falsch gedacht. Mika ist aber so was von aktuell. Du, das könnte was Ernstes werden!«

Ich staunte Bauklötze.

»Ist nicht wahr?«

»Wir sind jetzt offiziell verlobt.«

»Claudi, Claudi. Ich muss mich sehr wundern. Du wirst doch am Ende nicht sesshaft?«

Sie seufzte. »Abwarten. Er ist wunderbar. Engt mich nicht ein.«

»Kunststück. Bei deinem Freiheitsdrang.«

»Und was treibt mein Lieblingsschwager so?« Nun, der Begriff des Lieblingsschwagers relativierte sich, wenn man bedachte, dass es nur diesen einen gab. Ich spürte, wie sich meine Schultermuskeln spannten und mein Lächeln irgendwie bitter wurde. Der gestrige Abend stand schlagartig vor mir. Der Abend und Roja.

»Treffen?«, lenkte ich ab. »Um zwölf im Café Mozart?« Das nostalgische Café in einer Parallelstraße der Frankfurter Zeil bot eine leckere Kuchenauswahl und duftende Crêpes und war für mich und mein Handicap in einer verlängerten Mittagspause ein passender Abstecher.

»Nice idea«, meinte Claudia. »Vielleicht ein andermal. Ich treffe Mika um zwölf, schlafen muss ich auch irgendwann. Bin total gerädert, in der Klinik ist zurzeit die Hölle los.«

»Die Hölle?«

»Ansonsten ist die Omi in Zimmer achtzehn ja echt eine Süße. Faselt gern von ihrem Sohn in Florida und so, Disneyland, Micky Maus. Ganz unterhaltsam.«

»Aber?«

»Hat ein Darmproblem. Und immer die Finger in der Windel.«

»Claudi, ich bewundere dich …«

»Ich könnte dir Storys erzählen …«

Oh ja, das konnte sie. Und sie erzählte reichlich während unserer Telefonate. Von Machos, die die einzige Krankenschwester auf der Station als persönliches Eigentum betrachteten, oder von Opas, die nachts aus der Klinik türmten, um auf Weltreise zu gehen oder sich wenigstens einen entspannenden Kurztrip in die Eroscenter der Frankfurter Kaiserstraße zu genehmigen. Ich hatte stets ein offenes Ohr. Irgendwo brauchte jeder seine seelische Müllhalde.

Im Hintergrund hörte ich ein Geräusch, als ob Bestecke klapperten.

»Stichwort Hölle«, fuhr Claudia fort. »Dazu fällt mir glatt die Wasserleiche ein.«

»Du meinst den Pfarrer? Wie hieß er gleich?«

»Keine Namen, bitte. Du hattest den doch nicht auf dem Tisch?«

Die Frage konnte sie sich selbst beantworten. Mein Institut im Herzen Oberursels war eine viel zu unbedeutende Klitsche für solch brisante Fälle. Mit Sicherheit hatten Heilmanns Bestattungen im Frankfurter Westend den Zuschlag gekriegt.

Ein Gummibärchen starb den Sekundentod.

»Er war mein Patient«, fuhr Claudia fort.

»Mit Darmproblem?«

»Nö. Nierenspende. An seine seltsame Schwester.«

»Seltsam?«

»Die Wortbedeutung ist: unkonventionell, fremdartig.«

»Herzlichen Dank, Frau Lehrerin.«

»Unkonventionell, genau. Sie erinnerte mich an Dana. Aber das Wunderliche scheint in deren Familie zu liegen. Wer wird denn schon freiwillig Pfaffe?«

Da lag mal wieder ein wunder Nerv von ihr blank. Über Religionen und Sekten, den Herrgott und sein Fußvolk hatten wir nächtelang diskutiert. Claudia war schließlich aus der Kirche ausgetreten. Ich bewunderte ihre Konsequenz. So wirklich war ich selbst von den jeweiligen Vereinen nicht überzeugt, doch ich redete mir ein, dass es sich für eine Bestatterin besser machte, wenn sie sich in puncto kirchliche Zeremonien auskannte. So blieb ich halbherzig der katholischen Kirche, auch mit meinen jährlichen Spenden für das Glockengeläut, erhalten.

»Erklärst du mir den Zusammenhang?«, bat ich Claudia. »Ich meine: Nierenspende mit Hölle.« Geno plusterte sein Köpfchen auf. Ich durfte ihn kraulen.

»Die Hölle, das sind die Polizisten. Schleichen seit Tagen auf meiner Station herum und gehen mir mit ihren Fragen gehörig auf den Zeiger.«

»Verstehe. War es Suizid bei dem Pfarrer?«

»Kommst du in die Acht?«, hörte ich die Stimme einer anderen Schwester.

»Riecht eher nach Mord«, erwiderte Claudia auf meine Frage.

»Woher weißt du das?«

»Was ein junger Polizist schon mal so plappert. Nicht jeder kennt so was wie Schweigepflicht.«

Ich nickte und schmunzelte.

»Was ist denn jetzt?« Die Stimme im Hintergrund drängelte.

»Na dann«, sagte Claudia. »*Very nice*, dich zu hören. Ach, und von wegen Pfaffen und anderen Teufeln: Pass gut auf dich auf, Schwesterherz, wenn du nachts allein durch deine beschaulichen Straßen wandelst.«

»Was heißt das nun wieder?« Und seit wann wandelte ich?

»Liest du keine Zeitung?«, meinte sie, ungerührt der Dränglerin.

»Ach so, das.« Sie sprach von der Teufelssekte, die seit Jahren mitten unter uns lebte und die Tage im Frankfurter Stadtwald bei einer Orgie erwischt worden waren, wo sie wie losgelassene Teenies ihren Messwein tranken und eine Wasserpfeife schmauchten. Harmlos und irgendwie süß.

»Sie hausen in Frankfurt. Keine Gefahr für mich, Maus.«

»Wärst denen eh ein viel zu zäher Brocken«, frotzelte sie.

»Wie meinst du das?«

»Die neuen Apostel, so munkelt man, opfern bei ihren Messen zur Not auch Tiere.«

»Zur … Not? Du meinst …« Das glaubte sie nicht wirklich. Menschenopfer? Wir lebten doch nicht im Mittelalter.

»Keine Sorge«, sagte ich noch. »Mein Rollstuhl ist schneller, als der Teufel erlaubt.«

Claudia stimmte in mein Lachen ein. Ich fürchtete mich nicht vor den Teufelsanbetern. In Wahrheit waren sie Laschis mit kleinem Selbstwertgefühl. In diesen Gruppen ging es doch viel weniger um Satan als um Macht und Geld, es ging um die Hierarchie in den eigenen Reihen.

Claudia und ich verabredeten uns für Dienstag. Am Montag fand ich reichlich Gelegenheit, den Koffer zu leeren, die Wäsche zu waschen und mit dem Staublappen durch die Wohnung zu fahren. Die Fenster starrten vor Dreck, der Osterputz war fällig, doch das mochte Georgina, meine Hilfe, erledigen.

Carlos belegte noch das Bad. Um halb acht würde er aufbrechen ins Goethe-Gymnasium. Mona war in diesen Augenblicken schon auf dem Weg zu einem Kunden. Ich hingegen wollte hinunterfahren ins Institut, Pit begrüßen und die aktuellen Vorgänge besprechen. Im selben Moment stand der vierzigjährige Bommersheimer aber schon vor meinem Schreibtisch, mit seinem schiefen Schulbubengrinsen und dem kurz geschorenen Haar. Bestatter war so ungefähr das Letzte, woran seine schlaksige Erscheinung und das Gesicht mit der schmalen Goldrandbrille erinnerten. Eher hätte man ihn in die Schublade Grundschullehrer gesteckt, doch wer einmal einen Arbeitsbericht von ihm gelesen hatte, zweifelte auch an dieser Variante: Pit schrieb, wie ihm der Bommersheimer Schnabel gewachsen war.

Beschdaddungsundernehme.

»Gude, Allia.« Er trat ein, zur selben Zeit wie Georgina, die sich des vollen Abfallkorbs annahm. Sie hatte wohl wieder schlecht geschlafen, unter ihren Augen schimmerten bläuliche Ränder.

»Was ist los, Pitti? Schaust ja, als wär einer gestorben.« Grinsend kniff ich ihn in die Seite. Er musterte mich.

»Du hast kei Ahnung, odder?«

Ich stellte fest, dass Mona sich noch im Haus aufhielt, denn sie steckte den Kopf zur Tür herein. Irgendwie schaute sie genauso belämmert drein wie Pit.

»Es *ist* einer gestorben«, erklärte Pit und tauschte einen Blick mit Mona, danach verschwand ihr Kopf wieder, und auch meine Perle verließ den Raum, den Papierkorb unter dem Arm.

Ich nickte. »Weiß ich doch. Der Herzinfarkt.«

»Nee. Andere Baustelle. Noch kei frische Luft geschnappt, heut?«

Erst überlegte ich, niemand hatte mich über einen Zugang informiert, und das ging gar nicht. Aber dann musste ich lachen, als ich den verwirrten Ausdruck in dem Lausbubengesicht sah.

»Das tote Professorsche … wie drück isch es vorsischdisch aus …?«

»Professor? Nun mach es nicht so spannend, mein Blutdruck … schon viel zu hoch heute Morgen …« Demonstrativ deutete ich auf den Aktenstapel.

»Er heißt Dimitrios Galanis, einundfuffzisch Jahr alt«, erklärte Pit mit leicht hilflosem Ausdruck. »Isch hab den Perso gefunne, in seiner Hosentasch. Und eine Rechnung von Amazon.«

»In welchem Raum?« Ich wunderte mich, dass ich weder einen Telefonanruf erhalten noch irgendetwas von der Anlieferung mitbekommen hatte. Womöglich musste ich mal ein ernstes Wörtchen mit meinen Mitarbeitern reden.

Pit zuckte mit den Schultern. Draußen hörte ich Mona werkeln.

»Raum Freiheit«, bemerkte Pit. Allmählich wurde ich sauer. Ich wendete meinen Rollstuhl vorsorglich Richtung Tür.

»Will mich mal einer aufklären … Wer ist denn jetzt der Tote? Oberurseler?«

»Im Pass eingedraache is Frankfurt.«

»Und was ist an dem … Professor so besonders, außer dass er klammheimlich durch meine Hintertür …?«

Pit deponierte eine Plastiktüte auf dem Schreibtisch. Seine hellen Augen fixierten mich.

»Ungewöhnlisch ist einiges. Zum Beispiel ist Galanis net vollständisch.«

Ich hüstelte. Der erste April war doch passé …

»Fehlt ihm ein Bein, oder was?« Nikotinkrüppel hatten wir schon mal auf dem Tisch.

Ich fummelte in der Tüte herum. Pietätlos wollte ich unseren Umgangston untereinander nicht nennen, es verhielt sich in diesem Beruf nur wie mit dem Schuster, der selbst die schlechtesten Schuhe trug.

»Kein Bein«, sagte Pit. Er hörte nicht auf, mich anzusehen, indessen meine Finger auf etwas Kaltes, Rundes stießen. Ich spähte in die Tüte, fand einen Opalring. Irgendwie wurde mir mulmig bei dem Anblick. Das Teil sah fast aus wie …

Der Ring sank in die Tüte zurück.

»Okay. Kein Bein. Was denn dann?« Ich stand bereits in den Startlöchern, die Hände an den Rädern. Am besten war, ich sah selbst nach dem Rechten.

»Der Professor is rasiert.«

Ich nahm an, er meinte den Schambereich.

»Ich sag's ungern, aber daran erkennt man dein wahres Alter, Pitti. Wer trägt denn noch Haare im Schritt oder den Busch unter den Achseln? Versuch's doch selbst mal, ein Herzchen oder ein hübscher Mittelstreifen. Vielleicht steht dein Jochen drauf.«

»Isch fraach ihn, okay? Und du erfährst es als Erste.« Pit rollte genervt mit den Augen. »Aber das meinte isch net, rasiert is der falsche Ausdruck. Galanis fehlt ein Stück Skalp, Briefmarkengröße.«

Nichts hielt mich mehr im Büro. Pit schloss auf.

»Warte mal!«, rief er, doch ich war schneller. Raum drei war wie die zwei anderen gut gekühlt, dennoch roch ich die Leiche. Man sagte, mit der Zeit gewöhne man sich daran. Meine Nase reagierte schon auf die feinsten Nuancen. Ich hatte meinen Beruf von der Pike auf erlernt, Familienbetrieb, war gewissermaßen zwischen Särgen aufgewachsen und hatte mit meinen Freunden darin Verstecken gespielt. Und dennoch war ich stets froh, die Verstorbenen bald Erde, Feuer oder Wasser überantworten zu dürfen, die Fenster zu öffnen und den Tod aus dem Haus zu jagen. Es hatte etwas von Tabula rasa.

»Das ist Frau Markwart«, stellte ich irritiert fest, als ich das Laken vom Kopf der Leiche in unserem Raum für Neuankömmlinge zog.

»Wie schon gesacht. Unser Professorsche«, sagte Pit leise, »liescht in einem anderen Raum.«

»In der Vier?«

»Isch hab wohl gestern Abend vergesse, das Tor abzuschließe.«

Herrgott, musste man ihm denn heute jeden Wurm aus der Nase ziehen?

»Pitti, du sprichst in Rätseln.«

»Die Leisch«, sagte er, brach ab und deutete in Richtung Hinterausgang.

»Im Hof – das ist nicht dein Ernst, oder?«
»Besser, du informierst den Sepperstein.«
Ich schwankte, ob ich wirklich zuerst den Gerichtsmediziner anrufen sollte oder doch die Polizei, als ich vor dem Toten stand.
Er lehnte sitzend mit dem Rücken an der Häuserwand. Unter halb offenen Lidern hervor sah er durch mich hindurch. Er hatte braune Augen. Braun mit einem Schuss goldenen Gelbs wie Safran.

4

Melda

Die Frau gegenüber blickte sie traurig an. Melda streckte die Hand nach ihr aus, doch diese traf nur auf die Kälte des Flurspiegels. Luzifers dritter Versuch hatte schließlich gefruchtet, sie hatten miteinander telefoniert und ein Date vereinbart – unter Jorgas' finsteren Blicken. Luzifer behauptete, er sei immer noch verrückt nach ihr, sie aber konnte diese Liebe nicht fühlen und sehnte sich nach einem anderen. Eine Weile hatte sie überlegt, einen Spaziergang zu machen, hinauszugehen aus ihren vier Wänden, und sie hatte sich den feinen Seidenschal mit den Bommeln umgelegt, weil sie sich im Schatten so leicht verkühlte. Aber ihren Gedanken nachhängen, das konnte sie ebenso gut im Beisein Jorgas' und der Katze. Sie mochte sowieso keine Menschen, mit Ausnahme einiger Apostelbrüder und -schwestern. Die Momente, die sie mit der Außenwelt verbanden, ließen sich an einer Hand abzählen: Da waren die Gruppentreffen, alle paar Wochen ein Kinobesuch, und samstags der Einkauf bei Edeka.

Die freie Ecke der Couch, auf die Melda seitlich blickte, lud sie zu einem Schläfchen ein, gleich nach dem Essen. Ob sauber oder nicht, dies war ihr Zuhause, ihre Trutzburg, und in drei Jahren, dachte Melda, ging die Zeilsheimer Mansarde komplett in ihren Besitz über, sobald die letzte Rate fällig wurde. Die letzte Rate würde sie aber nicht begleichen können, wenn Luzifer finanziell nicht bald einsprang. Sie mussten reden. Immerhin schuldete er ihr noch eine größere Summe. Als Krankenschwester und spätere Hebammenschülerin war Meldas Gehalt nicht gerade üppig ausgefallen, doch auch die Ersparnisse aus der Zeit der Telefonsex-Stunden wurden langsam knapp. Luzifer zuliebe hatte sie die Hebammenschule abgebrochen. Er fand es damals eine gute Idee, wenn sein Mädchen den Kameraden ein Zeichen setzte und sich mit vollem Einsatz der Gruppe widmete.

Im Spiegel suchte ihr Blick Jorgas', und sie erschrak. In jüngster Zeit häuften sich die Momente: Der Spiegel zeigte einen apathischen Buben, der, ohne zu blinzeln, vor sich hin starrte und von Melda kaum Notiz nahm, so, als sei er gar kein menschliches Wesen. Seine Reserviertheit ärgerte sie. Er war doch ihr Freund, ihr Seelenpartner, ihr Ersatz für Maria. Nie im Leben hätte Maria ihr solch eine kalte Schulter gezeigt.

Mit einem Handgriff löste sie den Seidenschal und fühlte die wachen Katzenaugen von der Couch her auf die tanzenden Bommeln gerichtet. Sie ging in die Hocke, um eine lang vermisste Haarspange vom Boden neben dem Schuhschrank aufzuklauben, an dessen Seitenwand noch die Tüte vom gestrigen Einkauf lehnte. Im Begriff aufzustehen, mit der Haarspange und der Tüte und der Tafel Schokolade in Händen, spürte sie eine weiche Pfote an ihrem Hals.

»Schleich dich, Katze, hörst du wohl?« Der preiswerte Laib Bauernbrot vom Vortag, zwei Äpfel und ein Döschen »Herzhaftes Ragout in Sauce« kullerten aus der Plastiktüte. Für die teure Alpenmilchschokolade hatte das Geld nicht gereicht.

Die weiche Pfote spitzte die Krallen, und aus dem Spiel mit den tanzenden Zipfeln des Schals wurde plötzlich Ernst. Ein scharfer Schmerz riss an Meldas Wange. Ehe sie das Katzenvieh am Schwanz packen konnte, war es ins Bad geflüchtet, und es tat gut daran. Luzifer hatte Melda gelehrt: Hasse deine Feinde von ganzem Herzen. Wenn jemand dir auf die Wange schlägt, schlag ihn auf die andere.

Die Hände in die Hüften gestemmt, betrachtete sie ihr Gesicht im Spiegel. Eine vertrocknete, alte Jungfer starrte sie an, dabei war sie erst Mitte dreißig. Aber das war noch nicht alles. Jorgas' leblose Gestalt rührte sich, reckte die Glieder, wandte ihr Gesicht, voller Spott, Melda zu.

»Geschieht dir ganz recht, Mel.«

»Sag das noch mal.«

»Du hast es versprochen: Du triffst dich nicht mehr zu Haus mit dem Teufel.«

Und wenn schon, was ging es ihn an? Am liebsten hätte sie ihm den Hintern versohlt. Freute sich doch der Bengel über den Kratzer in ihrem Gesicht! Na warte, dachte sie. Dir geb ich Schokolade. Tag und Nacht war sie für Jorgas da, und das war nun der Dank? Was tat das Kerlchen schon groß für Melda? Ständig saß sie dort faul herum, auf dem Bierkasten unter dem Marilyn-Manson-Poster, die zarte Gestalt mit den Schlenkerbeinen und den Sockenfüßen. Und überhaupt, Melda redete sich da etwas schön, das wurde ihr nun klar. Von wegen Maria-Ersatz. Der Kleine konnte Maria das Wasser nicht reichen. Aber die Geister, die man rief …

Der Schmerz ließ allmählich nach, als Melda mit Brot und Äpfeln zum Esstisch vordrang. Eines konnte Jorgas nicht ahnen: Das Treffen mit Luzifer hatte tiefere Gründe. Melda traf sich nicht, weil sie ihn haben wollte. Und nicht, weil sie schwach war. Von Tag zu Tag spürte sie ihre innere Stärke wachsen. Doch für den Titel des Belzebubs würde sie alles tun, das Baby für Walpurgis beschaffen und sogar mit Luzifer schlafen.

Tine Fabian. Diesen Namen hatte Luzifer erwähnt. Schreib dir die Telefonnummer auf. Sie ist eine Freundin Mephistos, und sie will eine Hausgeburt.

Melda legte Äpfel und Brot auf den Tisch, dazu die Schokolade. Sie musterte Jorgas stumm. Dürr sah er aus. Dürr wie sie selbst. Wenn sie die Schokolade verschenkte, musste sie mit trockenem Brot vorliebnehmen. Danach stand ihr nicht der Sinn, und dieser respektlose Jorgas hatte Strafe verdient.

Verführerisch raschelte sie mit der Silberfolie, ehe sie sie zerknüllte, auf den Müllberg warf, genüsslich von der Rippe abbiss und sich die Lippen leckte.

»Jorgas mag auch.« Die Faust des Knaben krachte auf sein Knie, Spucke tropfte aus seinem Mundwinkel, hasserfüllt hing sein Blick auf Melda. Sie warf ihm eine Kusshand zu.

»Mhm, lecker.«

»Du bist böse«, knurrte das Balg. Sie lächelte.

»Du bist böse. Du frisst Schokolade. Und kleine Kinder.«

Kleine Kinder? In Meldas Schlund klebte die Süßigkeit. Sie atmete tief.

»Nimm das lieber zurück.«

Er schnaubte.

»Seelenfresserin, Bluttrinkerin.«

Bildfetzen tauchten auf. Eine Gruppe betender Männer in

schwarzen Kutten. Und in ihrer Mitte, am Boden in eine schwarze Decke gehüllt, die kleine Maria.

Neben Maria Melda. Blut lief aus ihrem Mund.

Sie schüttelte den Kopf, die Bilder zerbarsten vor ihren Augen wie Glas. Das dumme, dumme Kind! Was wusste es schon von der Welt, von Melda? So satt hatte sie seine Beleidigungen.

»Reiß dich zusammen, Jorgas. Und bitte Satan um Vergebung.«

Jorgas sagte nichts, wirkte wie eingefroren und stierte wieder vor sich hin. Nur die Katze, zurück aus dem Bad, zeigte Lebendigkeit, indem sie mit den Krallen kleine Wollfäden aus Jorgas' Hosenbeinen zupfte. Der Lümmel spielte mit Meldas Gefühlen. Er will mein schlechtes Gewissen. Er will, dass ich leide, dachte sie. Niemand machte das mehr mit ihr. Niemand. Sie hatte genug gelitten, ihre Familie Luzifers wegen verlassen, dann Dimmi und ihr Baby verloren.

Oh, sie wollte ihm die Zähne schon öffnen, dem Neidhammel, dem aufmüpfigen Unschuldsgesicht. *Melda, hol den Essig.* Das war Satans Stimme in ihrem Ohr.

Über die Brücke führte der Weg nach rechts zu dem Schrank mit den Schrubbern, Besen und Putzmitteln. Als Melda wieder vor Jorgas stand, hielt sie die glasklare Flasche. Miauend ergriff die Katze die Flucht in den Wäschekorb.

Der Essig verbrannte Meldas Hände. Es fühlte sich richtig an. So verlangten es die Gesetze der Gruppe: Rebellen war der Mund mit Säure auszuwaschen.

5

Natalja

»Doc Sepperstein ist unnerwegs«, verkündete Pit, der soeben mit dem Handy am Ohr den Hof betrat. Sepperstein arbeitete als Pathologe im Gerichtsmedizinischen Institut in der Kennedyallee. Hie und da kreuzten sich unsere Wege, etwa, wenn mir an der Natürlichkeit eines menschlichen Ablebens berechtigte Zweifel kamen. Bis heute war dies nur selten vorgekommen: Am eindrücklichsten haftete mir die junge Frau im Gedächtnis, die mit dem blauen Auge und den zahlreichen Blutergüssen, die angeblich die Kellertreppe hinuntergefallen war. Gemeinsam mit der Polizei und Marc Bernstine, den ich bei dieser Gelegenheit vor sechs Monaten kennengelernt hatte, war ich einem Familiendrama auf die Schliche gekommen.

Hilflos schauten wir auf Galanis' sterbliche Hülle. Die Leichenflecken und die Leichenstarre waren voll ausgebildet. Fliegeneier klebten an Augen, Mund und Nase und der offenen Stelle an der Kopfhaut, Maden waren bereits geschlüpft. Das deutete auf einen Liegezeitraum von um die zehn Stunden hin.

Ein laues Lüftchen wehte hier draußen, strich mit sanfter Hand durch mein Haar. Aber mir war kalt wie in Februartagen.

»Wer macht denn so was?« Assoziationen an Indianer und Marterpfähle tauchten vor meinem inneren Auge auf, obwohl Galanis nur ein recht kleines Quadrat Kopfhaut fehlte. »Ich frage mich gerade«, sagte ich mit trockenem Mund, »ob diese … Teufel … die Hände im Spiel haben.«

»Daran dachte isch aach schon.« Pit presste die Lippen aufeinander und zeigte auf Galanis' Nacken. »Und zwar deshalb. Das hier is doch des Satanssymbol?«

Ich zuckte zusammen. Ein *goat's head*. Ziegenkopf. So einen hatte auch Dana auf ihrer Schulter getragen. Meines Wissens hatte sie aber nie mit Satanisten zu tun gehabt. Oder doch?

»Du kanntest den Mann?«, wollte Pit wissen, dem meine

starke emotionale Reaktion bei der Betrachtung der Leiche aufgefallen war.

»Kennen ist zu viel gesagt. Ich hab drei Wörter mit ihm gewechselt.« Ich rieb meine Arme, bis mir wärmer wurde. Es war natürlich Unsinn, doch ich machte mir Vorwürfe, gestern nicht länger an der Seite des Professors verweilt zu haben. Was für ein Drama war da passiert, während ich seelenruhig mit dem Bus nach Hause fuhr?

Die wichtigste aller Fragen brannte mir auf der Zunge: Was hatte Galanis ausgerechnet in meinem Hof verloren?

»Der Mord passierte sicher ganz in der Nähe«, meinte Pit, der ja die Theorie vertrat, dass die Entsorgung in meinem Hof dem puren Zufall geschuldet war.

»Ich wüsste zu gern«, sagte ich, und ich wiederholte mich, »ob das hier einen Zusammenhang mit der Frankfurter Seestraße hat.«

»Überlass die Fragen lieber der Polizei, Allia.«

Carlos war herangetreten, ein seltener Anblick in meinen heiligen Hallen und ebenso im Hinterhof, wo schon mal der eine oder andere leere Sarg lagerte. Niemand verdrängte den Gedanken an Gevatter Tod so sehr, wie er es tat, umso mutiger fand ich es, dass er ausgerechnet mich zur Partnerin gewählt hatte. Er war eine respektable Erscheinung, doch ich sah seine Augen unruhig flackern, der Anblick der Leiche musste ihn tief verstören. Zu Recht, wie ich meinte. Die Situation war so irreal wie bedrückend.

»Lass uns ins Haus gehen«, bat ich Carlos, der die Nummer der Schulleitung wählte, um sich für heute freizunehmen. Mir war klar, dass bis zum Eintreffen der Kripo bei der Leiche niemand etwas zu suchen hatte. Aber da stand er schon im Hof, der wandelnde Vorwurf.

»Natalja.« Sepperstein, mittelgroß, schmal, Haare wie Einstein, machte einen förmlichen Diener vor meinem Rollstuhl, Schuppen fielen von seinem Scheitel auf meine schwarze Hose. »Schade«, sagte er, »dass die Umstände nicht erfreulicher sind.«

»Liebling«, wandte ich mich an Carlos, »das ist Dr. Sepperstein.« Ich gewahrte den neuen Anhänger an der Kette um

Carlos' Hals. Extravagant in der bizarren Form und sicher nicht von der Stange, sondern vom Goldschmied am Marktplatz. Erinnerte an sein Sternzeichen, den Steinbock. Carlos hatte Geschmack, und den zeigte er gern her.

Ehe er den Arm um meine Schulter legte, begrüßte er den Ankömmling per Handschlag und gleich danach dessen hinzugetretenen Kollegen sowie die zwei Polizisten. Ich indessen fegte genervt die unappetitlichen weißen Punkte von meinen Hosenbeinen.

»Da, schauen Sie«, forderte ich Sepperstein auf und wies zur Leiche hin. »Sein Hinterkopf.«

Galanis' Blick schien mich zu fixieren. Strafend, irgendwie. Er schien zu sagen: »Wieso lasst ihr mich nicht in Frieden?« Ich konnte das nicht länger ertragen und erlaubte mir eine Handlung, die eher Sepperstein gebührte oder einem seiner Kollegen im Institut. Auf Kopfhöhe mit Galanis hielt ich an und drückte mit Bedacht die Safranaugen zu.

»Das ist ...« Sepperstein rang um Fassung und war damit in seinem Element – als wandelnder Vorwurf.

»Ist was?«, erkundigte ich mich scheinheilig. Er zückte ein Taschentuch und wischte sich den Schweiß von der Stirn.

Während die Polizisten die Personalien der Anwesenden notierten und Carlos mir eine Decke für die ausgekühlten Beine besorgte, hockte Sepperstein mit verkniffenem Blick neben der Leiche, wehrte um seinen Kopf surrende Schmeißfliegen ab und beschwor mit seinen dürren Armen in mir Assoziationen an Dobby aus Harry Potter herauf.

»Die Arbeit«, nannte er es, was er in sein Diktiergerät sprach, »wurde akkurat ausgeführt, saubere Schnittränder. Von einem natürlichen Tod ist derzeit nicht auszugehen. Näheres, wenn ich den Mann auf dem Tisch hatte.«

Ich war Bestatterin. Von mir wurde einfach erwartet, dass mir jetzt nicht schlecht wurde. Ich schluckte. Ich musste hier weg. Am weitesten entfernt von Mord und Totschlag erschien mir die biedere Gemütlichkeit meiner Wohnstube, und Carlos nickte mir aufmunternd zu, während man die Leiche zum Abtransport in die Gerichtsmedizin vorbereitete und ich Sepperstein fragte:

»Cappuccino, Sepperstein, dazu einen Kreppel mit Blutorangengelee?«

Nein, sagte er, bedauernd. Er sei schließlich im Dienst.

Eine halbe Stunde nach dem vereinbarten Date und nach sieben von mir verspeisten Weingummiteufeln mit roten Mistgabeln war Claudia noch nicht im Café erschienen. Wie konnte sie es nur vergessen? Noch gestern hatten wir kurz gesprochen, da ich ihr die schreckliche Sache mit Galanis mitteilen wollte, bevor sie es aus der Zeitung erfuhr.

Die Mailboxstimme leierte ihren Spruch herunter. *The person you are calling is temporarily not available.*

Na warte, dachte ich, die kann etwas erleben! Wohin sollte ich nun, mit meinem Mitteilungsdrang, meinen Sorgen und Nöten, und ja, mit meinem Zorn aufs Schwesterherz?

Die Antwort lag klar auf der Hand, nämlich in Form der gerade gelesenen FAZ, und so fand ich mich schon wenig später in der Frankfurter Hellerhofstraße wieder. Marcs Schlagzeile lautete: *Mord im Bestattungsinstitut.* Sie trug nicht eben zur Senkung meines Blutdrucks bei.

Im Foyer des FAZ-Gebäudes brannten trotz helllichten Tags die Lampen. Rocco mit den Rasta-Zöpfen, mein Lieblingspförtner, öffnete das Tor, nachdem ich über die Rampe zum Seiteneingang gefahren war. Ich plauschte ein paar nette Minuten mit ihm und steuerte dann den Panoramaaufzug rechts neben der geräumigen Wendeltreppe an. Ab dem sechsten Stockwerk lag das Glasrondell des Liftes im Freien und ich hatte einen interessanten Blick über die Häuser.

Im siebten Stock stieg ich aus. Neonlicht erhellte den Flur mit den zwei Reihen Bürotüren, es roch nach frisch Gedrucktem.

Marcs Tür stand offen. Er hatte die Beine über Kreuz auf dem Schreibtisch liegen und schoss Papierkügelchen in den Abfallsammler, die vermutlich aus irgendeiner verpatzten Presseerklärung stammten. Bei meinem Anblick sprang er auf und eilte mir mit ausgebreiteten Armen entgegen.

»How are you, my love?«

»Störe ich?«

»Du störst nie.« Er musterte mich. »Toll siehst du aus. Nahtlose Bräune?«

»Nur oben rum«, sagte ich und nieste, wie zur Bekräftigung.

Er blieb stehen.

»Du – bist doch nicht krank?«

»Geht so.« Das war glatt gelogen. Ich fühlte mich hundsmiserabel, mein Hals war zugeschwollen, und das Schlucken tat weh. Doch ich wusste ja, welch ein zartbesaiteter, eingebildeter Kranker mein Freund hier war. Bestimmt ängstigte er sich gerade, sich bei mir anzustecken, wenn er sich nur einen Schritt näherte. Ich fragte mich, wie er es je geschafft hatte, in die Intimsphäre einer weiblichen Person vorzudringen, ohne beim Küssen tausend Tode zu sterben, aus Angst vor den Bazillen. Gleichzeitig wusste ich, dass ihm dies mindestens einmal gelungen war.

»Tee?« Die Frage kam aus sicherem Abstand.

»Mit Kandis, bitte.«

Er trat an das Sideboard, der Stoff der hellen Leinenhose umspielte großzügig seine Knie. Ich beneidete ihn. Er konnte essen, wonach immer es ihn gelüstete – kein Gramm Fett legte er zu, wohingegen ich in meiner Situation täglich um die schlanke Taille kämpfte.

»Don't worry, be happy« pfeifend, packte er meine Lieblingssorte Rotbusch mit Vanillearoma in eine Tasse und goss heißes Wasser aus dem Wasserkocher auf. Das Thema Leiche-im-Hof umschiffte er mit seiner guten Laune, ich ahnte, er wollte nicht gleich mit der Tür ins Haus fallen.

Ich erzählte derweil von sonnigen Stränden und Palmen und leckerem Moussaka. Doch während ich erzählte, stieg Wehmut in mir auf. Denn ich sah wieder die Bilder von damals vor mir: den Strand von Georgiopulis, den ich in meinen Griechenland-Urlauben seither mied wie der Teufel das Weihwasser. Ich sah den leeren Platz an meiner Seite auf der Badematte neben meiner gelben Luftmatratze. Ich war erst knapp einundzwanzig, als meine geliebte Schwester vom Schwimmen im Meer nicht mehr zurückkehrte. Es gab nicht einen plausiblen Grund. Doch ich weigerte mich standhaft, um Dana zu trauern, und hatte gar das Gefühl, sie schritte wie mein Schatten neben mir durch mein Leben. Da ich damals ihren Tod nicht fühlte und die Bestattung ohne Leichnam für eine Farce hielt, war die rote Rose bis heute in meiner Obhut geblieben, die Mama für die Beerdigung gekauft hatte. Ich hatte sie nicht diesem leeren Grab übergeben, sie trocknen lassen und ihr später in meiner Wohnung den Ehrenplatz auf dem Klavier gegeben. Dana und das Klavier, das war Harmonie pur wie Sonne, Wasser, sanftes Wellenrauschen. Rein nach ihrem Äußeren hätte ihr das kein Mensch zugetraut. Man hätte sie viel mehr in die Kategorie Domina oder aber Telefonsex-Hure gesteckt, die sich die Fußnägel lackierte, während sie zahlungskräftigen Herren eifrig ins Telefon stöhnte. Sie war eine Virtuosin, eine Tastentänzerin, beglückte jede Familienfeier, »Flohwalzer«, »Pour Eloïse«, wenn ohnehin Tante Grete schon pausenlos schnatterte.

Marc schloss das Fenster, und aufgrund seiner Miene ahnte ich seine Gedankengänge: Ein rotznasiger Gast in Kombination mit frischem Luftzug potenzierte die Krankheitsgefahr. Ganz still war es nun im Raum, da die Geräusche der Straße ausgesperrt waren. Nur der Tischventilator rauschte.

»Wie geht's dir sonst so, Birdie?« Ich rang mir ein Lächeln ab.

»Abgesehen von Mord und Totschlag«, begann ich und zuckte nur mit den Schultern, als wäre das alles nichts. Birdie. Wie hatte ich es vermisst! Marc hatte mir den Spitznamen aufgrund meiner Affinität zu Papageien und anderen Krummschnäbeln verliehen. Ich schätzte mich glücklich, dass der Mann mit dem Indianerherzen mich nicht etwa »Die mit dem Federvieh knuddelt« nannte. Zuerst wollte ich ihn auf die reißerische Schlagzeile mit dem Bestattungsinstitut ansprechen, doch ich schwieg. Die Sache war ohnehin gelaufen und nicht mehr rückgängig zu machen.

Ich nahm die Tasse in Empfang, umschloss sie mit beiden Händen, pustete etwas kühle Luft hinein in die Hitze und bedankte mich für den nach Schokolade duftenden Brownie, den Marc mir auf einer Untertasse thronend servierte.

»Eine böse Geschichte«, stimmte er mir zu und nahm mir gegenüber Platz. Etwas versetzte mich in eigentümliche Spannung, unter der ich sein Unterzeichnen einiger Schriftstücke beobachtete. Es war der Anblick seiner Hände. Feingliedrig waren sie, doch kraftvoll. Auf den Handknöcheln sprossen helle Härchen, die auf mich wie kleine Rebellen wirkten, da sie kreuz und quer abstanden, wie in Verteidigungsstellung. Sie passten zu diesem außergewöhnlichen Mann, der, wenn es darauf ankam, zum Löwen mutierte, im Kampf gegen die Ungerechtigkeiten der Welt. Ich konnte nicht aufhören, diese Hände anzustarren und mir auszumalen, wie sie zärtlich über meinen Nacken strichen, sich zu meinem Gesicht voranarbeiteten und wie ich die Berührung mit einem sanften Kuss auf die Fingerspitzen erwiderte. So, wie ich es schon einmal getan hatte. Vor einigen Wochen.

Die Erinnerung an jenen sehr intimen Abend lastete auf meinem Gewissen, auch wenn mir Carlos mit seiner ernsten bis schroffen Art nicht ganz unschuldig vorkam an meinem sehnsüchtigen Ausflug in fremde Arme. Ein Sonnenschein wie Marc vertrieb einer Frau spielend den Ehekummer. Ertappt wich ich seinem forschenden Blick aus und inspizierte meine Fingernägel. Das mit Marc hätte nie passieren dürfen, ich bereute aufrichtig. Ich liebte doch meinen Carlos, gleichzeitig erkannte ich, wie schwierig es war, mit Marc in den Freundschaftsmodus zurückzuschalten.

Marc sagte: »Komm schon, Birdie, mach mir nichts vor. Ein Toter in deinem Hof, das ist und bleibt harter Tobak. Aber da ist noch mehr, nicht wahr? Wo drückt der Schuh? Du hast doch keine Ehekrise?« Für eine Sekunde glomm ein hoffnungsfrohes Licht in seinen Augen, als unsere Blicke sich trafen.

»Was du dir so einbildest. Allerdings …«

»Yes, my love?«

Wieder blitzten seine Augen hell. Die Sache gestaltete sich schwieriger als erwartet. Schließlich entschloss ich mich, über Dinge wie die Rothaarige vom Airport oder diese ominöse Roja zu schweigen. Das machte Marc nur Hoffnung, und zwar auf einen baldigen Rosenkrieg zwischen Carlos und mir.

Geräuschvoll atmete er aus. »Verstehe«, sagte er. »Reden wir also über Galanis. Das wolltest du doch?«

Als er sich nach vorn beugte, lösten sich mit der abrupten Bewegung einige Locken, die er sorgsam hinter das Ohr gestrichen hatte. Das mittlere Blond zeigte im Neonschein einen winzigen Rotstich. In letzter Zeit schien meine Wahrnehmung regelrecht auf rotes Haar getrimmt zu sein.

»Ich habe eine Scheißangst, Marc«, gab ich zu und benieste meine Offenheit.

»Ängste«, erklärte Marc, »sind mein Ressort, Birdie. Du bist doch die Starke in unserem Gespann ...« Er nahm meine Hand und sah mir tief in die Augen, wollte noch etwas sagen und begann damit, wie leicht beeinflussbar und schwach er oft sei, auch wenn es nach außen hin niemand bemerke. Aber er unterbrach seine Rede, als Heinz Hasse ins Zimmer trottete, ein früherer Schmierblattschreiber und mittelmäßiger Kolumnist, dessen Spitzohren auf hab acht standen. Marc warf einen raschen Blick in das Pamphlet auf dem Tisch, eine Artikelrohfassung über die Eröffnung eines neuen Fitnessstudios in Bornheim.

»Samstagsausgabe«, meinte Marc, »Rubrik Rhein-Main-Markt«, und drückte Hasse das Bündel Papier in die Hand.

»Ist gut, Chef.« Hasse stapfte von dannen, Marc sammelte sich kurz.

»Wo waren wir stehen geblieben?« Er wurde sachlich und rückte ein Stück von mir ab. »Ah ja. Der Professor. Ehrlich, die Sache ist mir ein Rätsel.«

»Frag mich mal.«

»Ich meine: Wieso ausgerechnet deine Adresse, Babe?«

»Pitti glaubt an Zufall.«

»Und was glaubst du?«

»Ich glaube, Galanis war nur die Spitze vom Eisberg.«

»Nun, ich will dir keine Angst machen, aber aus Erfahrung ...«

Das saß. Er hatte denselben Eindruck.

Er fügte an: »Es scheint mir ein Ritual zu sein.«

»Sehe ich ebenso. Du denkst dabei an den Pfarrer, oder?« Ich fischte den Teebeutel aus dem Becher, umwickelte ihn mit dem Fädchen und deponierte ihn auf der Untertasse. Vanilleduft stieg mir in die Nase, süß und lieblich, als gäbe es nicht Mord und Totschlag in unserer unmittelbaren Nähe.

»Birdie, *my dear*«, nahm Marc den Faden wieder auf. »Was fällt dir eigentlich so zu Galanis ein?«

Ich sprach über meine Begegnung mit ihm im Flugzeug.

»Er trägt einen griechischen Namen. Hast du Verwandte in Griechenland, Freunde? Feinde?«

»Freunde? Nur den hübschen Kellner vom Strandrestaurant in Georgiopulis. Du, der hat ein Paar Augen ...« Ich straffte meinen Oberkörper und schleckte den Teetropfen von meinem Zeigefinger ab. »Und du und der Pfaffe?«, wollte ich wissen. »Bist du am Fundort gewesen?«

»Ist mein Job.« Job hin oder her, ich wunderte mich nicht zum ersten Mal, woher die Zeitungsfuzzis so schnell Wind von brisanten Ereignissen bekamen.

»War Holger Busch vor Ort?« Den Frankfurter Hauptkommissar und Marc verband eine Art Hassliebe. Der eine konnte nicht ohne den anderen, aber miteinander konnten sie auch nicht so recht.

Marc nickte geistesabwesend. »Busch und ein alter Kumpel von mir. Tom Weyers, Kripo Frankfurt.«

»Wie sah die Leiche aus?«, bohrte ich weiter.

»Zum Glück stand ich abseits, aber ehrlich?«, erwiderte er. »Stundenlange Entspannung in der Badewanne ist künftig passé. Die Schrumpelhaut ... dazu das Kopfkino ...«

Der Brownie schmeckte trotzdem. »Aussagen über die Kopfverletzung?«

Marc musterte mich. »Wer stellt hier eigentlich die Fragen: Busch oder du?«

Ich konnte mir ein Grinsen nicht verkneifen.

»Freiwillig kommt von dir ja nichts. Bist doch sonst so ein Plaudertäschchen.«

»Ein Tier war das wohl nicht, sagt Busch, viel zu akkurat, die Wunde. Sah aus wie sorgsam herausgeschält.«

Kurz bevor ich wieder zubeißen konnte, ließ ich das Schokogebäck sinken.

»Wie bei dem Professor.«

»Apropos Galanis.« Der Stift, auf dem Marc herumkaute, zeigte viele kleine Dellen. »Der Mann soll zwar in Frankfurt gewohnt haben. Aber ihm gehört auch das Waldhaus im Oberurseler Stadtwald, wo er die Wochenenden verbracht haben soll.«

»Soll er das?« Ich stellte mir das heruntergekommene Haus mit der Viehweide an der Waldlichtung vor, von dem sicher die Rede war.

»Das Häuschen befindet sich ganz in deiner Nähe«, fuhr Marc fort. »Zehn Gehminuten von der Altkönigsstraße entfernt.«

Das Gespräch, fand ich, nahm gerade eine ungute Wendung. Unsere Blicke trafen sich.

»Oh nein, mein Lieber«, wehrte ich mich, mit großzügiger Milde in der Stimme. Ich kannte doch meine Pappenheimer. Natürlich brannte in mir die Neugier, aber das jetzt war zu viel. »Das hast du nicht wirklich vor, oder?«

»Was hältst du davon, Birdie? Ein wenig umsehen in der Gegend, ja? Morgen früh? Ich schiebe Schmidtchen sogar freiwillig.«

Schmidtchen. Der Name meines Rollstuhls – natürlich Marcs Idee.

»Also ich nenne das schnüffeln.« Aber wer konnte diesem spitzbübischen Grinsen schon etwas abschlagen?

»Du willst es doch auch, Babe«, hakte Marc nach, mit übertriebenem Augenklimpern.

»Na schön, machen wir einen kleinen Ausflug. Aber unter einer Bedingung: In deine Rostlaube setze ich keinen Fuß.«

»Das wollte ich hören. Ich liebe übrigens dein süßes Familienauto. Vor allem ohne deine Familie.« Damit meinte er Carlos.

Wäre ich frei und ungebunden, Marc hätte mich auf der Stelle mit Kusshand genommen. Nun, vielleicht nicht auf der Stelle. Die Erkältung stand im Weg. Ich war gespannt, wie er es ohne Mundschutz auf der Fahrt hoch in den Oberurseler Stadtwald neben einer Bazillenschleuder wie mir auszuhalten gedachte.

Mein freier Nachmittag bot noch Zeit für einen Schaufensterbummel in Frankfurt, doch zuerst wollten ein paar Formalitäten mit Pit geklärt sein.

Bei einer Spazierfahrt durch die Stadt ging es mir gar nicht so sehr um den Konsum, eher darum, die Seele baumeln zu lassen. Schon in meiner Schulzeit waren eine Freundin und ich durch die Stadt gezogen und hatten uns an den Schaufensterauslagen ergötzt, obwohl das Taschengeld viel zu knapp bemessen war, um die Läden zu betreten.

Während Mona zwei frei gewordene Räume desinfizierte, ging ich mit Pit noch die Bestellungen durch: Rosenkränze mit Holz- oder Glasperlen, Totenhemden in Größe L, Visitenkarten, zwei neue Seidengestecke mit weißen Lilien für die Wände des Schauraums mit den Särgen, zwecks der feierlichen Stimmung.

»Und bitte, denk an die Kiefernmodelle zu neunhundertneunundneunzig Euro«, bat ich Pit, wobei ich mich kräftig schnäuzte und wünschte, Galanis hätte seine Bazillen für sich behalten. Meine Stirn fühlte sich heiß an, es ging mir stündlich schlechter.

Pit fummelte an seiner Goldrandbrille herum.

»Für wen solle die denn sein, hab isch was verpasst?«

»Die Güttler-Zwillinge«, sagte ich nur, und er nickte wissend und zeigte den Vogel in Richtung Bad Vilbel, wo Güttlers wohnten. Die beiden Schwestern im höheren Alter – seit Jahren waren sie meine treuen Kundinnen und die Einzigen, die turnusmäßig neue Särge bestellten, nicht für den Friedhof, sondern für das heimische Schlafzimmer. Sie rühmten die Bequemlichkeit und den tiefen, traumlosen Schlaf in der Holzkiste. Dabei liebten sie durchaus die Abwechslung, früher durfte es schon mal Ebenholz sein, doch nun, da es auf die Rente zuging, waren preiswerte Hölzer gefragt.

Pit grinste. »Ob die zwei nachts ausschwärme un de Leut das Blut aussauge?«

»Unsinn, die sind harmlos. Ich fürchte mich eher vor der Indianerfraktion.« Spontan dachte ich an Marc zurück, mit dieser quälenden Sehnsucht in mir. Ich hätte ihn fragen können. Er war indianischer Abstammung, vielleicht wusste er mehr über solche Praktiken wie das Skalpieren. Von Sepperstein würde ich ohnehin nur das Nötigste erfahren, wegen der Schweigepflicht.

»Wie meinst du das?«, wollte Pit wissen. Manchmal stand er

aber auch schrecklich auf dem Schlauch, und ich hatte keine Lust, eine detaillierte Antwort in die lange Leitung zu schicken. Er reckte den Hals nach Mona, die soeben auf dürren, langen Beinen und in ihrem grünen Lieblingspullover das Büro betrat. Die meisten Menschen ließen sich meiner Meinung nach in Vogelarten katalogisieren: Mona war eindeutig ein Storch.

»'s Allinsche will in die Stadt«, verkündete Pit, während das Haustelefon schnurrte. Ich spürte, wie ich errötete, immer noch, nach zwei Jahren gemeinsamer Arbeit mit diesem zwar etwas naiven, dafür aber grundehrlichen und direkten Typen. Nicht jeder durfte mich sein Allinsche nennen. Nur, weil ich im Rollstuhl saß und von recht kleiner Statur war, war ich noch lang kein hilfsbedürftiges Hascherl.

»Ich bin dabei«, sagte Mona spontan. Sie wusste doch, dass mindestens ein leckeres Mittagessen bei solchen Gelegenheiten heraussprang. Mit dem vertrauten Pokerface streifte sie die Handschuhe ab, parkte sie auf dem Schreibtisch, griff an den Wandapparat und reichte mir den Hörer.

»Möchtest du, dass ich dich begleite?«, fragte Carlos am Telefon. Es tat gut, wie man sich plötzlich um meine Gesellschaft riss. Doch auch, wenn ich Carlos für seine Bereitschaft liebte: Ich gab Mona den Zuschlag, da mein Mann sich beim Shoppen tödlich langweilte.

»Wohin soll's denn zuerst gehen?«, wollte sie wissen. Sie warf den Kopf in den Nacken, wasserfallartig wallte das Blondhaar über ihre Schulter – das einzig Üppige an ihr. Ihre grauen Augen taxierten mich.

»Douglas«, antworteten Pit und ich wie aus einem Mund.

Dass ich ein Parfumfreak war, wusste schließlich jeder im Haus.

»Dann mach ich mal die Luken dicht«, meinte Mona, zückte den Schlüssel für die Kellerräume und wandte sich Richtung Garderobe, wo ihre dünne beigefarbene Fleecejacke hing. Sie sah auf ihre Armbanduhr. »So in ungefähr – einer Minute?«

Ich warf eine Kusshand und tauschte noch einen Blick mit Pit.

»Grüß mir Jochen«, bat ich ihn und verabschiedete mich bis

morgen, da ich nicht vorhatte, vor seinem Feierabend zurückzukehren. Innerlich grinste ich, weil ich mir den schönen Jochen nackt vorstellte. Mit rasiertem Herz. Der Sound meines Handys »Pour Eloïse« rettete mich vor einem bösen Kicheranfall.

»Wie?«, hörte ich mich zu Sepperstein sagen. »DNS gefunden? Das Ergebnis? In ein paar Tagen, ich weiß Bescheid.« Bis zum Wochenende also sollte ich Professor Dimitrios Galanis wiederhaben. Und mein »Bestattungsinstitut Sánchez« würde Formalitäten und die Beerdigung einleiten. Alles völlig normal, alles ging seinen üblichen Gang. Ich aber nahm mir vor, ab heute die Haustüren sorgsam von innen zu verriegeln, ehe ich schlafen ging.

6

Natalja

Ich bestand darauf, selbst am Steuer zu sitzen. Das Fahren bereitete mir großes Vergnügen, vor allem, seit mein Van mit dem komfortablen Joysteer-System ausgestattet war. Mit wenigen Eingaben ließen sich Lenkung, Automatikgetriebe, Bremse, Gas, Licht oder Blinker bedienen. Ich erinnerte mich, den Van in Blau gekauft zu haben, heute jedoch erschien er honiggelb. Der Pollenflug war enorm dieses Jahr.

Eine Sirene jaulte, in Höhe der Konrad-Adenauer-Straße erfasste ich im Rückspiegel einen Feuerwehrwagen. Ich verdrängte leidlich die Gedanken an unseren Wohnhausbrand.

Den Van parkte ich im Parkhaus am Gericht. Auf der Zeil herrschte Hochkonjunktur, wir sahen Leute, die das Frühjahr mit kurzen Hosen begrüßten, andere in hochgeschlossenen Jacken. Fahrradfahrer, Jogger, Fußgänger mit Rucksäcken und Plastiktüten von Lidl. In Höhe der Hirsch-Apotheke hatte sich eine Menschentraube gebildet, die dem Heimatlieder schmetternden Japaner mit dem Shetlandpony an der Leine zuhörte, der Münzen in seinem am Boden stehenden schwarzen Zylinder sammelte.

»Hoch auf dem gelben Wahagen, sitz ich beim Schwager vorn …«

Linker Hand Deichmann, das Lieblingsgeschäft Monas.

»Wow, sieh dir die Schwarzen an.« Mona geriet ins Schwärmen. »Die Sandalen da auf dem Podest, mit den Korkabsätzen. Du, können wir kurz?«

Sie wusste genau, dass ich nicht in das Klischee »Frau – Schuh – hin und weg« passte. Ich *hasste* Schuhe kaufen. Womöglich hing dieser Umstand mit meiner Behinderung zusammen, ich konnte die Teile ja nicht ihrem eigentlichen Zweck zuführen. Brav schickte ich mich dennoch an, Mona zur Eingangstür zu folgen, die aufgrund der sommerlichen Temperaturen weit offen stand. Mona hatte mir mit der Fahrt in die Stadt eine Freude gemacht, eine Hand wusch die andere.

Wir hatten das Geschäft noch nicht betreten, da stoppte mit quietschenden Reifen ein schwarzer Fiat vor dem Eingang. Eine ausgemergelte Frau stieg aus, in Jeans, die Kapuze ihres dünnen grauen Sweatshirts auf dem Kopf und einen Arztkoffer in der Rechten. Passanten drückten die Nasen an den Schaufenstern platt, einige wollten neugierig den Laden stürmen. Im Vorbeigehen hob die Frau drohend die Hand, es hieß Stopp, bis hierher und nicht weiter.

»Eine Sturzgeburt«, raunte eine Alte mit Federschmuck am Hut. »Beneidenswert! Ich weiß, was ich mitgemacht habe. Also mein erstes Kind ...«

Ich überhörte die unappetitliche Geschichte mit den tagelangen Wehen und anschließender Zangengeburt so gut es ging. Hinter dem Schaufenster, zwischen zwei Schuhregalen, erblickte ich eine Verkäuferin, Mitte zwanzig, mit dem Namensschild »Tine Fabian« am Revers. Mit Schwangerenbauch und kreidebleichem Gesicht kauerte sie auf einem hölzernen Stiefelknecht. Das dunkle Haar klebte ihr auf der Stirn und um sie her breitete sich die farblose Lache des Fruchtwassers über den Teppich.

»Ist wohl Essig mit neuen Sandalen, Liebste«, bemerkte ich nüchtern, an Mona gewandt.

»Zischen wir ab«, murmelte sie. Ihre Mundwinkel hingen, die schönen Schuhe ... Aber irgendwie ... und obwohl ich Gaffer nicht leiden konnte ... Etwas hielt mich wie magisch zurück. Und dieses Etwas oder dieser Irgendwer, das war definitiv nicht die Person der Patientin.

»Harm, der verfluchte Bastard«, stieß die Schwangere hervor, und es folgte ein Schrei, der mir durch Mark und Bein ging und mich an meinem Kinderwunsch zweifeln ließ.

»Ganz ruhig, Tine.« Die Hebamme maß Puls und Blutdruck. Harm, so dachte ich, hieß sicher der Vater, und auf den war Tine nicht gut zu sprechen.

Die Stimme der Hebamme elektrisierte mich, gleichzeitig hegte ich den Verdacht, dass sie sich mit dem Reden stark zurückhielt. Für die Stimme einer Frau klang mir das Timbre zu tief und wie absichtlich verstellt.

»Komm jetzt«, forderte Mona mich auf. Ich konnte mich kaum von der Türe lösen. Die Hebamme mied meinen Blick.

»Glotz nicht so, Opa«, keifte Tine, mit dem Blick zum Schaufenster. »Schlappschwänze, alle Typen, von wegen dabei sein bei der Geburt. Aber warte, der lernt mich kennen. Ich zieh das Balg bestimmt nicht allein groß.«

Eine andere Verkäuferin unterstützte gemeinsam mit der Hebamme die Schwangere beim Aufstehen.

Ich sah diese dürre Frau an der Seite der Schwangeren, erhaschte einen knappen Blick auf Wangen, Lippen, Kinn und ein paar graue Locken, die die Kapuze nicht verbarg. Und in meinem Findet-Dana-Wahn ertappte ich mich bei der Idee, dass dieses kantige Frauengesicht sich womöglich vor mir persönlich versteckte.

Es war natürlich Unsinn. Ich benieste meine Einfalt und dachte gleichzeitig, wie ungerecht manchmal das Schicksal war. Die eine Frau wollte kein Kind haben und bekam trotzdem eins. Und was war mit mir? Meine Periode verspätete sich mal wieder, und das schürte unnötig meine Hoffnung. Mein Gynäkologe nannte mich das Fräuleinwunder, nach Jahren ungewollt kinderloser Ehe trotz gebärfreudigen Beckens. Und Mama setzte noch eins drauf, indem sie ohne Not bereits das dritte Paar Babyschuhe häkelte, in neutralem Gelb.

»Herrgott, Chefin.« Mona zupfte mich am Ärmel. Sie kannte mich nicht so indiskret.

»Es gibt nichts zu gaffen«, erklärte nun eine dritte Verkäuferin und schloss die Ladentür.

»Sieht nach Hausgeburt aus«, mutmaßte Mona und deutete auf die Wohnung über dem Laden. Ich antwortete nicht, war mit meinen Gedanken beschäftigt und erwartete das übliche Händezittern. Dr. Bartheld, mein Hausarzt, hatte mich beruhigt, es ginge wohl vielen Menschen wie mir. Manchmal gab es diese Déjà-vus. Man glaubte, Leute zu sehen, die längst verstorben waren, glaubte, sie an ihren Gesten, ihrem Gang, ihrem Lächeln zu erkennen.

Die Sonne spitzte nun hinter dem Deutsche-Bank-Monstrum

am Ende der Häuserschluchten hervor, worauf wir geradewegs zusteuerten. Nach dem feinen Ledergeruch im Geschäft nahm ich Frankfurts schweren Atem umso intensiver wahr: Abgase, altes Fett aus den Frittenbuden, Döner, Brezeln, Zuckerwatte, Schweiß, Chanel No. 5.

Zu Parfum fielen mir mein bescheidener Einkaufszettel und die Hebamme ein. In ihrem Vorübereilen hatte ich einen vagen Duft von Kölnisch Wasser gerochen, der mich erinnerte an … Und wäre die Frau rothaarig gewesen und fülliger, viel fülliger um die Hüften – ich hätte sie glatt gefragt, ob ihr Vater wohl Peter Sanftleben hieß. So wie meiner.

Nichts liebte ich mehr als die Ferienzeit, wenn Carlos freihatte, für uns kochte, seinen Hugo-Boss-Duft verströmte und, bei entsprechender Laune, seine spanischen Gesänge »La Cucaracha« und »Guantanamera« das Haus erfüllten. An diesem späten Nachmittag war ich direkt froh, für mich allein zu sein, denn er nahm gerade die letzte Elternsprechstunde wahr.

Der Name Roja klang noch in meinem Ohr und hatte einen Keil zwischen uns getrieben. Carlos behauptete steif und fest, Roja sei sein neues Kosewort für meine Person. Warum nur konnte ich es nicht glauben? Vor meinem Urlaub hatte er mich nie so genannt, und plötzlich? Was war in der Zwischenzeit in seinem Kopf, mit seinem Herzen passiert, hatte ihm die Sehnsucht das neue Wort ins Ohr geflüstert? Doch ja, mit etwas gutem Willen fanden sich auf meinem Schopf einige wenige rotblonde Haare, Anteile von Mama Sanftleben. Oder gab es da eine andere Rothaarige, mein sauberer, stiller Carlos und eine kleine Affäre?

Womöglich vermisste er doch mehr, als er mir eingestand. Zwar war meine Lähmung psychogen, und es gab keine organischen Ursachen. So konnte ich durchaus etwas fühlen. Nur selten benötigte ich einen Katheter, und ab und an spürte ich gar ein Kribbeln in den Schenkeln, so, als wolle mein Körper mir sagen: Steh auf und geh! Und doch wies ich Carlos manchmal ab, wenn er Sex wollte, weil ich mich unbeweglich, unattraktiv und müde fühlte.

Unbeweglich. Das Wort leitete meine Gedanken über zu Galanis. Bewegungslos. Leblos. So hatte er vor mir gelegen, mit offenen Augen, die mir unbedingt noch etwas sagen wollten. Die Vorstellung, es könne eine besondere Bewandtnis haben, den Mann ausgerechnet an meine Adresse zu liefern, jagte mir immer noch kalte Schauer über den Rücken. Und dass der Kriminalbeamte Weyers mir seine Visitenkarte in die Hand gedrückt hatte, mit diesem ernsten Ausdruck und den Worten: »Jederzeit, Frau Sánchez« – das machte mir die Sache auch nicht einfacher.

Eine Stunde blieb mir, bevor ich die Kränze und Blütenkörbchen an die Trauerhalle des Hauptfriedhofs an der Waldlust auslieferte, für die bedauernswerte Mina Markwart, die mit vierundzwanzig Jahren ein schwerer Schlaganfall ereilt hatte.

Ich hätte ein Bad nehmen können, ein Gläschen Prosecco zur Entspannung. Wenn erst Mama einzog, musste ich mir diese Freuden verkneifen, da sie mich jede freie Minute mit Beschlag belegen würde. Doch ich fürchtete mich vor meinen eigenen Gedanken, und es existierte eine viel bessere Möglichkeit abzuschalten, ohne ins Grübeln zu geraten: ein Besuch des Urwaldzimmers.

Das Telefon schnurrte, am anderen Ende war Marc.

»*News for you*«, meinte er knapp.

Ich wartete.

»*Well*«, fuhr er fort. »Dein Professor Galanis …«

»Ja?«

»Er war nicht der brave Arzt, für den wir ihn halten.«

»Ist mir nicht neu«, trumpfte ich auf. »Er soll bereits in Pension …«

»Seit Kurzem soll er den Aposteln den Rücken gekehrt haben.«

»Ist nicht dein Ernst, oder?«

»Sie nannten ihn wohl Barfaee.« Ich notierte.

Marc sagte: »Vor ein paar Tagen erst soll er seine Oberurseler Hütte seinem Bruder vermacht haben, ebenfalls Apostel. Keine Ahnung, ob im Zwang oder freiwillig. Im Moment laufen ja noch die Ermittlungen. Ich schätze, danach wird der Bruder einziehen.«

Interessant. Marc schien bis aufs i-Tüpfelchen informiert, und wahrscheinlich wusste auch Sepperstein das alles längst.

»Und jetzt?«

»*No idea.* Aber so viel ist klar: Die Teufel werden in nächster Zeit jede Menge Besuch kriegen. Von Vater Staat.«

Galanis also ein abtrünniger Satanist. Hatte diese Abtrünnigkeit, diese Nichtakzeptanz der satanischen Spielregeln etwas mit der Skalpierung zu tun?

»Sag mal, woher weißt du das alles?«

»Hab so meine Quellen.«

Ich nickte grimmig. Marc und die Geheimniskrämerei. Die beherrschte er perfekt, wenn er nichts sagen wollte, schwieg er wie ein Grab – und zwar bis zum eigenen kühlen Grab.

»Gib's zu«, frotzelte ich, »du bist selbst einer von denen.« Es sollte witzig klingen, doch meiner Stimme fehlte die Leichtigkeit. Noch immer das Handy am Ohr, starrte ich in die Rechtecke aus Licht, die die Sonne von den Sprossenfenstern im Flur hierher auf das dunkle Laminat vor meinen Reifen warf. Die charakterlichen Facetten meines Journalistenfreundes reichten von Sprunghaftigkeit zu Verantwortungswillen, von sprühendem Witz zu Bierernst, von kühler Beherrschtheit zu unstillbarer Neugier. Er war nicht wirklich zu fassen, und man durfte ihm getrost alles und nichts zutrauen.

Ein Teil der sechs großzügigen Zimmer über den Geschäftsräumen hatte nach dem Wohnhauskauf brachgelegen, bis Carlos, der ohnehin schon dreimal wöchentlich viele Stunden im Fitnesscenter verbrachte, sich einen Raum mit Hantelbank, Laufband und anderen teuren Folterinstrumenten einrichtete. Das nahm ich zum Anlass, mir im Zimmer nebenan ebenfalls einen alten Traum zu erfüllen.

»Wollen wir?«, wandte ich mich an den Grünen, nachdem ich unter seinen neugierigen Blicken eine Pizza in den Ofen geschoben hatte. »Zu Trudie, Kokolein, Agathe Bauer?« Manchmal wunderte ich mich direkt, welch zarte Töne Geno anzuschlagen vermochte, wo sich der eine oder andere Nachbar schon über sein durchdringendes Organ beschwert hatte.

»Krck«, das hieß so etwas wie »Aber gern doch, Frauchen«.

Das Dschungelzimmer war eine Art Wintergarten. Ein Feigenbaum schmiegte sein Blattwerk wie lichthungrige Finger an die Fensterscheiben mit den aufgeklebten Greifvögeln. In den Pflanzenschalen am Boden wuchs ungiftiges Katzengras. Das Herz ging mir auf, sobald ich diesen Raum befuhr, doch gerade hatte ich Mühe, die Gedanken an das Gespräch mit Marc zu verdrängen. Die Anzeichen verdichteten sich, dass Satanismus im Mörderspiel war. Und in manche meiner Gedanken um die Teufelsanbeter schlich sich, ohne greifbaren Grund, nun auch Danas Gesicht.

Was hatte Oma Lucia immer gesagt, die eine Art Hassliebe mit ihrer Enkelin verband? »Die nimmt keinen geraden Weg, die nicht. Die endet noch mal im Fegefeuer. Wie sie schon herumläuft, immer die schwarzen Fummel. Und das in dem Alter. Wieso sagst du denn nichts dazu, Franz?«

Sofort hatte ich den blauen Wellensittich Agathe Bauer auf dem Kopf, samt seiner Freundin Trudie, in zartem Gelb.

»Ihr kleinen Racker«, lachte ich und bemerkte, wie die Vogelblicke meine Hände nach Fressbarem absuchten. Kolbenhirse hatte ich mitgebracht, Apfelstücke und ein hart gekochtes Ei. Ich legte die Kostbarkeiten in den Futternapf unter dem Obstbaumgeäst. Sekunden später waren alle zur Stelle: vier Wellen-, vier Nymphensittiche, vier Prachtrosellas. Bei dem Anblick der tafelnden Meute bekam ich Hunger, hatte aber noch vierzehn Minuten auf die Pizza zu warten.

Wenn ich Agathe und Trudie so ansah, musste ich an mein erstes Sittichpärchen und an Claudia denken, die damals, sechzehnjährig, eine regelrechte Phobie gegen das Flattern ihrer Flügel entwickelt hatte. Während des Freiflugs der Vögel mied sie mein Zimmer wie die Pest. Und als sei es gestern gewesen, stand wieder das Bild vor mir: der strahlende Augusttag mit der trügerischen Maske. Wir hatten noch zusammen Kaffee getrunken, wie immer samstags, nachdem Paps das Geschäft abgeschlossen hatte.

Stunden später war nicht nur mein Elternhaus bis auf die Grundmauern niedergebrannt, sondern auch das Ladengeschäft mitsamt dem Trauerzimmer im Erdgeschoss und der darin frisch aufgebahrten Gerda Hofmeister, deren letzter Wunsch ausdrücklich gewesen war: keine Einäscherung, bitte.

Bei der Aktion, Mama ins Freie zu bringen und sich anschließend um Claudia und mich zu kümmern, hatte mein Vater eine schwere Rauchvergiftung erlitten und war am nächsten Tag an den Folgen verstorben. Auch Wheena, Danas Kätzchen, musste ihr Leben in den Flammen lassen.

Mehr oder minder erfolgreich versuchte ich zu verdrängen. Doch ein Bild ging mir nicht aus dem Kopf: Wie Claudia, todesmutig, dem roten Inferno trotzte, sich durch die Flammen kämpfte und gleich darauf oben auf der Treppe erschien, mit von der Hitze gekräuselten Haaren, den kupferfarbenen Käfig mit den wohlbehaltenen Sittichen in ihren Händen. Sie starrte zu mir hinunter, die ich lauthals schluchzte. Ich schluchzte nicht vor Freude beim Anblick meiner Vögel. Ich schluchzte, weil Vater und ich die Treppe hinabgestürzt waren. Ich schluchzte, weil er ohnmächtig neben mir lag. Und weil ich meine Beine nicht mehr spürte.

Die Polizei ging von Brandstiftung durch Jugendliche aus, doch der Fall wurde nie geklärt. Es war ein Sommer des Schreckens, auch für Carlos, besonders aber für Mama, Claudia und mich. Genau wie jener Sommer, der uns Dana genommen hatte.

Ohne Carlos' Hilfe ersparte ich mir den kleinen Kraftakt, in den wackligen Schaukelstuhl vor dem Panoramafenster mit dem herrlichen Ausblick über die Dächer Oberursels zu gelangen. Ich bediente den Bremshebel meines fahrbaren Untersatzes, lehnte mich entspannt zurück, das Gesicht Richtung Abendsonne, spürte Müdigkeit in die Glieder fließen.

Geno hielt die Augen geschlossen und kauerte, mit dem Flügel an meine Wange geschmiegt, entspannt auf einem Fuß. Die täglichen Kratzer, die mir die spitzen Krallen vermachten, störten ihn herzlich wenig. Ob beim Arzt oder in der Sauna, es war ja ich, die die Erklärungsnöte hatte: »Nein, das kommt nicht von den heißen Nächten.«

Ich verschickte zwei SMS, eine an Claudia, eine an Mama.

Mittagspause war stets eine gute Gelegenheit zum Aufarbeiten der kleinen, auf die lange Bank geschobenen Pflichten. Um mich her stoppte der melodische Ruf Charlys, des Prachtrosella-Hahns, und auch das Schnattern der Wellensittiche verebbte. Sie waren müde wie ich. Ich rekelte mich, tauchte tiefer in die Schlafschwere, fast fielen die Augen schon zu.

Der kleine Bachlauf auf dem Pflanzenbeet tat mit seinem Plätschern ein Übriges zur Entspannung. In meinen Augenwinkeln sah ich es im Astwerk sitzen, das geliebte Vogelvolk mit den dick gefressenen Bäuchlein. Ich dachte noch, wie herrlich es wäre, mal wieder die Malsachen aus der Truhe zu holen. *Prachtrosella in Öl. By N. Sánchez.*

Ich hörte ein Martinshorn gellen, leiser werdend mit der Ferne. Die Szene aus der Fußgängerzone tauchte auf, wie ein Blitzlicht. Dann war ich meinen Sorgen entrückt. Beim Erwachen meldeten sich jene sofort und drängend: Dana. Carlos. Roja. Vertrauen. Liebe. Marc. Der zweite brisante Gedanke erreichte mein Hirn, als ein Brandgeruch mir in die Nase kroch. Mist, die Pizza!

7

Melda

»Ein Prachtbursche«, verkündete Melda, die das frisch von der Käseschmiere gesäuberte, marmorhäutige Fleischbündel auf die Ablage der Küchenzeile legte. Mit einem dünnen Schlauch saugte sie ihm das Fruchtwasser aus der Mundhöhle und untersuchte dann für den Apgar-Test Hautfarbe, Herzschlag, die Reaktionen beim Absaugen, den Muskeltonus, die Atmung, Länge, Gewicht und Kopfumfang. Gut, dass Dimmi ihr nachträglich so viel über den Ablauf von Schwangerschaft und Geburt beigebracht hatte. Die Mutter schwächelte und weinte leise. Blass war sie, das Wochenblut floss nicht.

»Ich habe Durst«, schniefte Tine. Melda nickte flüchtig, zuerst benötigte das Kind Fürsorge. Die Geburt, so wusste sie, war der gefährlichste Zeitabschnitt des Lebens.

Sie goss einen Tropfen Badeöl in die Babywanne und ließ das Thermometer wie ein Schiffchen schwimmen. Dann holte sie den kleinen Körper auf ihren Arm und beschrieb mit dem Daumen ein umgedrehtes Kreuz auf seiner Brust. Sorgsam tauchte sie das Kind in das siebenunddreißig Grad warme Wasser, nahm den Schwamm und fuhr damit über das Köpfchen des Jungen.

Das Baby schrie nicht, es krähte nur sanft. Gut, sehr gut. Es war das zweite Zeichen, das erste war sein helles Haar, mit einem Stich ins Rötliche. Melda spürte Zufriedenheit, sie hatten die richtige Mutter gewählt.

»Wie soll denn das Gockelchen heißen?«

»Sein Name ist Nathan«, stieß Tine erschöpft hervor. Melda trat mit dem wieder warm in ein Mulltuch verpackten Bündel zu ihr, griff ihr mit der freien Hand in den Rücken und richtete ihr den Oberkörper auf. Sie schob Tines T-Shirt hoch und legte das Baby an ihre Brust. Stumm betrachtete sie den Kleinen, der wie ein noch blindes Katzenkind die Warze suchte. Nathan, dachte sie, fast zärtlich. Nannte man so etwas Fügung? Es klang wunderbar. Es klang wie Satan.

Sie prüfte den Puls der Mutter – viel zu schnell. Der Blutdruck war auf einen Wert von sechzig zu vierzig gesunken. Tines Stirn glühte. Fieber. Mit dem Stillen klappte es nicht, der Säugling verzog das Mündchen und krähte, lauter. Tine schluchzte.

»Mir ist übel«, japste sie und hob den schweißnassen Kopf. Die machte Melda doch jetzt keinen Strich durch die Rechnung? Alles war gut, kein Arzt, keine Schwestern, keine Mitwisser. Und wenn sie das Baby in ein paar Tagen holte, wer würde die Entführung schon mit einer Melda Moosleitner, wie sie sich bei Tine nannte, in Verbindung bringen?

Sie schüttelte sich, als gelte es, ein lästiges Insekt zu vertreiben. Das Bild vom Schuhgeschäft war vor ihr aufgetaucht, und sie sah die hübsche blonde Frau vor dem Laden, die im Rollstuhl, und fühlte ihren Blick auf sich gerichtet.

Seufzend erhob sie sich, packte das Kind in die Wiege, trat zu Tine und steckte ihr das Thermometer ins Ohr.

»Neununddreißig drei«, verkündete sie. Sie streifte Einmalhandschuhe über, schob Bettdecke und Tines Nachthemd zurück.

»Entspann dich«, bat sie die Mutter. »So ist es gut.« Die frische Vorlage, die sie betrachtete, war fast trocken. Sie führte die Finger in die Vagina ein bis zum Muttermund. Was sie befürchtet hatte, schien eingetreten zu sein. Der Wochenfluss stockte.

»Muss ich in die Klinik?« Tines Atem ging schnell. Melda entschied in einer Sekunde.

»Ich hole einen Krankenwagen.« Früher waren Mütter reihenweise an den Folgen des Wochenbettfiebers verstorben, heute gab es Antibiotika. Dennoch konnte Melda das Risiko nicht eingehen.

Tine forderte: »Ich will, dass du Harm anrufst.«

Melda blickte zur Seite. »Eintracht Frankfurt gegen FC Bayern. Du erinnerst dich?«

»Okay, er ist'n Arschloch.«

»Kann ein Fußball wichtiger sein als ein Baby?«

»Auch Arschlöcher kriegen eine zweite Chance«, murmelte Tine.

»Ich tu's nicht gern.«

»Er ist jetzt Papa. Wär gut, wenn er's weiß.«

Draußen sah Melda schon das Blaulicht blinken, bevor sie Harm rasch informierte und dann über den Hinterausgang das Haus verließ.

Zwei Stunden später öffnete Melda die Tür zu Tines Krankenzimmer im St. Marien-Krankenhaus. Jetzt nur keinen Fehler machen, alles musste seinen normalen Gang gehen, Melda durfte um keinen Preis im Klinikbetrieb auffallen. Die Schwestern hatten eine Menge neugierige Fragen gestellt, vor allem die nach Tines unbekannter Hebamme, Tine aber schließlich problemlos auf Station aufgenommen.

Aus müden Augen blickte die junge Mutter zu Melda.

»Mein Baby?«

Melda lächelte milde. Es war stets dasselbe: Erst wollten die Gören das Kind nicht, dann schrien sie Zeter und Mordio.

»Nathan schläft.« Sie bat Tine, das Bett zu verlassen, und schüttelte das Kopfkissen auf, ohne die Patientin anzusehen.

Tines Augen leuchteten. »Glaubst du, Harm wird ein guter Papa?«

Melda enthielt sich der Antwort. Sie klopfte das Kissen und verpasste ihm einen sorgfältigen Knick.

Endlich allein. Melda ließ die Blicke durch den karg möblierten Raum schweifen, in dem nur eine Nachtlampe schwaches Licht spendete. Sieben kleine Betten, wie bei Schneewittchen. Sieben herzige Zwerge. Die Phlegmatiker unter ihnen schliefen schon, aber ihnen galt ohnehin nicht Meldas Interesse. Die restlichen drei, die mit den wachen Geistern, reckten die Ärmchen und brabbelten leise, ein Baby begann aus Leibeskräften zu schreien.

Melda ignorierte den Krakeeler. Mochte sich diese Nachtschwester Agnes um ihn kümmern. Sie trat an das Bett des rothaarigen Knaben, der, alle viere von sich gestreckt, satt und schmatzend schlief, nichts ahnend von seiner Mission.

Your time has come to shine. All your dreams are on their way. See how they shine.

Es ist so weit, Nathan, mein Kind. Walpurgisnacht war nicht mehr fern.

Melda schlug die Decke zurück, fuhr mit der rechten Hand unter das warme Stoffpaket. Schon hielt sie das Bündel an ihren Busen gepresst, Blauaugen öffneten sich, bekränzt von feinen schwarzen Wimpern.

8

Natalja

Der Aussiedlerhof lag eingebettet in Wiesen, Feld und Wald, begrenzt durch einen verwitterten Jägerzaun. Eine Trauerweide legte die langen Finger auf den Vorgarten mit der Teakholzbank, und letzte, verwilderte Tulpen in den Beeten beugten ihre Köpfe der Schwerkraft. Die Nordseite des Ziegeldaches hatte Moos angesetzt. Putz blätterte von den Wänden, die Fenster starrten vor Staub.

»Eine Putzfee war Professorchen nicht«, bemerkte ich und zückte mein Handy.

Marc nickte. »Der Mann wird mir immer sympathischer.«

»Na, mir nicht gerade«, gab ich zu und deutete auf den Rappen in der Koppel unterhalb des Wohnhauses. Rappe war der falsche Ausdruck, Gerippe traf es eher. Außer einem stinkenden Wasserbottich, auf dem gelbliche Schlieren von Blütenstaub schwammen, war nichts geboten in dem Gehege. Die Wiese war streichholzkurz abgegrast. »Wer fliegt denn in den Urlaub, wenn das Vieh zu Hause verrottet?« Mit Schaudern bemerkte ich das Brandzeichen auf der Hüfte des Tieres: ein fünfzackiger Stern mit einem Ziegenkopf in der Mitte, das Satanszeichen. Ich dachte an meinen Van auf dem Parkplatz und fand, dass sich Marcs geliebter alter Schlitten mit dem Silberstern viel authentischer machen würde vor der waldreichen Kulisse des Teufelshauses. Und während ich meinen Freund verstohlen musterte, überlegte ich, was ein Journalist wohl verdiente, um sich eine Hundertzwanzig-Quadratmeter-Wohnung und teure Urlaube leisten zu können, dazu eine betagte Karre, die übelst Sprit schluckte. Wahrscheinlich war, dass die Bank ihn sponserte.

Er hatte begonnen, einen Armvoll Gras und Löwenzahn von der Wiese nebenan für das Pferd zu rupfen, doch in dem Moment erkannte ich den gefüllten Futterkorb, der sich unter dem tief heruntergezogenen Wohnhausdach versteckte und bewies, dass sich jemand kümmerte.

Die Haustür stand einen Spalt offen, direkt gruselig war es, wie sie im Luftzug auf und zu schlug.

Ich staunte. »Was ist denn hier los?«

»Tag der offenen Tür«, bemerkte Marc.

»Sollten wir nicht die Polizei …«

»*Come on*, Birdie. Besser kann es gar nicht laufen.« Er deutete mit dem Kopf zur Tür. »Kommst du?«

»Das war nicht abgemacht«, erinnerte ich ihn. Außerdem konnte ich ihm gar nicht folgen. Da war eine Stufe, er musste mich schon über die Schwelle tragen.

»Du bist so schrecklich spießig, Darling.«

»Ich würde es vernünftig nennen.«

Ängstlich sah ich mich um. Hinter dem Haus, wo die Mülltonne stand, glaubte ich, eine Bewegung gesehen zu haben, doch die Idee war sicher nur meinem schlechten Gewissen geschuldet.

»Lass uns gehen«, entgegnete ich. »Es wäre Einbruch.« Ich nieste.

»Ist es nicht. Wir recherchieren. Okay, du bist aus der Nummer raus. *Ich* recherchiere.«

Schon befand ich mich drinnen, weil ich doch Marc unmöglich allein lassen konnte. Es roch muffig in der Diele, die weinroten Vorhänge waren zugezogen. Von hier aus führten Türen zu den Zimmern und eine hölzerne Treppe in den ersten Stock. Die Stille war fast greifbar, ich bekam wieder Skrupel.

Marc zwinkerte mir zu, sah sich fasziniert in der Diele um, dann sah er nach oben und murmelte ein anerkennendes »Echt ideal, die Hütte«. Ich nahm an, er meinte ideal zum Festefeiern. Er erklomm den ersten Tritt. Ich folgte ihm mit den Blicken hinauf, entlang dem weiß gestrichenen Alu-Geländer. Wie viele Stufen waren es wohl? Ein kleiner Spleen begleitete mich seit Kindertagen: Ich zählte Stufen, und ich wusste genau, wie viele davon ich hinabgestürzt war, damals in meinem Elternhaus.

Ich hasste jene Art von Erinnerung, die sich verhielt wie die Malaria meines Onkels Carl. Immer und immer wieder tauchte sie auf, nachdem ich sie fast vergessen glaubte, und setzte mein Hirn unter Fieber.

»Einundzwanzig«, erklärte ich, nur um etwas zu sagen. Als lebten die Gesichter der Ahnen auf den Bildern an den Wänden, fühlte ich tausend Blicke auf mich gerichtet. *Kleine Schnüfflerin.*

»Einundzwanzig – was?«

»Es sind einundzwanzig Stufen. Wie damals.«

»Aha.« Marcs Pupillen waren zwei Fragezeichen.

»Was hoffst du eigentlich zu finden?«, wollte ich wissen. Immer wieder ging mein Blick zur Haustür.

»Sieh mal einer an«, murmelte er statt einer Antwort. Er bückte sich, kratzte ein wenig mit dem Nagel in der Flurecke, hob ein schwarzes Etwas auf, eine schmale Kette mit schwarzer Perle als Verschluss, drehte sie im schummrigen Flurlicht. Ich kniff die Augen zusammen.

»Es ist ein Piercing«, meinte Marc.

Sonnenlicht fiel durch das Dachfenster, direkt auf seine Hand. Es kam mir vor wie ein Zeichen. Schau genau hin, Natalja! Doch Marc stand zu weit entfernt, und ich nahm mir vor, mir das Teil später anzusehen.

Er war in den oberen Räumen verschwunden. Die Vorhänge ließ ich geschlossen, da ich mich vor fremden Blicken von draußen fürchtete. Das Licht vom Dachfenster her enthüllte eine biedere, reizlose Diele mit dunklen Fliesen, einem braunen Kamelhocker und einer tönernen Bodenvase. Linker Hand führte eine Tür in ein kleines Privatlabor mit mittigem Arbeitstisch. Die Wand zierte eine Bildtafel mit dem Periodensystem der Elemente, und neben einem Mikroskop standen und lagen Flaschen herum, Petrischalen, Reagenzgläser, Spekula. Eine ganze Wand wurde von Bücherregalen eingenommen, und auf einem Regal präsentierte sich eine schaurige Galerie von in Lösung eingelegten Embryos in allen Größen.

»Du Scheiße«, entfuhr es mir. Just wurde mir klar, wohin einmal die Studienrichtung bei dem Professor gegangen war, zudem kannte ich einige Instrumente auf dem Tisch von regelmäßigen Kontrollbesuchen beim Frauenarzt.

»Pardon?«, hörte ich Marc rufen, zuckte aber nur mit den Schultern. Plötzlich fand ich die Hausdurchsuchung megaspannend. Mit jedem Zimmer wurde ich mutiger. In den Gästeräumen und dem kleinen Rauchsalon öffnete ich Schränke, Nachtkonsolen, wühlte in einer Zeitschriftentruhe, untersuchte Regale, Becher, Dosen, schüttelte Bücher. Aus einem Buch fiel mir ein Foto entgegen. Hätte ich nicht schon gesessen, ich hätte dringend einen Stuhl benötigt.

Die Fotografie zeigte *sie*, neben Galanis stehend, in schwarzer Kutte und Kette mit einem schwarzen Kreuzanhänger bis über den Busen. Dana lächelte, mit ihren niedlichen Grübchen – und doch lag ein neuer, ein harter Zug um ihren Mund.

»Nichts gefunden«, knurrte Marc, als er mit seinen elastischen Gummischritten die Treppe heruntertanzte. »Na ja, außer dem komischen Ding hier«, fügte er an und hielt mir die Piercing-Kette unter die Nase. So eine, wie Dana sie manchmal trug, von der Nase bis zum Ohr. Ich hörte seine Worte nur dumpf. Zitternd hielt ich Marc das Foto hin und hauchte Danas Namen.

Es kam mir vor, als stürze ich noch einmal, von einer Treppe, von einem Turm oder einem Felsen. Ganz tief fiel ich, bodenlos, ließ mich im Fallen treiben, zu keiner Regung fähig. Ich wartete darauf, jeden Moment dumpf aufzuschlagen, wartete, dass mir der Schädel zerbarst und meine Gedanken endlich Ruhe fanden. Aber nichts passierte. Marc streichelte meine Hände, während er das Foto betrachtete.

»Geht es wieder?«

»Dana und der Professor«, murmelte ich.

»Beruhig dich, Birdie. Zitterst ja.«

Ich schluckte, schloss die Augen, öffnete sie wieder, in der Hoffnung, aufzuwachen aus diesem Alptraum.

»Ich hol dir einen Schluck Wasser«, bot Marc an, doch ich erwischte einen Zipfel seines Ärmels.

»Ich möchte nach Hause.«

Er nickte stumm.

Ihr Foto an mein Herz gepresst, eignete ich mich nun doch nur als Beifahrerin. Ich konnte den Wagen beim besten Willen nicht selbst steuern, starrte immer wieder das Foto an und spürte Tränen über meine Wangen rinnen. In jeder Frau auf der Straße, die auch nur annähernd Danas Haarfarbe hatte, erkannte ich sie. Langsam ging mir ein Licht auf: Ich hatte Galanis tatsächlich schon früher gesehen. Es war ein Schnappschuss auf Danas Handy gewesen, während unseres Kreta-Urlaubs.

»Das ist Dimmi«, hatte sie gesagt und ihn mir als guten Bekannten ihres Lovers vorgestellt. Hatte sie den Lover abserviert und gleich darauf etwas mit dem Professor angefangen?

»Ihre Frisur«, murmelte ich und hielt Marc das Foto erneut vor die Nase.

»Menschenskind, Allia.« Er stieg voll in die Eisen, ein Hupkonzert war die Folge. Ich sackte tiefer in meinen Sitz.

»'tschuldige.«

Marc strich sich das Haar zurück, schnaubte und ließ den Motor wieder an. Ich räusperte mich, fand meine Stimme zurück.

»Glaub mir«, sagte ich. »Die Frisur kenne ich nicht an Dana. Weißt du, was das bedeutet?«

»Sie hatte ein heimliches Date mit dem Friseur.« Marc schaltete an der Ampel in den Leerlauf. »Birdie, merkst du was? Du steigerst dich da in was rein.«

Es versetzte mir einen Stich. Von der Seite betrachtete ich ihn.

Er sah kurz herüber, eine stumme Frage im Blick, nestelte dann am Rückspiegel und widmete seine Aufmerksamkeit wieder der Straße.

»Tu ich nicht«, fuhr ich fort. »Marc, das ist der Beweis. Du und ich, wir haben so oft darüber geredet. Ich hatte den Eindruck, du glaubst mir. Jetzt, wo es ernst wird ...«

Für den Moment war er mir fremd, er, mit dem ich so gern so herrliche Stunden verbrachte, Stunden des Redens, des Schweigens, des Lachens, die mir oft intensiver erschienen als mein Alltag mit Carlos.

»Aber ich glaube dir doch.«

»Hör auf, Marc. Deine Ohren.« Ich forderte: »Bring mich zur Polizei, bitte.«

»Birdie ...«

»Bitte!«

»Sie werden Fragen stellen.«

»Wir könnten das Foto ganz woanders gefunden haben.« Ich

hatte verstanden, er dachte an eine Anzeige wegen Hausfriedensbruchs.

»Was willst du der Polizei sagen?«

Das war eine gute Frage.

»*Allright.* Ich tu's.« Seufzend schlug er Richtung Frankfurt ein, Adickesallee. Nach einer Weile erkundigte er sich: »Was ist denn mit meinen Ohren?«

Ich erfasste sein Ohrläppchen. Es fühlte sich weich und warm an.

»Sie sind rot. Sie sind rot, wenn du lügst.«

»Unsinn.«

»Wenn ich es dir sage. Ich kenne dich.«

Er lächelte matt.

»Das gefällt mir nicht, Birdie. Das macht mir Angst.«

Oh ja, ich kannte ihn nur zu gut. Und deshalb wusste ich auch: Im Grunde wollte Marc mehr Nähe zu mir, mehr Intimität, das ließ er immer wieder durchblicken, und zwar seit unserem ersten geschäftlichen Date letzten Herbst in meinem Institut – die Geschichte mit der jungen, zu Tode geprügelten Frau. Jedoch, er war auch ein einsamer Cowboy. Hin und wieder fragte ich mich, wie er wohl reagieren und ob er nicht die Flucht auf Nimmerwiedersehen ergreifen würde, wenn ich ihm den Gefallen täte. Wenn ich ihn noch einmal küsste und vielleicht Hoffnungen auf eine Beziehung damit verknüpfen würde.

Meine Güte, wenn Carlos meine Gedanken lesen könnte.

Ich nieste. Dann schwiegen wir eisern bis zur nächsten Ampel. Marc ließ die Hände in den Schoß sinken, schloss kurz die Augen.

»Es ist nur so: Ich weiß doch, wie sehr du Dana vermisst, und, hey, ich gebe dir völlig recht: Danas Foto in Galanis' Haus, das ist schon komisch. Aber vielleicht interpretierst du zu viel hinein.«

Dana und Galanis auf einem Foto. Galanis zur selben Zeit wie Dana und ich auf Kreta. Und Galanis als Leiche in meinem Hof. Wer da nichts interpretierte …

»Komisch, hm? Ist das alles? Hör mal: Meine Schwester lebt … Und der Professor …«

»Er kann dir nichts mehr sagen.«

Wir wollten etwas zusammen essen, doch mir war der Appetit vergangen. Also verließen wir Frankfurt wieder, und zwar ohne die Polizei aufzusuchen, da mir die Sache dann doch zu heikel war. Ich heftete den Blick auf den Turm des Ginnheimer Spargels, wie die Frankfurter den Europaturm nannten, der als Empfangsstation für Satellitensignale genutzt wurde und in der Farbe Magenta angestrahlt war. Marc schwieg sich weiter aus bis nach Oberursel, wo er den Wagen in die Frankfurter Landstraße einfädelte, die in die Adenauer Allee überging. Doch erst, als wir die Kirchturmspitze von St. Ursula und ihre goldene Kirchturmuhr hinter uns ließen, taute er langsam wieder auf. Da waren wir schon fast bei mir zu Hause.

Er fragte: »Irrst du dich auch nicht, Darling, ich meine, in puncto Danas Frisur? Das Foto könnte vor ihrem Verschwinden geschossen worden sein. Denk noch mal nach.«

Das brauchte ich nicht. Dana hatte nie einen kinnlangen Wuschelkopf getragen. Seit Kindertagen fielen ihr die Locken bis auf die Schultern, und wehe dem Friseur, der mehr als einen Zentimeter abschnitt. Oder handelte es sich um eine Perücke?

Denk noch mal nach. Das hörte sich an wie: Beruhige dich und sei wieder brav. Wer war denn jetzt der Macho? So redete Carlos niemals mit mir.

Zu Hause angekommen, half Marc mir beim Aussteigen. Die Tür zum Hof war verriegelt, so musste ich den Haupteingang nehmen. Eine Zwergrose im Topf stand vor dem ebenerdigen Einlass, noch mit jungfräulich rosa Knospen.

Ich schäme mich, Gruß Claudia.

Nun, ich hatte allen Grund, ihr gram zu sein. Stattdessen brachte sie mich mit einem kleinen Zettel zum Lachen. Marc, der mich wohl für meschugge hielt, konnte ich nicht so schnell verzeihen.

Bald saß ich bequem in meinem roten Lieblingssessel, Carlos massierte mir den Nacken. Seine Nähe tat mir gut, und die

Massage erdete mich so weit wieder, dass ich es schaffte, Claudia anzurufen. Ich schilderte ihr den Sachverhalt.

»Wie, Danas Foto?«, fiepte sie sogleich.

»Wenn ich's dir sage. Und dann dieses Schmuckstück … Aber das bleibt unter uns, Maus?« Ich ergriff Carlos' Hand, wandte den Kopf und lächelte ihm zu. Was mich stutzig machte bei der Geschichte: Laut Marc hatte es eine Durchsuchung im Haus des Professors gegeben. Wieso lag dann diese Kette auf der Treppe, die man unmöglich hatte übersehen können? Es konnte nur bedeuten: Nach der Polizei hatte sich jemand im Haus aufgehalten. War es Dana gewesen?

Ich legte auf, drückte Carlos einen Kuss auf den Handrücken und spürte, ich war immer noch viel zu aufgewühlt, um fernzusehen oder ein Buch zu lesen. So fand ich mich kurz darauf unter Carlos' schwachem Protest auf der Straße wieder, die Auslagen meines Schaufensters betrachtend.

Langweilig, irgendwie: Gebetbücher, Islandmooskränze mit breiten Bändern und goldener Beschriftung, eine Bodenvase mit weißen Callas. Ich würde ein bisschen arbeiten. Arbeit war gut gegen Frust. Und dann, ausgepowert, würde ich ins Bett kriechen, die Decke trotz der frühsommerlichen Wärme in den Zimmern bis an den Hals gezogen, und nicht nur meine Erkältung, sondern auch meinen Zorn über den besten Freund ausschwitzen, dessen Verbundenheit mir gerade abhandengekommen war.

Ich nieste.

Zwei Stunden später hatte ich Marc aus dem Sinn, die Gebetbücher aus dem Fenster verbannt, ein bordeauxrotes Satintuch untergelegt, einige dekorative Urnen neben die Vase gestellt, linker Hand ein geschmücktes Plattenmooskreuz, und auf einem Podest den Werbespruch unseres Unternehmens auf einem Plakat drapiert: *Sánchez Bestattungen. Wir begleiten Sie durch das Tal.*

Wirkte es dekorativer als zuvor? Nun, trotz des guten Willens blieb es das Schaufenster eines Bestattungsunternehmens.

Mir ging es gesundheitlich schon viel besser, vielleicht hatte die Ablenkung geholfen. Dana aus dem Kopf zu verbannen, wollte mir nicht gelingen. Beim Abendbrot redeten Carlos und ich über Mamas baldige Ankunft und darüber, wie wir sie wohl am besten beschäftigten. Doch mir ging immer wieder unser Gespräch von vorhin im Kopf herum, und ich kam auf Galanis und Dana zurück.

»Casi nada«, sagte Carlos. »Diese Geschichte ist … unglaublich. Ausgerechnet du findest das Foto? Zufälle gibt es …« Er blickte mich an. »Was wolltest du denn in dem Haus?«

»Ich war mit Marc unterwegs«, sagte ich, ohne ihn anzusehen. Er nickte.

»Verstehe. Recherche.« Doch sein Blick taxierte mich eine Sekunde zu lang. »Wart ihr beiden allein dort, ich meine, wusste die Polizei Bescheid?«

»Marc … und ich … also es war folgendermaßen …«

Carlos wandte sich dem Foto zu, das auf dem Tisch lag, verglich es mit einem Foto älteren Datums, das ich einem Album entnommen hatte.

»Diese Ähnlichkeit«, sagte er. Er schien immer wieder überrascht, wenn er die Fotos betrachtete. In natura hatte er Dana nie kennengelernt.

»Keine zehn Pferde bringen mich davon ab«, sagte ich. »Es gibt sie noch, Schatz. Du hältst mich doch nicht für verrückt?«

Er lächelte mich an, küsste mich auf die Wange.

»Solamente un poco.« Er machte eine Geste mit Zeigefinger und Daumen. »Nur ein klein wenig.«

Dankbar schmiegte ich mich an seine Brust.

»Und wie geht es jetzt weiter?«

Mit einem warmen, sanften Blick des Mitgefühls betrachtete er mich.

»Schwierig. Ein Foto ist ein Foto. Was soll es schon beweisen?«

Meine Laune sank auf den Nullpunkt. Recht hatte er. Eher würde man mich in eine Zwangsjacke stecken, als einer veränderten Frisur auf einem Foto wegen eine Fahndung einzuleiten. »Das hier ist meine Schwester. Sehen Sie, ihr Haar. Das ist der Beweis.«

Nun, als Beweis ging das bestimmt nicht durch. Einen

Hoffnungsschimmer sah ich trotzdem, mal abgesehen von der Frisur. Die Polizei würde andocken an meine Geschichte, hundertpro. Es gab da einen Zusammenhang: Galanis in meinem Hof. Das Foto mit Galanis und meiner Schwester.

Im Hintergrund knarrte Geno, nach Aufmerksamkeit heischend, doch ich hatte keinen Blick für ihn.

»All die Jahre«, murmelte ich, mehr zu mir selbst. »Und kein Lebenszeichen. Was ist bloß los mit ihr?«

Wut erfüllte mich und auch Hoffnung. Ich hielt die Tränen nicht mehr auf. Ich war nun sicher, dass Dana noch lebte, nur wo?

»Wenn du willst«, meinte Carlos, »dann rede ich morgen noch mal mit den Beamten.« Ich hatte es vorgezogen, zunächst nur Claudia einzuweihen. Aber nach reiflichem Überlegen pflichtete ich Carlos' Rat bei, so schnell wie möglich die Polizei einzuschalten.

Er hatte das Besteck beiseitegelegt und war neben mich getreten. Seine Hand senkte sich auf meine Schulter, warm und schwer, ich schmiegte die Wange daran, spürte den weichen Haarflaum. Und dachte wieder an Roja.

»Verlass mich nie«, flüsterte ich. »Versprich es mir.«

Er erwiderte nichts, und doch empfand ich gerade dies als Versprechen. Sehr schweigsam, ja traurig, liebten wir uns in jener Nacht. Irgendwie gewann ich den Eindruck, dass wir einander Trost spendeten. Vermutlich war aber nur ich die Trostbedürftige.

Am Morgen, nachdem mein Liebster mir in den dunkellila Rock und die weiße Bluse geholfen hatte, verschwand ich noch rasch ins Bad, um ein kleines Make-up aufzulegen. Dann fuhr ich in meine Pumps. Die Strumpfhose hatte ich mir gespart, laut Außenthermometer herrschten bereits zweiundzwanzig Grad Celsius, und in meinem Keller konnte ich mit ähnlicher Temperatur rechnen.

Ich traf Carlos am Frühstückstisch stehend, vor der Pfanne mit Rührei, Speck und Schnittlauchröllchen. Georgina hantierte mit Tassen und Tellern.

»Es tut mir leid, *corazón*«, meinte Carlos und drückte einen Kuss auf mein Haar. »Ich muss dann.«

Ich staunte. Schule hatte noch nicht wieder begonnen. Aber dann fiel es mir ein. Er war mit dem Direx des Gymnasiums zum Waldlauf verabredet.

Er angelte ein Brötchen aus dem Brotkorb, und ich konnte meinen Blick gar nicht von ihm wenden. Gut sah er aus, in den kurzen schwarzen Hosen und dem grauen Funktionsshirt.

»Schick«, lobte ich, deutete zuerst auf das Shirt, dann auf die hellen Sportschuhe und fragte: »Ist das neu?« Seit einiger Zeit kaufte er grundsätzlich im Sportfachgeschäft. Die Fummel hatten sicher eine Stange Geld gekostet. Neuerdings, fand ich, ließ Carlos es ganz besonders krachen, was Kleidung, Sportartikel, Schmuck und den Wagen betraf. Aber sollte er ruhig, uns ging es ja gut.

Er nickte, biss von dem trockenen Brötchen ab. Krümel fielen zu Boden, Georgina rollte hinter meinem Rücken mit den Augen.

Ich sagte grinsend: »Das hab ich gesehen, Georgie. Ach, und Georgie?« Mit einer Handbewegung lud ich sie ein, Platz zu nehmen. »Die Brötchen sind noch warm.«

»Nein danke, Frau Sánchez. Ich muss gleich noch zum Kaminsky.« Viel erzählte sie nicht von anderen Arbeitgebern, doch in diesem speziellen Fall hatte sie sich mir anvertraut. Der alleinstehende, ältere Herr machte ihr Avancen, so aufdringlich, dass sie erwog, die Stelle zu kündigen. Zu dumm, dass sie das Geld dringend brauchte. Ich hatte ihr angeboten, einige Stunden mehr zu arbeiten, drunten, im Geschäft. Sie hatte das strikt abgelehnt. Mit Leichen könne sie nicht.

»Also dann«, meinte Carlos und drückte mich noch einmal ganz fest. »Ich beeil mich, Schatz.«

Ich schenkte ihm ein Lächeln, die Umarmung hatte gut getan, und ich freute mich schon auf seine Rückkehr.

Nachdem sie den Besteckkorb ausgeräumt hatte, schloss Georgina die Tür der Spülmaschine. »So. Fertig.«

»Bestens. Wie weit bist du mit den Bücherregalen?«

»Seit gestern fertig.«

»Die Fenster?«

»Blinken wie Brillanten.«

Danke, Georgie. Mama kann kommen.

Sosehr ich mich auch bemühte – ich bekam Dana nicht aus dem Kopf. Sie hing an mir wie eine Zecke, stärker denn je, fast glaubte ich, ich könne sie neben mir greifen.

Pit und Mona waren in der Vier zugange, mit der alten Frau Dubenhoff, Verkehrsunfallopfer, frisch angeliefert. Raum vier lag einen Stock tiefer im Keller und war mit dem Aufzug zu erreichen. Ich spähte durch den Türspalt des bis an die Decke weiß gekachelten Einbalsamierungsraumes, mein Blick fiel auf die Wand über dem Spültisch mit den zwei eindrucksvollen Postern. Sie zeigten die Lage von Arterien und Gefäßen des menschlichen Körpers.

Sanft drückte ich die Türe auf. Ein scharfer Geruch nach Desinfektionsmitteln strömte mir entgegen. Dubenhoff lag auf dem stählernen Obduktionstisch. Der Raum stellte eine Mischung dar aus OP-Saal und Kosmetiksalon, Chirurgenbesteck neben einem Wagen mit Kamm, Schminke, Shampoo. Zuseiten des Tisches standen Pit und Mona in langen grünen Kitteln, Hauben und blauen Latexhandschuhen. Dubenhoffs Kinder wünschten eine Aufbahrung in der Kirche, die Verwesung der Leiche musste hinausgezögert, die Gesichtszüge wiederhergestellt werden. Quer über der rechten Wange klaffte ein tiefer Riss, ein Augenlid hing schlaff herunter.

Seit einem Kursus in Thanatopraxie unterstützte mich Mona in der kosmetischen Wiederherstellung von Leichen. Anders als in Frankreich oder England war die Tradition des Einbalsamierens in Deutschland nur mäßig verbreitet. Im Frankfurter Raum arbeitete gerade einmal eine Handvoll Thanatopraktiker. Für mein Institut war die Nähe des Flughafens ein erklecklicher Einnahmequell. Rund zwanzig Leichen pro Jahr holten wir von dort ab, oft plötzliche Herztode im stehenden Flugzeug oder am Gate, deren Opfer ohne Einbalsamierung in viele Länder nicht überführt werden durften.

Mit einem Blick erfasste ich Monas Arbeit. Sie machte ihre

Sache gut, ich brauchte mich nicht zu kümmern. Pit unterdessen trat mir lächelnd entgegen, streifte die Handschuhe ab. Er blickte mir in das Gesicht, eine Sekunde zu lang, stellte aber keine Fragen, wofür ich ihm dankbar war. Vor meinem guten Geist konnte ich kaum eine Stimmungslage verbergen, und schon gar nicht solch rot geränderte Augen wie heute.

»N'Morsche, Allinsche.«

Ich lächelte zurück. »Alles gut?«

»Alles. Bevor isch's vergess: Der Meyer war hier, brandneue Ware. Droben, in der Schachtel aufm Schreibtisch. Sollst ihn anrufe, bei Bedarf.«

Ich nickte. Meyer war der Kartenlieferant, Trauerkarten, Sterbebilder, eine kleine Auswahl exklusiver Rosenkränze.

»Hat er sonst noch etwas gesagt?«

»Er lässt ausrischte, sein Vorname sei Mika. Und dass er und Claudia es net aushalte, ihr Geheimnis bis zu deinem Geburtstag zu bewahre. Komischer Kauz, gell?«

Mit Erstaunen drehte ich die Visitenkarte in meiner Hand. Die Welt war ein Dorf! Wie lang kannte ich Meyer, zwei Jahre, drei, und hatte nichts bemerkt? Mika Meyer also, Mitte vierzig. Dass Claudia auf etwas ältere Semester stand, war ja bekannt. Ich musste jedoch zugeben, mit dem feschen Bad Vilbeler Vertreter mit den gut sitzenden Anzügen hatte sie echt mal Geschmack bewiesen. Die niedliche Lücke zwischen den oberen Schneidezähnen ließ ihn jünger erscheinen und hatte etwas von Bryan Adams.

»Danke, Pit. Ich bin dann im Büro.« Droben schloss ich die Tür hinter mir, presste den Rücken an die Rollstuhllehne und atmete tief. Sonnenstrahlen fielen durchs Fenster, zwei Bahnen Licht lagen auf dem Schreibtisch wie silberne Geschenkbänder. Silbernes Band mochte Dana so gern, nicht nur für die Weihnachtsgeschenke, auch zum Verzieren von Trockengestecken und Kerzenhaltern, und beim Schmuck bevorzugte sie ebenfalls Silber – was sich später offenbar in eine Vorliebe für Schwarz gewandelt hatte.

9

Natalja

»Familie Dubenhoff«, verkündete Mona, mit dem Kopf in der Türöffnung. Ich fuhr den beiden entgegen, streckte die Hand aus und deutete eine Verbeugung an.

»Mein Beileid.« Ich bat das Ehepaar, Platz zu nehmen am runden Tisch im Empfangsraum. Anna Dubenhoff schluchzte in ihr Taschentuch. Mit beruhigenden Worten sprach ich auf sie ein. Trotz der Routine rief ich mir stets den großen Verlust meiner Kunden ins Gedächtnis. Die meisten erlebten die Stunde im Institut wie in Trance. Plötzlich sahen sie sich gezwungen, über Totenhemden mit oder ohne Stickerei nachzudenken, über die Notwendigkeit und den Preis einer Sargdecke oder darüber, ob man der Mutter einen teuren Rosenkranz in den gefalteten Händen mit ins Grab gab, weil sie eine gläubige Christin gewesen war.

Es sollte eine Erdbestattung werden. Mona brachte Tee, ich indessen erkundigte mich nach der Art der gewünschten Feier, nach dem Begräbnisablauf, der musikalischen Gestaltung. Sollte ein Trauerredner bestellt werden? Wollte man Blumen streuen?

Ehepaar Dubenhoff entschied sich für einen Lebensbaumkranz, geschmückt mit rosa Rosen und breiten weißen Bändern und dem Spruch: *In stillem Gedenken, deine dich liebenden Kinder Anna und Rolf.* Danach suchte man ein Sterbebild heraus und wählte den Wortlaut der Todesanzeige, bevor man gemeinsam in den Sargschauraum ging. Alles fühlte sich an wie immer. Und doch war der Tag anders als andere. Nicht nur für Dubenhoffs.

Ich hatte Galanis zurück, er konnte beerdigt werden. Inzwischen hatte sich sogar noch eine lebende Angehörige gefunden, eine Tante Ilsa, mütterlicherseits. Die Beerdigung würde am Nachmittag stattfinden.

Nach den Formalitäten mit Dubenhoffs zog ich mich in mein Büro zurück und las Zeitung. Ich widmete mich den Seiten mit den Todesanzeigen. Wie viele Leute waren verstorben?

Welches Alter? Wer von ihnen lag in meinen Räumen, wer bei der Konkurrenz? Musste ich mal wieder eine Annonce schalten, gewissermaßen die Werbetrommel rühren?

Marc rief an.

»Auf meinem Schreibtisch«, sagte er kleinlaut, »wartet eine rote Rose. Auf eine wunderbare Frau.« Der Zorn, der mit dem Klang seiner Stimme an meinem Ohr schon wieder aufwallen wollte, floh. Stattdessen spürte ich Herzklopfen.

Marc bat: »Das Wetter ist schön, und ich habe frei. Lass uns in den Zoo gehen.«

Die alten Akten konnte ich genauso gut morgen oder an einem Regentag archivieren, dachte ich, und etwas Abwechslung tat sicher gut. Mein letzter Besuch im Zoo war ein Vierteljahrhundert her, ich erinnerte mich vage an das kleine Mädchen mit den Zöpfen an Mutters Hand.

Ich musste lachen.

»Silberrücken anschauen? Rote Pavianhintern?« Im Spiegel über dem Aktenschrank reckte ich mich wild, zog Affengrimassen. »Warum eigentlich nicht? Wann kommst du?«

Wir verabredeten uns für in einer Stunde.

»Unter einer Bedingung«, sagte ich, weil ich keine Lust auf neuen Streit hatte. »Kein Wort von Dana.«

»Einverstanden.«

Meine Erkältung war wie fortgeblasen, bis auf leichtes Kopfweh. Mit frischem Tatendrang fuhr ich an meinen Schreibtisch: Post lesen und beantworten. Wenig später klingelte die Ladentür. Ein junger Mann in Röhrenjeans, engem schwarzen T-Shirt, Nietengürtel, Chucks, trat ein, an seiner Seite ein Mädchen, ähnlich gekleidet. Beide trugen einen gescheitelten, schwarz gefärbten Pony und Armbänder mit Karomuster. Um den schlanken Hals des Mädchens lag ein Hello-Kitty-Kettchen mit pinkfarbenem Skelettanhänger.

Ich sah den jungen Mann auffordernd an.

»Kann ich helfen?«

»Carlchen?«, fragte er nur. Sein Blick unter der schwarzen Schminke flößte mir direkt Angst ein. Seine Haut war bleich, die Lippen schwarz, ich musste spontan an die Teufelssekte denken.

»Oh, Sie suchen meinen Mann? Sind Sie ein Kollege?« Ich biss mir auf die Lippen. Unsinn. Der Typ war allenfalls zwanzig.

Die Gäste wechselten einen raschen Blick.

»Kollege, hm? Wenn du es so willst«, sagte dämlich grinsend der junge Mann.

Ich spürte Ärger aufsteigen. He, du bist garantiert ein Jahrzehntchen jünger. Ich entsinne mich nicht, dir das Du angeboten zu haben, dachte ich zornig.

Ich griff in die Weingummitüte.

»Und wie ist *Ihr* werter Name?«, fragte ich, höflich.

Der Teufelsbub schob seinen Kaugummi von einer Backentasche in die andere.

»Ich bin der Max«, sagte er, ganz cool. »Carlchen weiß dann schon.«

Jetzt fiel mir auch die Blässe der jungen Frau auf. Sie schüttelte das rotblonde Haar und fuchtelte dann mit den Händen darin herum, um es wieder zu bändigen.

»Elsie«, warf sie mir hin. Für einen Augenblick sah ich die Narben an ihrem Arm, die vom Ritzen stammten. Eine davon, fünfzackig und mit Muster versehen, erinnerte an den Ziegenkopf. Aber ich hatte gehört, dass es auf die richtige Anordnung der fünf Zacken ankam, ob so ein Zeichen als teuflisch galt.

»Warten Sie hier«, sagte ich. »Ich gebe Bescheid.« Im Büro schloss ich die Tür und bediente die Haussprechanlage. Carlos, längst vom Waldlauf zurück, bat die Leute nach oben in die Galerie mit den Bücherregalen, wo er einen Schreibtisch stehen hatte und eine schmale Lederliege, zur Entspannung nach langen Korrekturarbeiten. Die ganze Zeit grübelte ich, ob ich die beiden kennen sollte. Sie waren einander offenbar sehr vertraut. Carlchen, ach Gott! Wie niedlich. Seinen Schülern erlaubte er solche Vertrautheiten sicher nicht. Waren es weitläufige Verwandte von Sánchez-Seite her?

Ich hätte gern Mäuschen gespielt bei den dreien dort droben, doch die Pflicht rief. Falls es Wichtiges zu besprechen gab, würde Carlos mich sicherlich einbeziehen. Mit diesem

Gedanken griff ich zum Hörer und konzentrierte mich auf das überfällige Kundengespräch, das mein Gatte wohl vergessen hatte, da es in dem »Erledigt-Ordner« keinen entsprechenden Vermerk gab. Frau Gesswein war sofort am Apparat.

»Wie, Telefonat, diese Woche? Die Rechnung? Nein, nicht bei Ihnen angerufen. War alles in Ordnung. Herzlichen Dank für die gute Betreuung und schönen Gruß an Herrn Halmich und die Frau Ebbsen.«

Der Stachel flog unmittelbar, und er saß tief. Unser Wiedersehen nach meinem Urlaub, Carlos' seltsames Verhalten und das hektische Telefongespräch: Es stand wieder vor meinem inneren Auge. Carlos hatte gar nicht mit Frau Gesswein telefoniert, er hatte mich angelogen!

Ich zog die Schreibtischschublade auf, entnahm ihr mein altes Freundschaftsbuch mit den sinnigen Sprüchen meiner einstigen Schulkameraden und der Mahnung meines Lateinlehrers, Robert Olthoff mit drei O. *Quidquid agis, prudenter agas et respice finem.* Was immer du tust, tu es klug und bedenke das Ende. Mittig stieß ich auf Danas Wuschelkopffoto, das ich hier hortete. Ich tauschte einen langen Blick mit meiner Schwester, deren Erscheinung so lebendig wirkte, als wolle sie jeden Moment aus dem Bild heraussteigen.

Was passiert mit mir, mit dir, mit Carlos, mit uns? Sag du es mir, Dana.

In Begleitung der Besucher stand Carlos plötzlich im Büro. Mir blieb fast das Herz stehen, so tief war ich in Gedanken versunken gewesen. Blitzschnell vergrub ich Bild und Freundschaftsbuch wieder im Schreibtisch.

»Kannst du nicht anklopfen?«, herrschte ich meinen Mann an, und es tat mir im selben Moment schon leid. Er wirkte zerknirscht, mich plagte mein Gewissen umso mehr. Und wieder musste er dringend weg. Diesmal hatte es wohl mit dem Besuch zu tun. Seine Heimlichtuerei ging mir auf die Nerven, ich war hin und her gerissen zwischen Verständnis, Mitgefühl, Zorn.

»Darf man fragen, wohin?«

»J-e-ns. Wir fahren zu Jens.« Ich wunderte mich darüber, dass sich ein so kurzer Name stottern ließ.

Ich nickte. »Jens. Schönen Gruß auch.« Er sprach wohl von Jens Bartlow. Sein letzter Kontakt mit dem ehemaligen Lehrer am Goethe-Gymnasium musste fünf Jahre her sein. Wieso sollte Carlos jetzt auf einmal … Er lächelte mich an. Ich lächelte zurück. Doch es war so eine Sache mit dem Vertrauen.

Vertrau mir. Sagte der Wolf im Schafspelz. War ich nicht selbst solch eine Wölfin? In jener Nacht mit Marc hatte ich Carlos' Vertrauen missbraucht. Aber auch Carlos war ein Wolf. Er war mir ein Wolf. Er hatte den Elfenbeinturm, wo unangreifbar mein Vertrauen wohnte, ins Wanken gebracht.

Eine ins Zimmer hereinstaksende Mona unterbrach meine destruktiven Gedankengänge, die in letzter Zeit den unverkrampften Umgang mit Carlos torpedierten. Ich musste aufhören mit dem Misstrauen, das unterschwellig begann, mich von meinem Mann zu entfernen. Das mit uns, das war etwas Besonderes, eine Beziehung voller Nähe und Innigkeit, und vor Roja wäre es undenkbar für mich gewesen, Carlos' Loyalität auch nur im Ansatz anzuzweifeln.

Ich spürte warme Gefühle aufsteigen. Der Wunsch, meinem Liebsten Gutes zu tun, ließ mich die Website des Theaters am Park aufrufen. Carlos sah sich gern Komödien an, und ich wurde fündig.

»Chefin?« Der altmodische Jeansoverall ließ Mona fülliger erscheinen. »Der Professor wäre dann so weit«, verkündete sie, »für die Bestattung morgen früh. Wenn du noch einen Blick drauf werfen willst? Pit und ich sind in der Zeppelinstraße, den alten Marberg holen.«

Sie tauschte einen knappen Blick mit den dreien vor meinem Schreibtisch. Für Momente glaubte ich, ein Erkennen in ihren Augen zu sehen, als sie den jungen Mann musterte. Wahrscheinlicher war, dass ich Gespenster sah. In der augenblicklichen Verfassung war ich hypersensibel und vermutete hinter jedem Wimpernzucken eine Verschwörung.

Zehn Minuten später war das Haus leer. Das heißt: Ich befand mich drunten in den Kellerräumen und mit den Leichen allein. Nachdenklich betrachtete ich den Professor. Die Verletzung hatte man ihm also erst post mortem beigebracht. Außerdem hatte man fremde DNS gefunden, aber keinen dazugehörigen Menschen, nicht in der Verbrecherkartei. Das deckte sich mit den Ergebnissen vom Tod der Mainleiche.

Ich strich noch ein paarmal um Galanis' offenen Sarg herum wie der Löwe um die Beute, doch ich fand nur die üblichen Veränderungen und Wunden nach der Obduktion vor. Der Professor würde mir nichts mehr verraten, keine Antwort auf meine quälenden Fragen geben, auch nicht auf die nach Danas Verbleib.

Mit einem tiefen Seufzer und mit Schwung klappte ich den Sargdeckel zu.

Ich legte Make-up auf und tuschte meine Wimpern. Die kleinen Perlenohrringe ließen meine Augen glänzen. Oder war es die Vorfreude auf Marc? Für den Zoo durften es Jeans und ein Langarmshirt sein. Trotz der Sonne war es noch frisch draußen, so legte ich mir eine Strickjacke über den Schoß, und schon war ich auf dem Weg nach unten.

Meine zwei guten Geister Pit und Mona kamen wunderbar einen Nachmittag ohne mich zurecht, Neuzugänge hatten wir nicht zu verzeichnen, zudem gab es im Fall der Fälle Mobiltelefone.

Der Treppenlift ächzte und bettelte um einen Tropfen Öl. Später, dachte ich nur. Ich hatte Eile. Carlos hinterließ ich eine Nachricht auf dem Schwarzen Brett gleich neben dem Eingang, bevor Marc mich abholte.

In Höhe des Messegeländes, am Frankfurter Bleistift, wie man den Messeturm aufgrund seiner spitz zulaufenden Form nannte, trafen wir auf den Äppelwoi-Express. Der Hammering Man vor dem Bleistift ließ sich in seiner Arbeit nicht beirren, während Halbtrunkene und Volltrunkene mit glänzenden Nasen uns hinter den Scheiben der Tram zuwinkten. Ich dachte an die Affengrimassen, doch ich beherrschte mich, als Marc ganz nebenbei nach meiner Hand griff und sie drückte.

Das Zoogelände war gut besucht, im verdunkelten Grzimek-Haus schoben sich tastend die Leute vorwärts. Tiere der Nacht waren aktiv: Buschbabys, Nachtaffen, Faultiere, Fledermäuse und ein afrikanisches Erdferkel, das im schummrig gelben Dämmerlicht durch Höhlen und Gänge jagte. Wieder nahm Marc meine Hand. Ich spürte einen kleinen Stromstoß, er rann von meinen Schultern in meine Körpermitte, flatterte in meinem Bauch auf wie die Flügel einer Elfe. Oh, oh, Birdie. Pass auf dein Herz auf! Wie wären unsere Leben verlaufen, hätten wir beide uns früher getroffen, vor ein paar Jahren, vor Carlos?

Für einen Moment genoss ich das gefährliche Spiel, das ich schon lang nicht mehr gespielt hatte. Dann entzog ich mich Marc sanft durch eine leichte Drehung Schmidtchens.

»Komm, ins Reptilienhaus.«

»Wohin immer du möchtest, Birdie.« Aquamarinaugen! Klar und durchscheinend blau wie der Ozean bei Schönwetter, und ausgerechnet ich mit meinem Faible für das Meer sollte diesem Blick widerstehen.

Ich konnte widerstehen. Und dafür dankte ich meiner Mam, die mir in diesem Moment eine SMS schickte und mich ablenkte.

Mittagessen, Dienstag? Und stell den Martini kalt.

10

Melda

»Heil Satan!«

»Heil Satan«, murmelte auch Melda. Sie lehnte mit dem Rücken gegen die Tür und beobachtete die Szene.

Der Gong ertönte. Die Diener blickten auf die nackte Frau, die als Altar eingesetzt worden war, Kopf nach Süden, Füße nach Norden. Das hatte rein praktische Gründe, da in Mephistos engem Zimmer einfach der Platz für einen Altar fehlte. Andererseits passte es zur erotischen Stimmung, und die Frau galt als das natürliche passive Gefäß und repräsentierte Mutter Erde. An der Wand über dem Altar prangte als Metallschild das Symbol des Baphomet, von den fünf Spitzen eines Sterns umfasst, das, kombiniert mit der Fruchtbarkeit des Bocks von Mendez, die Kräfte der Finsternis darstellte.

Von Mal zu Mal erregten diese Beschwörungen der fleischlichen Lust stärker Meldas Missfallen. Es würde wieder in einer Sexorgie enden, Luzifer würde sich Appetit holen und in den nächsten Tagen auf Meldas Bildfläche erscheinen.

Die Apostel gaben ihr Halt und Heimat, auf diese Seite der Medaille hier konnte Melda aber getrost verzichten. Sie mochte viel mehr die Opferrituale, für die sie vollen Einsatz zeigte und die sie mit innerer Freude, dem Gefühl der Lebendigkeit und der eigenen Wertschätzung erfüllten.

Für Momente sah sie Nathans Bild in ihrem Kopf, und sie erinnerte sich, wie sie die Türklinke des Säuglingszimmers hinuntergedrückt und wie gleich darauf Nachtschwester Agnes auf Nathan in ihrem Arm gezeigt und nachsichtig gelächelt hatte.

»Soll das eine Entführung werden?«

»Die Mutter möchte das Baby sehen«, hatte Melda gestottert.

»Hab eben nach Frau Fabian geschaut«, war Agnes' Antwort gewesen. »Sie schläft. Kommen Sie, geben Sie mir das Baby.« Und dann hatte sie Melda mit einem langen Blick gemustert. »Welcher Arzt, sagten Sie, schickt Sie auf diese Station?«

Bis zur Walpurgisnacht blieben zehn Tage. Es war noch nichts verloren, es genügte, wenn Melda in zwei, drei Tagen noch einmal bei Tine in der Klinik vorbeischaute.

Sie richtete den Blick wieder auf die Ritualszene. Sobald der letzte Gong ertönte, wollte sie Reißaus nehmen. Die Kerle würden nichts bemerken, der Verstand rutschte bei solchen Veranstaltungen gern in die Hose.

»Öffnet die Tore der Hölle«, sagte Luzifer, fest und bestimmt, »und kommt heraus vom Abyssus. Gewährt mir die Freuden, von denen man spricht.«

Melda ließ den Blick durch die finstere Runde schweifen. Unter den Kapuzen erkannte sie die hübsche Dore, Anifels Weib, die siebzehnjährige Miriam, einen Protegé Luzifers, der noch zur Schule ging, sowie die Mittvierzigerin Lena Dietz, die, wie man hörte, samstags von sieben bis vierzehn Uhr in der Altstadt auf dem historischen Oberurseler Marktplatz ihre drallen Brüste über den Tresen hängte, indessen sie Käse und Wein verkaufte.

»So höret die Namen«, schwadronierte Luzifer. »Abbadon … Adramelech … Ahpuch …«

Melda konnte ein Gähnen nicht unterdrücken. Schade, dachte sie, dass Dimmi nicht hier war. Sie hätten ein Stück durch den Stadtpark gehen, und Dimmi hätte von seinem Griechenland-Urlaub erzählen können, bis die erhitzten Gemüter in diesem engen Zimmer sich wieder abgekühlt hatten.

Luzifer fuhr fort: » … Belzebub … Coyote …«

Wieso hatte Dimmi sich nicht gemeldet, seit seiner Reise? Ob er noch sauer auf Melda war? Unter größten Schwierigkeiten war er aus der Gruppe ausgetreten, und Melda, die mit ihm hatte gehen wollen, hatte ihn im Stich gelassen. Aber er musste doch verstehen – wenn sie ging und Luzifer mit ihr fertig war, würde sie keinen Fuß mehr in die Gesellschaft kriegen. Die Sehnsucht hatte sie gepackt, und sie hatte noch Dimmis Hausschlüssel. Doch er war nicht zu Hause gewesen. Später hatte Melda ihre Piercing-Kette vermisst. Ein guter Grund, noch einmal zurückzukehren.

»… Thoth … Tunrida … Typhon …« Luzifer nahm den Silberkelch und trank vom roten Wein. Anschließend reichte er ihn Belial, seinem Assistenten. Dann hob er das Silbertablett mit dem Phallussymbol, das Zeugung, Manneskraft und Aggression verkörperte.

»Sendet nun aus den Boten der wollüstigen Freuden. Kommt hervor, antwortet auf eure Namen, indem ihr meine Wünsche erfüllt.«

Die Diener machten eine Verbeugung.

»Shemhamforash. Heil Satan.«

Luzifer trat nun zum Altar und entzündete das Pergament mit den Wünschen und Gesuchen an einer am Boden flackernden Kerze. Wie, so überlegte Melda, würde wohl ihr Gesuch lauten, an dem Tag, an dem sie mit Nathan im Arm vor dem Altar stand? Sie wusste es, es gab nur einen brennenden Wunsch: ein richtiger Jünger zu sein. Belzebub sein, denn sein Rang war frei.

Als Erster entledigte sich Luzifer seiner Kutte, Melda aber schlüpfte zur Tür hinaus.

11

Natalja

Wir hatten einen herrlichen Tag, und weil er so schön war, fassten wir sogleich einen gemeinsamen Besuch des Palmengartens für die nächste Woche ins Auge. Im Café Hauptwache aß ich Leberkäse mit Spiegelei und Bratkartoffeln, Marc hatte Rippchen mit Kraut, ein Fädchen davon blieb in den Stoppeln des Drei-Tage-Bartes hängen, was mich an Loriots »Nudel« erinnerte.

»Dimitrios Galanis«, begann ich. Ich hatte den Eindruck, Marc sei leicht zusammengezuckt. Ob er Ärger von höherer Stelle wegen der Schnüffelei im Galanis-Haus bekommen hatte? »Gibt es neue Erkenntnisse, weißt du mehr? Sein Tod und die Teufel – irgendein Zusammenhang?«

»Es gab einen Polizeieinsatz«, verriet mir Marc.

»In der Seestraße?«

»Offenbar erfolglos.« Er verzog die Lippen. »Auf mich wirkten die Brüder offen gestanden recht aufgeräumt. Mörder? Schwer vorstellbar.«

Ich rückte näher an den Tisch.

»Du warst vor Ort? Klingt aufregend.«

Marc prustete. »Ehrlich? Ein Besuch bei den Kapuzinern auf der Zeil hat sicher mehr Unterhaltungswert.«

»Wie habe ich mir das vorzustellen, als stinknormale WG?«

»Sie leben zu dritt unter einem Dach: Belial, Anifel, Mephisto. Der Rest wohnt zu Hause, ganz bieder, bei ihren Familien. Und jeder von denen geht einer geregelten Arbeit nach.«

Nach all meinen Recherchen dachte ich mir das bereits. Die meisten Satanisten sahen Satan nicht als Wesen mit gespaltenen Hufen und Hörnern, sondern er repräsentierte eine Naturkraft: die Kraft der Finsternis. Das Leben pur, ohne Einschränkungen. Und das gefiel eben den Leuten, neben ihrem langweiligen Dasein mal so richtig die Sau rauslassen zu können.

»Nur die Seestraße also?«, bohrte ich weiter. »Wurden nur diese drei vernommen?«

»Jeder Einzelne hatte Polizeibesuch.«

»Woher weiß man, wer so alles zum Verein gehört? Was ist, wenn …«

»Wenn man die Namen der wahren Drahtzieher verschweigt?«

Ich zuckte mit den Schultern.

Marc leckte sich die Lippen. »Unsinn. Glaub mir, sie sind wirklich harmlos. Es gab Kaffee und Apfelweinkuchen.«

»Kommst mir vor wie Oma Lucia«, bemerkte ich. »Was für feine Leute und die saubere Wohnung und der gute Kaffee!« Ich blickte ihn von der Seite an. Ich erinnerte mich, dass ich ihn schon einmal gefragt hatte, ob er zur Sekte gehöre. Diesmal verbiss ich es mir.

»Prinzipiell«, ergänzte Marc, »könnte man sich eine Scheibe abschneiden. Die Gottesfürchtigen predigen Entzug, während die Satanisten eintreten für Gier, Eitelkeit, Neid, Wollust und Faulheit. Letztendlich führt all das zu körperlicher, geistiger und emotionaler Befriedigung. Spinn den Faden mal weiter: Was soll daran verkehrt sein?«

Ich strafte ihn mit tödlicher Verachtung, doch er war so sehr mit sich und seinen Gedanken beschäftigt, dass er meine Sauertopfmiene gar nicht registrierte. Wollust und Faulheit … das könnte ihm so passen.

»Glaub mir.« Er hämmerte mit den Gabelzinken gegen sein Kinn. »Die Leutchen von der Satansfraktion sind vor allem mit sich selbst beschäftigt. Satan ist im Grunde nur ein Pseudonym für das eigene Ego. Die haben kein Interesse, Leute abzumurksen, wenn überhaupt, wird symbolisch mal ein Hamster geopfert.«

Ich hoffte, dass er recht behielte. Dennoch: Hamster umbringen fand ich auch nicht witzig, und mindestens ein Teufel machte die Gegend unsicher, indem er Menschen tötete, ob er nun einer Sekte angehörte oder nicht.

Wohlig seufzend und satt lehnte Marc sich zurück. »Ich muss sagen: Die ›Krauts‹ machen ihrem Spitznamen alle Ehre.«

Ich nickte. Da war sie schon, die ersehnte Gelegenheit für einen kleinen Seitenhieb für faule und wollüstige Leute.

»Nur zur Info: Kürzlich soll es eine Vergiftung gegeben haben, ganz in der Nähe. Botulismus. Soll absolut tödlich sein. Der Wirt hat vergammeltes Kraut serviert, das er nicht richtig erhitzt hatte. Na ja, Dosenfraß!«

Marcs Gesichtsfarbe verlor an Frische. Ich setzte noch eins drauf. »Solltest du vor mir sterben«, versicherte ich, »dann wirst du mein Meisterstück in Thanatopraxie. Du kriegst die schönste Totenmaske, ehrlich.«

Seiner zu einer Grimasse verzogenen Miene nach zu urteilen, war mir der Trost nicht gelungen. »Aber zurück zu den Tieropfern der Satanisten«, fuhr ich fort. »Hähne, mein Lieber. Sie opfern auch Hähne. Und Katzen, Hasen und Hundewelpen.«

Mit einer Serviette fächerte Marc sich Luft zu.

»Sieh an«, schnaufte er. »Meine Birdie ist informiert.« Langsam röteten sich seine Wangen wieder. »Aber das ist wohl von Gruppe zu Gruppe verschieden«, ergänzte er. »Alles ist im Wandel. Laut Aussage von Frater Anifel halten sich die neuen Apostel auch nicht ganz streng an LaVeys Grundsätze.«

»LaVey – das ist dieser Kalifornier, nicht wahr, der sich selbst als den irdischen Vertreter seiner höllischen Majestät sieht?«

»Yep. Er gründete die Church of Satan 1966 in der Walpurgisnacht. Seine Grundsätze und Regeln wiegen in Satanistenkreisen so schwer wie bei den Katholiken die Zehn Gebote.«

»Schrieb er nicht die satanische Bibel?«

»Allerdings. Die Schrift ermuntert ja nicht nur zur Rache statt Wange hinhalten, sondern laut LaVey ist der Mensch ein anderes Tier. Er soll leben, wie er es will, ohne Rücksicht auf Verluste. Er soll nur Arbeit annehmen, die ihm behagt, essen und trinken, was er mag ...«

»Womit wir wieder beim Thema wären: und vögeln, mit wem und wo immer er mag.« Ups. Marcs Augen waren Staunen.

»'tschuldige. Ist mir herausgerutscht.«

Er musterte mich zwei lange Sekunden, grinsend. »Womöglich sollte ich dem Verein doch beitreten.«

»Untersteh dich. LaVey sagt: sexuelle Vorstöße nur bei entsprechenden Signalen.«

Ich bestellte schnell einen Sauergespritzten bei dem Schönling mit der roten Baumwollschürze, um Marc jetzt nicht in die

Augen sehen zu müssen. »Du sagtest vorhin, die Teufelsanhänger leben sehr frei nach LaVey?«, fragte ich, als der Kellner gegangen war.

»Sie wollen als moderne Gruppe verstanden sein, die mit der Zeit geht. Neue Regeln, neue Riten.« Wieder klang es für mich nach Begeisterung.

Neue Regeln? Die da wären? Und was bedeutete »mit der Zeit gehen«? Die Zeiten, sagte man, würden härter …

Der Apfelwein, der umgehend serviert worden war, schmeckte irgendwie bitter.

Zeitig nach dem Essen brachte Marc mich nach Hause. Es dämmerte bereits, die Straßenlaternen schimmerten schon in der Farbe von Eistee, als wir uns im Hof meines Hauses am Eingang der Schulstraße, noch im Wagen, verabschiedeten. Marcs spontaner Kuss brachte meine Gedanken, Gefühle, Hormone in Wallung. Ich schielte hinauf zum Schlafzimmerfenster. War das Carlos, dort hinter der Gardine? Oder war es nur der Schemen des hölzernen Herrendieners mit dem ausgesägten Männerkopf?

Mein Herz stolperte. Rasch schob ich Marc von mir, strich die Falten meines hüftlangen T-Shirts in meinem Schoß glatt.

»Keine gute Idee«, schimpfte ich, als wäre die Sache mit dem Kuss Marcs alleinige Schuld. Dabei hatte ich ihn gewähren lassen. *Gib es zu, Birdie. Es hat dir gefallen.*

Er murmelte, grinsend: »Keine gute Idee, *right*. Ich werde Husten und Schnupfen kriegen.« Damit war er auch schon aus dem Auto, holte Schmidtchen und half mir beim Aussteigen. Mit wehmütiger Miene strich er über die Lehne. Dachte er gerade wie ich an unseren lustigen Tanzabend mit der Selbsthilfegruppe? Sie hatten Oldies gespielt. »Schmidtchen Schleicher mit den elastischen Beinen, wie der gefährlich in den Knien federn kann.« Eigentlich müsste Marc selbst mit zweitem Namen Schmidtchen heißen.

Lächelnd zwinkerte er mir zu. »Bis bald, *honey*.« Er spreizte Daumen und Zeigefinger an seinem Ohr. Fast wirkte die Geste wie der Satansgruß, bei dem man hörnerartig Zeige- und kleinen Finger reckte.

»Lass dich hören.«

Und damit verschwand er, bevor ich ihm nachrufen konnte, dass dieser grüne Zettel aus seiner Hosentasche gefallen war.

Das Institut war ordnungsgemäß abgesperrt. Danke, Pit. Danke, Mona, ihr Engel! Wer sagte denn, es sei so schwer, gutes Personal zu bekommen?

Nach dem Aufschließen wendete ich den Zettel zwischen den Fingern. Eine Telefonnummer stand auf der Rückseite. Und dieser teuflische Name. Belzebub.

Sorgfältig faltete ich den Zettel und steckte ihn in die Handtasche. Mit schrecklich schlechtem Gewissen Carlos gegenüber fuhr ich ins obere Stockwerk und verfluchte meine Trägheit, die dem Lift das Öl verwehrt hatte. Wäre ich auf Füßen gegangen, ich hätte mich wie eine räudige Hündin in mein eigenes Heim geschlichen. Rollstuhlreifen machten solche Pläne zunichte, vor allem, wenn Papageienohren horchten. Genos Schreie zerfetzten die Stille im Flur. Schon gut, ich kapituliere.

Nach ausgiebiger Begrüßung wurde es still um den Grünen auf seinem in einem Blumentopf eingegipsten Ast im Wohnzimmer. Hinter mir hörte ich ein Rascheln. Carlos. Mit der Fernsehzeitschrift in der Hand. Er machte sich nicht die Mühe, aufzustehen.

»So spät, *corazón*?« Ich empfand seinen Blick als lauernd und entschloss mich zur Flucht nach vorn, um sein Misstrauen zu zerstreuen.

»Kennst doch Marc. Er findet einfach kein Ende.«

Er nickte verständnisvoll. »Vor allem in deiner Gegenwart, *vale*?« Nun stand er doch auf, küsste mich auf die Wange, lächelte müde. »Nun, kennen ist deutlich zu viel gesagt. Ich weiß nicht mal, wie er aussieht, im Hof ist es dunkel.«

»Eifersüchtig?« Ich tat betont lässig. »Komm schon, Carlos. Marc und ich, wir sind … Freunde.«

Er flüsterte: »Die Wahrheit ist: Ich brenne vor Eifersucht.« Ich versank in diesem dunklen Blick und wusste im selben Moment wieder, wohin ich gehörte. »Wann stellst du ihn mir endlich vor?«, wollte er wissen. »Den Freund mit dem Hang zu intensiven Abschieden?«

»Komm mal her«, bat ich ihn friedlich. Er folgte meiner Aufforderung, ging vor mir in die Hocke, sodass ich ihm liebevoll über das Haar streichen konnte. Ich spürte ein warmes Kribbeln in Höhe des Herzens, nahm Carlos' Gesicht in beide Hände, küsste ihn auf die Lippen und blickte ihm tief in die zartbitterfarbenen Augen. »Kein Grund für Eifersucht, Darling. Ehrlich.«

Im Wohnzimmer duftete es nach Waldfrüchten, der Duft ging von der Potpourrischale auf dem Tisch aus. Es herrschte eine gemütliche Stimmung, wir schauten uns zusammen »Aktenzeichen XY ... ungelöst« an und tranken Tee, Carlos links in der Sofaecke, ich rechts, Genos Kratzfüße auf der Schulter. Die Blicke der Buntbarsche mied ich heute konsequent.

Noch am Überlegen, worauf ich meinen Gatten nach dem Abspann zuerst ansprechen sollte, auf die alte Gesswein oder auf Roja, entschied ich mich blitzartig für eine Kursänderung, zwecks häuslicher Harmonie.

»Sie geben ›Charleys Tante‹«, verkündete ich. »In zwei Wochen. Lust?« Ein sanftes Lächeln umspielte Carlos' Lippen, er öffnete sie, holte Luft. »Das ist ...«

Mit wehenden Fahnen rauschte Georgina herein, die selten einmal während der Woche, jedoch jeden Freitag in unserem Haus übernachtete, um zum Wochenende hin schon zeitig auf der Matte zu stehen.

Immerzu rief sie »Ohneinohnein«. Sie heulte wie eine Schlosshündin, Wimperntusche floss über ihre Wangen.

Ich rüttelte sie am Arm. »Georgie, was ist, nun sag doch was!«

»Die Agathe Bauer«, schluchzte sie. »Trudie und die Rosellas ... Der Klempner hat vergessen, das Fenster zu schlie...«

Im Handumdrehen war ich im Dschungel, im Gefolge Georgina und meinen Gatten, und blickte mich in dem ungewohnt stillen Raum um.

»Der Klempner?«, fragte ich, ohne Georgina anzusehen, weil die Tränen auch bei mir locker saßen. »Was denn für ein Klempner?«

»Na, der Herr Bausback, von heute früh.« Sie geriet ins

Schwärmen. »Sympathischer Mann. Wenn ich zehn Jahre jünger wär …« Sie entfaltete ein Taschentuch. Ich schüttelte den Kopf.

»Bausback? Nie gehört.«

»Aber …« Wir tauschten einen Blick der Verständnislosigkeit. Auch Carlos schüttelte den Kopf. Georgina stöhnte. »Sie sagten doch, dass der Bachlauf verstopft ist und dass wir einen Klempner brauchen.« Sie siezte mich immer noch, wegen des Respekts.

»Ich habe keinen Klempner bestellt«, erklärte ich, und wenn ich die Situation richtig einschätzte, hatte Georgina das ebenso wenig getan.

Das herzzerreißende Heulen drohte erneut zu starten. Ich hatte gut Lust, meine Perle erstmals in all den Jahren wüst zu beschimpfen. Was fiel ihr bloß ein, ohne Absprache fremde Leute ins Haus zu lassen? Die Anzahl meiner gefiederten Lieblinge war drastisch geschrumpft.

»Passiert ist passiert«, murmelte ich stattdessen, und: »Stell die Zimmervoliere im Garten auf, Georgie. Manchmal kehren Vögel auf der Suche nach Futter nach Hause zurück.«

Ich machte mir große Sorgen um die Tiere, es war stockdunkel draußen, und die Jäger der Nacht erwachten. Sorgen hatte ich aber auch des unbekannten Klempners wegen. Wer kam denn auf die Idee, bei Leuten einzudringen und Tiere freizulassen? Ein Geistesgestörter? Und woher wusste der Typ überhaupt von dem Bachlauf? Den hatte bis heute nur meine Familie zu Gesicht gekriegt, okay, und Marc hatte ich mein Dschungelzimmer, theoretisch, in bunten Farben ausgemalt.

Ich zog den grünen Zettel mit der Telefonnummer aus der Tasche. Ein Apostel aus der Seestraße musste ihn Marc zugesteckt haben. Trug nicht der tote Galanis den teuflischen Namen? Nein, der hieß ja Barfaee. Aber wieso schleppte Marc diesen Zettel mit sich herum?

Mir kam die Idee, dass womöglich die Satansbrut die Hände im Spiel hatte, was den Verlust meiner Lieblinge betraf. Vielleicht hatte man Marc und mich beim Schnüffeln ertappt auf Galanis' Hof, und nun sann man auf Rache. Wie auch immer, heute Nacht hielt ich es für zu spät, die Nummer durchzuwählen, und der Zettel wanderte einstweilen in meinem Büro zu Danas Foto ins Freundschaftsbuch.

Geno auf meiner Schulter hielt ein Bein eingezogen, kratzte behaglich mit dem Schnabel, als sei die Welt völlig intakt. Ich aber träumte in jener Nacht wirres Zeugs von flatternden Flügeln, plätschernden Bächen und sperrangelweit offen stehenden Fenstern, die, in ihren Glasscheiben das nächtliche Sternenzelt, auf mich zutanzten und mich an die Wand zu drücken drohten.

Die Topfrosen am Blumenfenster standen in voller Blüte, als Claudia anderntags zum Kaffeetrinken bei Carlos und mir hereinschneite, mit einer todschicken Aufsteckfrisur. Sie hatte den Bus genommen. Sie küsste mich, die Piepstimme girrte, und vor lauter Übermut, weil ich ihr versicherte, nicht mehr böse auf sie zu sein, ließ sie mein Schmidtchen zweimal um die eigene Achse rotieren.

»Kindskopf«, keuchte ich, die sogar das Passivtanzen anstrengte. Ich sollte dringend etwas für meine Kondition tun, dachte ich. »Was führt dich in unser bescheidenes Heim?«

Rücklings nahm sie auf dem Küchenstuhl Platz und blies die Luft über die Lippen.

»Bescheiden, ja? Der Witz des Tages.« Sie strich über die neue Nussbaumanrichte. »Muss ein Vermögen gekostet haben und sieht nach super Geschäften aus. Also *meine Regale* heißen Ivar oder Billy.« Ihr Blick wanderte über die laufende Mattscheibe zur Tür, dann reckte sie die Nase und schnüffelte Richtung Küche, aus der der Duft nach frisch Gebackenem drang.

Ich nickte gönnerhaft. »Falls du einen Zweitjob brauchst …«

»Nee du, lass stecken«, fiepte sie. »Ich seh den Sensenmann nämlich am liebsten von hinten.«

Sie spielte auf unsere Kindheit im Institut Sanftleben an. Anders als ich, hatte sie immer einen großen Bogen um die Leichen gemacht. Ich sah sie noch im Türspalt des Aufbahrungsraumes in Burgholzhausen stehen und die Toten von Fußseite her skeptisch beäugen. »Sie haben so große Nasenlöcher, das ist eklig.« Das waren oft ihre Worte gewesen.

Sie war aufgestanden und durchquerte den Erker, die Hände auf dem Rücken verschränkt. Dann blieb sie stehen, stützte die Arme auf die Stuhllehne und sah mich fest an.

»Neuigkeiten von Dana?«, fragte sie. Mir wurde klar, dass sie die dienstfreie Zeit für einen Besuch bei uns nutzte, um mehr von den seltsamen Vorgängen der letzten Tage zu erfahren.

»Und von Galanis?«, bohrte sie weiter. Den Professor ließ ich erst einmal außen vor und murmelte: »Nicht direkt.« Ich erzählte von der Begegnung im Schuhgeschäft, eine Geschichte, die auch für Carlos neu war.

»Das alte Lied«, bemerkte er und verdrehte seufzend die Augen. »*Corazón*, wann hört das endlich auf?« Ich spürte Ärger aufsteigen. Hatte er nicht die Tage noch Verständnis für mich bekundet?

»Nein, lass sie«, bat Claudia und wandte sich mir zu. »Die Frau sah nicht wirklich aus wie Dana, sagst du.«

»Richtig. Aber die Kinnpartie ... der Gang und die Stimme ...«

»Wie reagierte sie auf dich?«

»Sehr beherrscht. Sehr kühl.«

»Na bitte«, meinte Carlos. »Ein Wunschtraum.«

Claudia sah mich an. »Das klingt echt ziemlich vage.«

Wo sie recht hatte ... Ich biss mir auf die Lippen, um nicht auch noch von dem am Morgen stattgefundenen Telefonat mit Belzebub zu erzählen: die Nummer auf dem grünen Zettel. Denn Belzebub, das war eine Frau, und ihre Stimme, die klang genauso wie die der Hebamme von der Zeil. Aber darüber würde ich mit Marc ein ernstes Wörtchen zu reden haben.

»He Süße«, sagte Claudia leise. »Wir machen uns da was vor. Dana ist ertrunken.«

»Das wurde nie bewiesen.«

Carlos strich mir über den Kopf. »Allia glaubt«, verkündete er, »Dana steckt mit den Teufeln zusammen. Und dann meint sie noch ...«

Während Claudia das Foto betrachtete, unterbrach ich meinen Mann und wiederholte mein Mantra.

»Sie lebt.«

Carlos hatte sich von mir abgewendet und war in die Küche gegangen.

Claudia fragte: »Aber wieso meldet sie sich nicht?«

»Es gäbe da viele Gründe.«

»Sie hat was zu verbergen?«

Ich verzog den Mund, musste Carlos recht geben, das klang alles ziemlich an den Haaren herbeigezogen.

»Was weiß ich. Vielleicht ist sie krank, hilflos, will nicht zur Last fallen. Vielleicht steht sie unter Aufsicht.«

»Unter Aufsicht? Du meinst … ein Mann?«

»Du weißt doch, wie sie tickt. Ein bisschen devot war sie schon, und da war immer dieses Problem, Nein zu sagen.«

»Kann mich kaum erinnern«, erklärte Claudia, während Carlos eintrat, einen Teller voll duftenden Gebäcks in der Rechten. Sie verfolgte seine schlanke Gestalt mit Blicken bis zu meinem Rollstuhl. »Keine Ahnung«, fügte sie an, »wie Dana dachte oder redete oder sich bewegte. Hab nur das Bild mit den schwarzen Fummeln im Kopf.«

Mir wurde der große Altersabstand zwischen meinen Schwestern bewusst. Sie hatten einander nie viel zu sagen gehabt. Als Dana verschwand, war Claudia noch ein Teenie gewesen.

»Du hast vorhin nicht zu Ende geredet, Schwagerherz«, stellte Claudia fest. »Was meint denn Allia sonst noch so, von wegen Dana und Sekten?«

»Allia meint«, sagte Carlos, »dass die Teufel bei uns ein und aus gehen.«

Claudia runzelte die Stirn. »Wie jetzt?«

Wohl oder übel musste ich von der Dschungelschlacht mit den offenen Fenstern berichten.

»Willst du dir das Zimmer ansehen?«, fragte ich. Sie schüttelte sich, als säßen Wespen in ihrem Nacken.

»Den Vogelpalast? *No way.*«

Claudia ging zum Fenster und ließ frischen Frühlingswind herein, eine Wohltat nach dem langen, kalten Winter. Von der gegenüberliegenden Wand her informierte Claus Kleber vom Heute-Journal über einen Terroranschlag auf dem Khan

El-Khalili in Kairo und übergab dann an Gundula Gause für den Rest der Nachrichtenzeit.

»Wir brauchen den Namen der Hebamme«, sagte Claudia.

»Der Laden ist vorübergehend geschlossen«, erklärte ich. »Aber ich bleibe dran an der Sache.«

»Was riecht denn hier so lecker, Carlchen?« Claudias Augen funkelten wie Smaragde. Sie zeigte auf den Teller.

»Churros y chocolate«, betete er herunter, und sie leckte sich die Rotweinlippen.

»Klingt ...«

»Nice?«

»Nö. Klingt saugut.«

»*Ist* saugut. *Vale.* Du hoffst doch nicht etwa, du kriegst etwas ab?«

Sie schnaubte. »Keine *churros*«, sagte sie, »kein Grillabend am Samstag auf Mikas Balkon.«

Ich staunte. »Grillabend?«

»Nur wir vier, ja? Wenn das Wetter so bleibt.«

»Gibt es einen besonderen Anlass?« Erstens lud Claudia ungern Gäste ein, weil sie die gemeinsamen Essen und Spiele-Abende öde fand, zweitens zog sie ständig um, sodass wir uns eher bei mir trafen.

Ich rollte ans Fenster.

Draußen hatte es vierundzwanzig Grad Celsius, ein warmer Wind blies durch die Gassen und wirbelte Apfelblüten über das Pflaster. Ein paar Jugendliche mit schwarz gefärbten Gesichtern zogen grölend an unserem Haus am Eingang der Schulstraße vorbei, dabei war Walpurgis erst in ein paar Tagen. Der Kommerz hatte die Marktlücke entdeckt, ließ Hexen und Teufel in Parks und Wäldern und auf Marktplätzen tanzen und erfreute sich des erklecklichen Abverkaufs von Masken, Besen, Perücken, Schminke.

»Was machen wir beide am Ersten Mai?« Ich richtete meine Frage an Carlos. »Wir beide und Mama? Bleibt es bei Hessenpark? Mama will die Blaufärber sehen, und der Steinmetz ist auch wieder vor Ort.«

Carlos zögerte mit der Antwort.

»Tut mir leid, *corazón* – ich bin auf Fortbildung. Hatte ich das nicht erwähnt?«

Hatte er nicht, und ich war sauer, weil ich mit Mama und ihrer Fürsorge für mich allein sein würde. Und wieso musste er ausgerechnet jetzt zum Kursus? Ich hatte in diesen Tagen Geburtstag. Der Elfenbeinturm schwankte bedenklich, sodass mir beim Anblick meines Gatten ganz schwindlig wurde.

»Grillabend«, wiederholte ich und schenkte Claudia meine Aufmerksamkeit.

»Nicht, was du denkst«, flötete sie. »Keine offizielle Bekanntgabe des Hochzeitstermins.«

»Lass raten: Du begießt deinen neuen Job?« Ich dehnte das Wort wie eine Ziehharmonika. »O-berschwester Claudia?«

»Getroffen.«

»Komm mal her.« Ich musste sie einfach drücken, und während sie sich an den Tisch setzte, wo Carlos eine Kanne Kakao zu den *churros* servierte, blickte ich auf das Fensterbrett. Ein Maikäfer lag auf dem Rücken und strampelte mit allen vieren. Es war ein sogenannter Müller, wenn ich nicht irrte, ich rollte hin und half ihm auf die Beinchen. Als Kind, dachte ich, war ich oft über meine eigenen Füße gestolpert und hingefallen, und es war Mama gewesen, die mich wieder aufrichtete und mir den Straßendreck von den blutenden Knien wischte. Wenn Dana ausgerutscht war, hatte sie selten mit Beistand rechnen können.

»Greift zu, *señoras*«, forderte mein Mann uns auf. Krachend zerbiss Claudia einen Kringel, die zweite Hälfte tunkte sie in den Kakao.

»Weißt du«, wandte ich mich an sie. »Ich frag mich das immer wieder: Wieso war sie so?«

Claudia blickte erstaunt auf. »Wer jetzt?«

»Wieso hatte Mama nicht besser achtgegeben auf Dana?« Ich strich mir eine Träne aus dem Augenwinkel. War auch viel Zeit vergangen: Die unsichtbare Nabelschnur verband noch unsere Seelen.

»Weil es für Mama nur eine gab: dich.«

»Wovon redest du eigentlich, Maus?«

»Maus, Maus. Hör schon auf damit.« Ich spürte ihre Aggression, und ich sah deutlich ihre Erregung, denn ihre Lippen zitterten. »Du warst doch immer ihr Liebling. Für mich, und bestimmt auch für Dana, blieb keine Zeit. Und da wunderst du dich, was aus ihr wurde?«

Ich schniefte in ein Taschentuch. »Glaubst du, das Ganze war leicht für mich?«

Mit schuldbewusster Miene und mit der Tasse Kakao prostete Claudia mir zu.

»Schon gut. Tut mir leid.«

Carlos setzte sich zu uns an den Tisch und sah zu Claudia. »Schmeckt es dir?«

»Großartig, Lieblingsschwager. Tu mir einen Gefallen, ja? Nimm dir doch bei Gelegenheit mal meinen Mika zur Brust ...« Sie wurde wieder ernst und fragte mich: »Hast du schon mal darüber nachgedacht, ich meine: Interessiert dich nicht, was mit dem Geld passiert ist?«

»Du sprichst die Erbschaft an?«

»Fünfundzwanzig«, erklärte Claudia. »Dana war über fünfundzwanzig, als sie verschwand.«

Carlos blickte zwischen uns Frauen hin und her.

»Verstehe. Es gibt diese Verfügung von Peter.«

Claudia stimmte ihm zu.

»Genau. Jedes Kind sollte sein Erbteil mit fünfundzwanzig ausgezahlt kriegen.« Papas Leitspruch war gewesen: Man braucht das Geld, wenn man jung ist. Womöglich fürchtete er sich auch vor dem Gedanken, wir könnten seinen Tod nicht erwarten, in Anbetracht eines darauffolgenden Geldsegens. Ich war inzwischen von Mama ausgezahlt worden, bei Claudia war es bald so weit.

»Gute Frage«, sagte ich, schulterzuckend. Und das war es wirklich. Wo war das ganze Geld geblieben? Dreißigtausend Euro. Der Kreta-Urlaub hatte allenfalls einen Tausender verschlungen.

»Glaubst du«, wollte Claudia wissen, »Dana hat das Geld einem Typen vermacht?«

»Schon möglich.«

»Vielleicht weiß Mama mehr?«, sagte sie. »Und wirst du ihr das mit dem Foto erzählen?«

»Schwierig. Kennst sie doch. Seit Papas Tod verträgt sie nicht *so viel* Aufregung.« Demonstrativ petzte ich Daumen und Zeigefinger zusammen.

Claudia nickte. »Wenn du willst, komme ich und stehe dir bei.«

Wir sahen einander an, Schwestern, Freundinnen. Ich war so froh, endlich mit ihr gesprochen zu haben. Auch, wenn wir nach wie vor im Dunkeln tappten, was Dana betraf, so hatte ich doch eine Verbündete, war nicht allein gegen den Rest der Welt.

Der Maikäfer breitete die Flügel aus. Ich kämpfte mit den Tränen, und um nicht zu weinen, lachte ich.

»Wie groß ist eigentlich Mikas Balkon?«, wollte ich wissen. Claudia machte eine sehr eng gehaltene Bewegung.

Ich schlug vor: »Was hältst du davon, wenn wir unser kleines intimes Grillfest auf meinen Geburtstag verlegen, in unseren Garten hier?« Das »intim« war dann natürlich beim Ausmaß meines Freundeskreises passé.

Ich hörte keinen Protest.

Kurz darauf traf Mika ein, um Claudia abzuholen. Er hatte ein brandneues Kartensortiment mit.

»Natalja.« Galant wie stets, küsste er meine Hand und setzte sich erst, nachdem ich an den Tisch gefahren war. Mein Bedarf an Karten aller Art sei für die nächsten zehn Jahre gedeckt, erklärte ich scherzhaft, um ihm sofort den Zahn zu ziehen, er bekäme womöglich Sonderaufträge, nur weil er mit meiner Schwester schlief. Bislang hatte ich ihn zweimal jährlich für je höchstens zwanzig Minuten gesehen, nicht einmal Carlos kannte den Mann, und was war heute?

Er lächelte sein Zahnlückenlächeln.

»Verstehe«, sagte er, ohne ein Zucken der Mundwinkel, und packte die Vorführmappe weg. »Bevor ich es vergesse …« Wie ein Kartenspiel fächerte er Prospekte vor mir auf, Infos über verschiedene Bestattungsmessen zum Jahresende hin, unter anderem Salon Funéraire in Frankreich, Venia, in der tschechischen Republik, funerMOSTRA, Valencia.

»Lust, zusammen hinzufahren?« Es klang wie eine Einladung zum Eisessen.

»Warum nicht?«, fragte ich, die ich mich ohnehin alljährlich durch eine Messehalle quälte und am Ende doch die altbewährten Sargmodelle orderte, weil kein Normalsterblicher sich solche Extravaganzen wie einen Sargdeckel mit Glitzersteinen leisten konnte oder wollte. »Frankreich interessiert mich.«

Ich notierte den Termin im Kalender und sah auf. »Übrigens lieb von dir, an mich zu denken. So weite Strecken sind für mich echt eine Strapaze, technische Errungenschaften hin oder her.«

»Du bist Claudis Schwester, und die Familie muss zusammenhalten«, meinte er. Ich fand ihn wieder mal wahnsinnig nett, konnte verstehen, dass Claudia sich verliebt hatte, und für eine kurze Weile, ich entsann mich dunkel, war selbst ich im Blick meines Gegenübers wie in einem Irrgarten verloren gewesen. Was mich jedoch verblüffte, war die plötzliche Reserviertheit meiner Schwester. Seit Mika im Haus war, schwieg sie still, als habe er ihr den Mund verboten. Sie schien wie gefangen in seiner Gegenwart.

Um sechs Uhr dreißig war die Nacht vorüber. Carlos schlief noch. Ich wunderte mich nicht, Pit im Gästezimmer anzutreffen, er schlief öfter mal im Haus, wenn er etwas getrunken oder viel Arbeit hinter sich hatte. Frühstück wollte er nie.

Ich fühlte mich wie gerädert, doch an Schlaf war für mich nicht mehr zu denken. Ich bückte mich über die Rollstuhllehne, blickte mich um: Sah mich auch keiner? Mit dem mausgrauen Morgenmantel und der Sturmfrisur? Ich klaubte den Korb auf mit der darin befindlichen Papiertüte. Seit Jahren bezahlte ich dieses Frühstücksabo, Dienstag, Mittwoch und Donnerstag, drei Mohnwecken, ein Schokocroissant, und seit exakt dieser Zeit ärgerte ich mich über die zu kleinen Brötchen mit mehr Luft als Teig. Gleich nach dem Frühstück, sagte ich mir. Du gehst an den PC und kündigst das Zeug. Es schmeckt nach Pappe und macht nur dick.

Ich starrte in das Gesicht des Zeitungsboten, der aufgetaucht war, bevor ich die Tür hinter mir schließen konnte. Na großartig, ausgerechnet der Hübsche, der mit dem neckischen Haarschnitt und den langen Wimpern …

Bestimmt war der schwul. Ich grinste grimmig in mich hinein. So etwas nannte man, ich glaube, positives Denken. Der junge Mann grinste ebenfalls, drückte mir die FAZ in die Hand und warf noch einen unverschämt langen Blick auf mein Dekolleté.

Jesses. Doch nicht schwul.

»Ist noch was?«, wollte ich wissen und zog den ausgefransten Frotteekragen eng über dem Busen zusammen. Vielleicht wäre es eine gute Idee, morgen früh Mama vor die Tür zu schicken, damit der junge Mann mein Bild vergaß.

Er sagte: »Wer kommt denn auf so was? Bestattungen, megakrass. Gehört dir der Laden?«

»Und wenn?«

»Und wenn mal einer die Augen aufmacht? Keine Angst vor Zombies?«

Ich musste schmunzeln. Spielerisch hieb ich dem Bengel die Zeitung um die Ohren.

»Gleich kriegst *du* es mit der Angst«, konterte ich und freute mich, dass das bei meinem Anblick nicht längst geschehen war. »Sagt dir der Name Marc Bernstine etwas?«

»Äh … nein.«

»Banause«, schimpfte ich. »Bernstine ist ein guter Freund. Und Redakteur bei der FAZ.«

Ich stemmte die Hände in die Hüften, musterte das Bürschchen genüsslich, fand, mit diebischer Lust, dass ich in letzter Zeit zum Monster entartete, mit rotblonden Haaren auf den Zähnen. Um die Boshaftigkeit zu steigern, fügte ich an: »Du, ich kenne überhaupt eine Menge Leute bei deiner Zeitung hier. Ist keine gute Idee, mit der Kundschaft so lang zu schwatzen. Kommst ja nicht auf deinen Schnitt dabei. Also, wenn du deine Arbeit behalten willst …« Aufgrund des Anblicks seiner verrutschten Mundpartie musste ich lachen. »Alternativ«, sagte ich, »hätte ich einen Praktikumsplatz frei bei den Zombies im Keller.«

Mein Freund verlor sehr schnell und sehr gründlich das Interesse an unserem Gespräch, ich konnte die Tür schließen und mich in aller Ruhe hässlich fühlen. Das Schokocroissant verzehrte ich bereits auf dem Weg in die Küche. Zwei Mohnbrötchen waren für Carlos bestimmt.

Ein Blick in die Zeitung ließ den Schluss zu, dass mein Frühstück anregend oder gar aufregend werden würde: ein ausführlicher Artikel von Marc: »Sekten und andere Weisheiten«.

12

Natalja

»Wohin fahren wir?«, fragte ich meinen Mann nach meinem Single-Frühstück mit Marcs Lektüre, die mir allerdings kaum neue Erkenntnisse gebracht hatte.

Carlos sah mich an. »Wir könnten hier in Oberursel ins Rolls-Royce-Museum? Oder was hältst du vom Kronberger Opel-Zoo?«

Ich rümpfte die Nase. Zoo erinnerte mich an …

»Die Vogelburg wäre mir lieber.« Und weil mein Göttergatte mich gern zufrieden sah, fügte er sich meinen Wünschen. Auf dem Gelände mitten im Wald oberhalb des Weilroder Ortsteils Hasselbach ließen sich wunderbare Stunden verbringen. Wir fütterten die herrlichen Vögel und genossen anschließend die Sonne bei Kaffee und selbst gebackenem Kuchen.

Zu Hause legte Carlos Schmuserock auf, servierte frisches Weißbrot vom Bäcker Budeng, dazu Parmaschinken und Honigmelone, und dann ließ er den letzten gemeinsamen Abend auf eine Weise ausklingen, die die schönste Roja vor Neid hätte erblassen lassen.

Wenn manche Mütter Glucken waren, dann war meine ein Vogel Strauß. Bei meiner Geburt musste ihr ein Paar Extra-Fittiche gewachsen sein. Ich spürte ihren Windzug, wenn sie sie schüttelte, und meine Schwestern spürten das nicht minder, nur in der entgegengesetzten Weise. Sie hassten mich für Mamas Fürsorge. Ich konnte sie so gut verstehen, doch sie taten mir Unrecht. Es war nicht so, dass ich nur profitierte. Die Fittiche drückten mein Rückgrat nieder, wärmten bis zur Übelkeit, raubten die Luft zum Atmen. Wo Dana und Claudia auf dem Misthaufen des Lebens scharrten und ihre so wichtigen Erfahrungen machten, trug ich oft Beinschellen und Flügelklammern. Finger weg vom Herd, Kind. Pass doch auf – Stufe. Bei der Freundin im Waldhaus übernachten? Keine Chance, im Wald schleichen Einbrecher herum und Zecken.

Mama rief an, weil sie sich einen Magen-Darm-Virus eingefangen hatte. Wir unterhielten uns über die Freisprechanlage. Es war nicht nett von mir, doch ich sandte ein Stoßgebet zum Himmel, da ich viel mehr zu verarbeiten hatte als so einen läppischen Virus, und das konnte ich nicht, wenn Mama im Haus regierte.

Ich war so in Gedanken versunken, dass ich die Fußgängerampel übersah und hart bremste. Ein altes Muttchen mit Rauhaardackel drohte mit dem Spazierstock. Mein Adrenalinspiegel stand mir bis knapp unter den Augen, der Puls klopfte im Ohr. Ich leierte die Scheibe herunter.

»Mensch, pass doch auf, Omi!« *Beruhige dich*, sagte ich mir. *Du bist ganz ruhig. Schwere, Wärme, es atmet dich.*

Abgase statt frischer Luft füllten meine Lungen, und ich hustete. Im Rückspiegel sah ich einen jungen Mann am Steuer, der ein Baseballcap trug und mir freundlich zulächelte.

»Grins nicht so doof. Schau besser auf die Straße«, murmelte ich in den Rückspiegel, hier laufen blinde und taube Omis herum.

Wäre ich nicht so neugierig, hätte ich mir die Fahrt durchaus gespart. Aber es war kurz vor elf Uhr, und in dieser Stunde wurde Galanis bestattet, der Mann, der mit meiner Schwester liiert gewesen war.

Die Ampel schaltete auf Grün. Meine Laune hatte den Gefrierpunkt erreicht, als die Freisprechanlage bimmelte. Bestimmt war es Kundschaft, als ob ich nicht schon genug Probleme hätte. Ich sah, dass es Mona war, und steuerte mit dem schwarzen Mercedes eine Parkbucht an.

»Was gibt es denn?«

»Baby Jane«, gestand sie kleinlaut. »Sie zieht gleich um, Wagen steht schon bereit.«

Baby Jane, das war die in die Jahre gekommene, erfolglose Schauspielerin aus der Hohemarkstraße. Sie hatte mindestens eine Schlaftablette zu viel geschluckt. *»By the way«*, meinte Mona, »wann kommst du zurück? Nur dass jemand im Laden ist. Ich brauche Pit für den Transport.«

Ich sagte, dass ich eine Stunde bräuchte.

»Tut mir leid«, rückte Mona nun mit der Sprache heraus, »ich hatte vergessen, mir eine Notiz zu machen: Sagtest du Alzi oder geht es mit Baby Jane nach Offenbach?«

Am sogenannten Leichentourismus beteiligte ich mich zwar nicht. Ich fand es pietätlos, Särge in Lkws zu verladen und zu Krematorien außer Landes zu schaffen, nur weil dort preiswerter gearbeitet wurde. Doch auch ich musste kalkulieren, und mit Einwilligung der Verwandten fuhr ich manchmal Krematorien in der näheren Umgebung an, wie Offenbach, die den Pietäten eine Art Aufwandsentschädigung boten.

»Monalein, ich mach mir Sorgen«, sagte ich. »Alzheimer lässt grüßen?«

Sie knurrte: »Ich lache dann später. Verrätst du mir jetzt, wohin die Reise geht?«

Ich sagte: »Zum Alzi natürlich. Im Übrigen bin ich selbst auf dem Weg dorthin.« Ich bezweifelte aber, dass wir uns begegnen würden, der Frankfurter Hauptfriedhof war ein Irrgarten. Mona hatte ihn kurzerhand Alzi getauft, nach dem Entdecker der Alzheimer'schen Erkrankung, die für einen Gutteil unserer Aufträge verantwortlich war. Grund des Nicknames: Alois Alzheimer selbst ruhte in Frankfurt, neben seiner Frau.

»Okay, Chefin«, rief Mona mir ins Ohr, »ich muss dann, Pit kriegt gleich die Krise.« Ich hörte, wie sie die Stahlschiebetür von Raum fünf aufzog. Dann drückte ich auf das Symbol für den aufgelegten Hörer. Ich setzte den Blinker, drei, vier Wagen fuhren vorüber. Im letzten saß der Grinsemann mit dem Baseballcap. Unsere Blicke trafen einander. Besonders intelligent mochte ich nicht ausgesehen haben, in diesen Sekunden. Der Kerl hatte mich doch vorhin schon überholt?

Kurze Zeit später stand ich etwas abseits der überschaubaren Trauergemeinde, im Schatten einer Rotbuche. Aus Richtung Eckenheimer Mauer erreichte mich das monotone Geräusch einer Laubgebläsemaschine. Am Himmel über dem geschmackvollen Granitgrabstein mit der schlichten Inschrift Hans Peter Gries und Geburts- und Sterbedatum bauschten sich dunkle Wolken. Das von Efeu überwucherte Grab nebenan zerstörte den positiven Eindruck der gepflegten Gräberreihen: Die Friedhofsverwaltung hatte ein blaues Schild angebracht mit einer eindeutigen Aufforderung: »Bitte das Grab pflegen, oder es muss abgeräumt werden.«

Sechs Trauergäste waren erschienen, in ihrer Mitte die zierliche Gestalt der alten Tante, die mir ihr erstaunlich straffes Profil zeigte. Verstohlen ließ ich meine Blicke schweifen: zwei Frauen in den Dreißigern in schwarzen Röcken und weißen Blusen, ich vermutete, es handelte sich um ehemalige Studentinnen des Professors, der zu seiner Zeit auf den Lehrstuhl für Gynäkologie an der Frankfurter Uni berufen worden war. Dann war da noch ein Mann um die dreißig, mit Gipsbein, im Rollstuhl, und eine Frau, die ihn begleitete. Hinter Tante Ilsa stand ein Kerl wie ein Baum mit diesen geschmacklich irren schwarz-weißen Sneakers zu schwarzem feinem Anzug. Sein Haar war gegelt und streng nach hinten gekämmt. Die Haarfarbe erinnerte mich an … Aber der Mann präsentierte mir nur seine Rückansicht.

Ich fragte mich, was ich mir hiervon erhoffte. Keiner von diesen Leuten sah wie ein Mörder aus oder wie einer, der zum Teufel betete oder gar Tote skalpierte.

»So übergeben wir unseren Bruder Dimitrios der Erde«, verkündete der Redner. Der Hüne verbeugte sich steif vor dem Grab, während Ilsa mit den Tränen kämpfte, sich bekreuzigte und einen Strauß roter Nelken in das Erdloch warf. Ich beschloss, mich aus dem Staub zu machen, ehe die Feier dem Ende zuging und man mir lästige Fragen stellte.

Mein Schmidtchen rollte über Waldwege, stellenweise verziert mit Schotter und rotbraunen Kiefernnadeln, Staub wirbelte auf und färbte die Reifen bräunlich. Dann hatte ich wieder Asphalt unter den Rädern. Hinter meinem Rücken lag der alte Friedhofsteil mit den geschmackvollen Grabsteinen, Säulen, Engeln und Kreuzen aus Steinmetzhand. Vorbei an der Friedhofsgärtnerei, gelangte man bald zum Hauptportal mit dem Krematorium, wo man neben dem Drehkreuz am Eingang Grablichter mit Zündhölzern für einen Euro erstehen konnte.

Ich befand mich jetzt auf dem Ehrenmalweg und beschloss, wenn ich schon einmal hier war, mir das kürzlich angelegte

Grab einer Kundin anzusehen. Hoch über mir, wo die Sonne durch die Wipfel der Tannen schien, sang ein Rotkehlchen.

Hinter mir knirschten Schritte. Ich stoppte. Als hätte ich einen Verfolger im Nacken, empfand ich Erleichterung beim Anblick des älteren Paares, er am Stock, sie mit dickglasiger Brille, wahrscheinlich halb blind. Ich ließ die Herrschaften vor, der Mann dankte mit zahnlosem Grinsen.

In Höhe des Gans-Mausoleums, dessen Anblick sich mir aus einem Seitenarm des Gewannes mit nur drei Gräbern eröffnete, hörte ich das Schleichen wieder, die wachsamen Tritte.

Einbildung, Natalja. War viel Aufregung die Tage.

Die Hand, die sich auf meinen Mund presste, und der feste Druck des Armes um meine Schultern überzeugten mich jäh von der Gesundheit meiner Ohren.

»Maul halten«, knurrte der Typ. Ich spürte meinen Herzschlag in der Kehle, rief trotz der Warnung um Hilfe, schlug um mich, ohne zu treffen, und als ich zu schreien begann, ließ der Kerl von mir ab. In halsbrecherischer Fahrt schepperte Schmidtchen über Stock und Stein, Weg und Wiese.

Nur ein Gedanke beherrschte mich: Wie kam ich heil heraus aus der Nummer? Verzweifelt sah ich mich um. Normalerweise war Alzi nicht ausschließlich Treffpunkt bei Beerdigungen, es gab auch die eine oder andere Veranstaltung. Bisweilen war der Friedhof voller Leute, an anderen Tagen verlief sich ihre Zahl in dem weitläufigen Gelände, so auch heute. Keine Menschenseele, weit und breit. Dafür hörte ich irgendwo Glocken läuten. Ein himmlisches Zeichen? Würde ich noch heute zur Kundin meines eigenen Instituts werden?

Niemand wollte mich hören, und der Rohling hatte mich wieder, presste mir abermals die Hand auf die Lippen, sodass ich meine verzweifelten Rufe einstellte.

»Was wollen Sie?«, jammerte ich, als er losließ, fummelte mit einer Hand in meiner Tasche und fügte an: »Ich habe Geld …«

»Finger raus da, Mädel. Verarschen kann ich mich selbst.« Damit riss mir der Typ die Handtasche mit dem Pfefferspray von den Schultern und warf sie in hohem Bogen in die Büsche.

Meine Schultern brannten wie Feuer, als er mich aus dem Rollstuhl zerrte. Ich hasste mich in diesem Moment, hasste meine Behinderung. Wäre ich gesund gewesen, hätte ich um mich schlagen und dem Schwein einen kräftigen Tritt ins Gemächt versetzen können. Ich lag auf der Seite, der Kerl stand zwei Meter entfernt. Mit aller Kraft stemmte ich meine Hand gegen den Boden, richtete den Oberkörper auf, und mit dem Mut der Verzweiflung befahl ich meinen Beinen, mir einmal zu gehorchen und aufzustehen. In Stunden wie diesen gelang Menschen oft das Unmögliche.

Ich hatte keine Chance. Schon zog der Mann mich rücklings die kleine Treppe hinauf, fünf, sechs Stufen, zum ersten Mal wusste ich es nicht genau. Meine Schulterblätter, meine Rippen – ich konnte nicht sagen, was mehr schmerzte. Zwischen den Säulen des Mausoleums kauernd, sah ich einen Moment in das Tätergesicht: Er trug eine Strickmaske mit Augen- und Lippenschlitzen.

Ohne mich aus den Augen zu lassen, öffnete er die schwere Tür. Dann nahm er mich wieder in den Klammergriff, über mir schwankte eine Kuppel voll blauer Mosaiksteinchen mit goldenen Sternen durchsetzt. Bis hinab in das Tiefgeschoss schleppte er mich, ächzend, über die enge Steintreppe, die vom Katzensilber glitzerte, zu den Urnen und Gedenktafeln, und hier zählte ich dreizehn Stufen, die ich ebenso wenig jemals vergessen würde wie die in meinem Elternhaus. Falls ich das hier überlebte.

Ein fauliger Geruch von altem Blumenwasser breitete sich aus in dem Räumchen, obwohl die meisten Sträuße am Boden und vor den Urnengräbern aus Kunststoff waren. Mit einem Grinsen seiner schmalen Lippen ließ der Typ mich für einen Augenblick los, während ich mich mit dem Rücken fester an die kalte Wand presste. Friedrich Ludwig von Gans, Erbauer des Mausoleums, sah von seinem Sockel aus zu. Mir war kalt, meine Zähne klapperten. Ich ließ meinen Blick über die Wandtafeln und -fächer gleiten, zwischen denen sich die blauen Mosaiken vom Eingang wiederholten. Bald würde auch mein Name da stehen. Ich war sicher.

Der Verbrecher zog ein dünnes Seil aus der Hosentasche. Enervierend langsam ließ er es durch die Hände gleiten. Obwohl ich sein Gesicht nicht sah, brannten sich seine Züge in mein Gedächtnis: die Art, wie er den Kopf zur Seite neigte. Das Spiel seiner Schultermuskeln unter dem schwarzen Shirt. Wie er sich nervös über die Ohrpartie fuhr, sich hektisch eine Wimper ausriss, wie er die Hand auf seinen Bauch legte und kreisende Bewegungen machte, weil ihn vielleicht ein Wind drückte.

Das fiese Grinsen.

Mit versierten Handgriffen fesselte er mich, stopfte mir ein Taschentuch in den Mund. Er ging in die Hocke, beugte sich zu mir, seine kalten Hände auf meinem Hals, beugte sich ganz tief, ganz nah, sodass er meinen Herzschlag spüren musste. Ich roch seinen Atem, er stank nach Knoblauch. Grüne Augen fixierten mich.

Ich wollte ihn anflehen: »Lassen Sie mich, ich erzähle auch nichts.« Ich wollte ihn beschimpfen. »Ganovenschwein.« Und ihn wieder anflehen. »Bitte lassen Sie mich.« Aber da war der Knebel.

Aus dem sanften Druck der Kidnapperhände wurde Schmerz. Ich begann zu zucken und wild den Kopf zu schütteln – es nützte nichts. Sekündlich steigerte der Mann den Druck, presste meine Adern zusammen, die Luftröhre. Ich schloss die Augen, lenkte den Blick auf mein Inneres. Fühlte Erstaunen: Es gab ihn wirklich, den letzten Film, von dem die Leute einander erzählten.

Bilder zogen an mir vorbei. Der erste Schultag. Die erste heilige Kommunion. Der erste Kuss. Der Brand. Dana. Die Hochzeit mit Carlos. Marc.

Luft.

Es war wie ein Auftauchen aus den Tiefen des Ozeans, als ich mittels Würgen, Spucken, Husten das Taschentuch loswurde. Tränen liefen mir über die Wangen. In meinem Unterleib spürte ich einen scharfen Schmerz.

Am Eingang erwartete ich den Drossler jeden Moment zurück. »Kleiner Vorgeschmack«, hatte er gesagt. »Kannst bei

Bedarf mehr davon haben. Steckst das niedliche Näschen wohl gern in fremder Leute Dreck?«

Ich wusste nicht, was er meinte. Jedoch, eine leise Ahnung beschlich mich.

Schritte. Herzrasen. Nein, bitte, lass mich nicht sterben, jetzt noch nicht.

Stimmengemurmel. Zwei Personen. Zwei Männer. Zwei.

Bitte, bitte nicht.

»Oh, mein Gott.« Erregt winkte der stämmige Friedhofsgärtner in der grünen Vinylschürze seinen schmächtigen jungen Begleiter zu sich heran, zückte ein Taschenmesser. »Schneid die Stricke auf. Schnell.«

Ich trank frisches Wasser aus seiner Feldflasche.

»Was geht hier bloß ab?« Der Flachmann versank in der Schürzentasche. »Kiener mein Name«, sagte der Mann. »Gottfried Kiener. Und hier mein Lehrbub Andi.«

Ich fand meine Stimme zurück.

»Ein Irrer«, japste ich. »Kein Plan, was der wollte. Geld war es nicht.«

»Na, hat er denn nicht …« Kiener deutete zwischen meine Beine. Andi schaute betreten zur Seite. Ich beugte mich vor und sah die Bescherung: Blutflecke auf der Strumpfhose. Großartig, erst kam es gar nicht und dann mal wieder zum unpassenden Zeitpunkt.

»Ich – ähm, nein. Ich wurde nicht vergewaltigt.«

»Ich rufe die Polizei«, verkündete der Gärtner und zückte schon das Telefon. Ein Krankenwagen traf nach fünf Minuten ein, die Sanitäter bargen mich mit Hilfe eines Tragetuches. Man hatte meine Handtasche mit dem Handy wiedergefunden, und ich informierte Claudia, während wir mit Blaulicht durch die Stadt düsten. Sie war völlig durch den Wind.

»Bringst du mir ein paar Sachen, ich werde über Nacht bleiben müssen«, bat ich sie. »Und bitte, informier Carlos, ja?«

Ich selbst konnte es nicht. Er würde sterben vor Angst um mich und viel zu viele Fragen stellen, die mich überforderten. Erschöpft sank ich auf die Liege zurück, mein Kopf war leer. Ich sehnte mich nicht einmal nach Carlos' Umarmung und verdrängte leidlich die Gedanken an Mama, an Mona und Pit und daran, ob ich je wieder würde ruhig schlafen können oder Nacht für Nacht diese Strickmütze vor Augen hätte. Ich starrte aus dem Dachfenster des Rotkreuzwagens auf die vorbeifliegenden Wolken.

Eine OP-Lampe schien mir kurz darauf ins Gesicht, ich blinzelte. Die Schmerzen in meinem Unterleib hatten wieder eingesetzt. Die Ärztin mit dem dünnen Haarknoten und den nach Sterillium riechenden Händen hatte die Würgemale an meinem Hals inspiziert und für »hart an der Grenze« befunden, bevor sie meine Beine in die Schalen des gynäkologischen Stuhles bettete. Während der Ultraschalluntersuchung machte sie »Hmhm« und »Aha«, was mich beruhigte – und beunruhigte. Danach streifte sie die Handschuhe ab, legte die Hände auf meine Schenkel.

»Sie haben großes Glück«, erklärte sie mir. »Mit solchen Blutungen ist nicht zu spaßen. Aber dem Kind geht es gut.«

Als Dreikäsehoch fürchtete ich mich vor Gewittern. Ich erinnere mich, wie ich nach dem Donner mit der Hand in der Halskuhle prüfte, ob mein Herz noch schlug oder ob der Donnerschlag den kleinen Motor aus dem Takt gebracht hatte.

Ich wunderte mich sehr. Eine Stimme, die so ruhig, so sanft daherkam wie die von Frau Dr. Trom, hatte die gleiche Wirkung auf mich wie ein Donnerschlag. Dem Kind geht es gut. Wrumm.

Dr. Trom half mir in ein fremdes Schmidtchen. Sie hatte dunkle Ränder unter den Augen und eine leichte Alkoholfahne.

»Schwester Waltraud holt Sie gleich ab«, meinte sie, nickte mir zu und verließ den Raum.

Ich fühlte mich wie in Trance. Diese ziehenden Schmerzen. »Die Mutterbänder dehnen sich«, hatte die Ärztin gesagt. »Manche spüren das sehr stark. Dazu die Aufregung, die Sie hatten.«

Vor anderthalb Stunden war ich noch ganz allein für mich verantwortlich gewesen. Auf einmal hatte ich so etwas Folgenschweres wie Mutterbänder. Ich horchte in mich hinein, fühlte irgendwie nichts. Was war mit mir los, ich freute mich doch?

Seit drei Jahren nahm ich keine Pille mehr. Gut, die wenigsten Stellungen aus dem Kamasutra kamen für mich in Frage, doch wir hatten das Mögliche probiert, regelmäßig Temperatur gemessen und nachts um halb drei Uhr, wenn der Eisprung nahte, miteinander geschlafen, um auch dem tranfunzeligsten Spermium eine Chance zu geben. Nach allen möglichen Untersuchungen hatten Carlos und ich schon keine Hoffnung mehr. Und jetzt, wo ich begann, mich so langsam vom Kinderwunsch zu lösen …

Hey, du da droben, wenn es dich gibt. Hast du Spaß, ja?

Ich fragte mich die ganze Zeit, wie Carlos auf die Neuigkeit reagieren würde, aber darauf, es meinem Mann unter vier Augen zu erzählen, musste ich wohl oder übel noch warten.

Es klopfte, und Kommissar Weyers trat ein, der ein ausführliches Geschick im Opferverhör bewies und mich durch seine Anwesenheit und sein einnehmendes Lächeln von Angst und Übelkeit und auf der anderen Seite der Waagschale auch von großer Freude ein wenig ablenkte.

13

Melda

Sie betrachtete die schlafende Patientin drüben am Fenster, griff dann in ihre Taschen, öffnete das Tablettendöschen und reichte Tine eine Pille. In ihrer Zeit als Hebammenschülerin hatte sie da so einiges mitgehen lassen, was man später vielleicht einmal brauchen konnte. Zimmer sieben, das war stets ein Schlaraffenland gewesen, was Medikamente, Verbandsmaterial und Spritzen betraf. Witzig, dass auch in dieser Klinik in Zimmer sieben die Medikamentenschränke standen, sie hatte im Vorbeigehen einen Blick hineinwerfen können.

»Wofür ist die gut?«

»Rückbildung«, und »Uterus, Gebärmutter«, erklärte Melda.

Brav schluckte Tine die Pille, nachdem sie wieder ins Bett geschlüpft war. Die Schlaftablette würde dafür sorgen, dass die junge Mutter Melda in den nächsten Stunden nicht in die Quere kam.

»Guter Junge«, lobte sie kurze Zeit später, »guter, braver Junge«, weil er sie so freundlich ansah aus seinem Rooming-in-Bett, und sie dachte, dass die Klinikwäsche, die er trug, viel zu schäbig war für solch ein wirklich nettes Ding.

»Ich mach dich hübsch fein«, flüsterte sie. Ihre Wohnung lag nur eine Viertelstunde entfernt. Seit Marias Tod hatte sie die Kiste mit den Babysachen und dem hübschen Taufanzug nicht angerührt.

Sie rieb ihre Nase sanft an Nathans und sandte der Hölle ein Dankgebet. Sie hatte den Rechten gewählt. Der hier war kein Schreier, kein Drängler, kein Geiferer. Nathan war Satans Angesicht würdig. Mit dem Kind in den Armen, tänzelte sie durch die Reihen der Betten und summte froh.

I will comfort you. I'll take your part. Like a bridge over troubled water. Ich werde dich trösten, für dich einstehen.

Das werde ich, dachte sie, auf all deinen Wegen. Auch auf dem letzten, darin war sie geübt.

Der Brüllhans im Bettchen links an der Wand verstummte,

als die resolute Agnes eintrat. Die Farbe ihrer Strickjacke konkurrierte mit dem fahlen Grau ihres Gesichtes. Satan, dachte Melda. Die schon wieder. Ein weiteres Mal mit der Arbeit neu anzufangen, darauf hatte sie wahrlich keine Lust.

»Ah, Melda, nicht wahr, die private Hebamme?« Ihr Blick war ein Dolchstoß. »Was, ähm, suchen Sie im Babyzimmer?«

»Frau Fabian …«

»Geben Sie mir den Kleinen«, forderte Agnes sie scharf auf. »Und dann verlassen Sie den Raum.«

Verdammt, was machte Melda denn jetzt? Ob sie später noch einmal wiederkam? Verzweifelt ließ sie den Blick über die Regale gleiten, wo sich Milchflaschen aneinanderreihten und Stillhütchen, Mullwindeln und Pampers türmten. Dann musterte sie Agnes, die dünnen Lippen, ihr faltiges Dekolleté, den sauberen Kittel mit den großen Taschen … Mit den großen Taschen, die randvoll gefüllt waren mit …

Jetzt fummelte Agnes in ihren Kitteltaschen herum, zunehmend nervös, als wolle sie sich vergewissern, ob zu verbergende Dinge noch an Ort und Stelle waren.

»Melda?« Agnes' graue Augen starrten sie an. Melda konnte die weißen Deckel von Pillenröhrchen aus den Taschen ragen sehen.

»Entschuldigen Sie, Agnes. Ich sollte wirklich nicht hier sein.« Sie tätschelte Nathans Po. »Aber, puh, ich hab meine Strafe schon. Die ganze Zeit muss ich an diese Sache denken. Schrecklich, wie Menschen so ticken. Kann man denn überhaupt noch wem vertrauen?« Sie schüttelte den Kopf. »Andererseits, es hat doch schon jeder mal was aus der Firma mitgehen lassen.«

»Ich verstehe nicht. Was ist passiert?« Als Agnes sich zu dem Baby beugte, fiel ein Röhrchen aus ihrer Tasche und kullerte über den Boden. Melda folgte ihm mit den Blicken.

»Was die Oberschwester halt so sagte. Ehrlich, ich wollte nicht lauschen, aber die Tür stand offen.«

»Worum ging es denn?« Agnes bückte sich nach dem Röhrchen. Der Brüllhans nahm den Faden der unterbrochenen Schreiorgie wieder auf, rasch hob Agnes ihn aus dem Bettchen und schaltete den Flaschenwärmer ein. Argwöhnisch verfolgte Melda die Handlungen.

»Diese Gerda befürchtet, dass Medikamente fehlen – im Arzneischrank, Zimmer sieben.«

Agnes' Gesichtsfarbe wechselte von mittel- zu hellgrau.

»So?«

»Ist es nicht schrecklich? Eine Kollegin oder ein Kollege, ein Mensch, den Sie zu kennen glauben.«

»Sie meinen, jemand stiehlt Pillen? Einer von uns?« Sie leckte sich über die Lippen. Der Brüllhans lauschte, verstummt, fast entsetzt, als verstünde er jedes Wort.

»Ach – und Agnes, bevor ich es vergesse.« Mit siegessicherem Lächeln öffnete Melda die Tür – für Agnes. »Da lag ein Schlüsselbund in der Sieben. Gerda meinte, es sei Ihrer.«

Unbeholfen und hektisch, sicher ganz entgegen ihrer Art, legte Agnes das Baby zurück, ohne es anzusehen. Sie streifte Flusen von ihrem Kittel, die gar nicht vorhanden waren. Ihr Blick flackerte unruhig, bevor sie Melda den Rücken zuwandte und den Raum verließ.

Mit der geblümten Tragetasche trat Melda aus der Kliniktür. Niemand stellte Fragen, niemand hielt sie auf. Ein Besucher, der auf den Eingang zustrebte, lächelte freundlich. Wie nett, eine frisch gebackene Mutter mit Kind.

Sie dachte nur an ihn. Sprach seinen Namen aus. Satanas. Jeden Buchstaben genoss sie auf der Zunge wie eine Sahnepraline. Im Gehen innehaltend, das Gesicht in die Sonne gereckt, dachte sie an die Feier. Sie würde ablaufen wie jene im vergangenen Jahr, vielleicht nicht ganz so glanzvoll. Letztes Jahr, da hatten sie Satan das erste lebendige Baby geopfert. Als Zeichen ihrer tiefen Verbundenheit, als Zeichen, dass sie ein Fleisch waren. Ein Fleisch, das sich stets erneuerte und seinen Bund verjüngte, durch junges Blut.

Es war die Nacht auf den Ersten Mai.

Ob Nathans Blut so süß schmeckte wie Marias? *Sail on silvergirl, sail on by.* Lass einfach los, meine Silberfee, lass dich treiben.

Für den Moment knickten Meldas Beine ein. Sie musste sich

an einem parkenden Wagen stützen. Drei tiefe Atemzüge, dann ging es schon besser. Noch besser ging es, wenn sie an ihren neuen Titel dachte, der sie endlich, endlich in den inneren Zirkel aufnahm. Sie hatte so viele Jahre vertan! Jüngere Mitglieder waren an ihr vorbeigezogen und in die Ränge der Großfürsten, Großräte, höllischen Räte oder zum Spiritus familiaris aufgestiegen – während Melda noch immer die Dienerin spielte, die auf Knopfdruck funktionierte. Melda, bring das Essen. Melda, mein Gewand. Seit Luzifer sie in die Gruppe geführt hatte, hatte sich nichts geändert.

Der Parkplatz lag im Schatten der alten Erlen. Ehe Melda die Tasche auf den Rücksitz schob, ließ sie den Blick schweifen: keine Menschenseele, nur der junge Pfleger aus der Chirurgie, mit dem sie vorhin eine Zigarette geraucht hatte. Die Mütze tief ins Gesicht gezogen, lümmelte er auf der Bank mit der gebrochenen Rückenlehne. Ein Arm hing im Papierkorb, Ben schien zu schlafen. Melda hoffte, dass er schlief. Er würde sie nur in ein Gespräch verwickeln und Meldas und Nathans Zweisamkeit stören.

Jorgas starrte auf die Babytasche, dann auf die Plastiktüte in Meldas Hand. Siedend heiß fiel ihr ein: Sie hatte ihm zur Versöhnung Schokolade versprochen. Und zu kaufen vergessen.

»Wer ist das?« Böse Blicke fühlte sie auf sich gerichtet, als sie das Baby aus dem Korb holte.

»Sein Name ist Nathan«, erklärte sie. Die Fragen nach dem Wie und Wo und Wann überhörte sie beflissen. War sie Jorgas Rechenschaft schuldig? Nein, war sie nicht.

Mit dem Kleinen auf dem Arm trat sie zur am Boden liegenden Matratze. Romanhefte fächerten sich zu ihren Füßen. Ihr Blick glitt über die einzelnen Titel. *Kommissar Xander in Amsterdam. Eine Leiche für Kommissar Xander.* Monate mussten vergangen sein, seit sie zuletzt entspannt gelesen hatte.

Es fehlte ihr, das Lesen, das Eintauchen in fremde, geheimnisvolle Welten, doch sie hatte nicht das Geld, um Bücher zu kaufen. Ihre Finanzen verwaltete jetzt Luzifer. Als sie noch bei Mama gewohnt hatte, da hatten ihre Schwester und sie stundenlang nebeneinander auf dem Bett gesessen und geschmökert und sich die Bücher gegenseitig ausgeliehen.

Blitzartig tauchte wieder die Frau vor ihr auf, neulich, im Schuhgeschäft. Rasch schloss sie die Augen, um das Bild zu verscheuchen.

Gleich darauf griff sie nach der Bildzeitung und legte sie lesebereit. Wenigstens die Zeitung blieb ihr als Lesefutter, da Herr Dering aus dem ersten Stock so freundlich war, sie täglich damit zu versorgen.

Ihre Hand fuhr über den Nachttisch mit dem rissigen Holz und schaffte Platz für den Teller Abendbrot. Ein Splitter trieb in ihren Finger, ein Tropfen Blut quoll hervor und sie schleckte ihn ab, ehe sie Nathan auf die Matratze bettete.

Zu essen gab es Tafelspitz mit grüner Soße von der Heißen Theke. Mangels freien Stuhls am Boden kniend, riss sie mit der Gabel Stücke von dem mürben Rind, tunkte sie in die Kräuterwürze und stopfte sie gierig zwischen die Zähne.

Mein lieber Dimmi, dachte sie zärtlich. Für Frankfurter Grüne Soße wäre er glatt gestorben. Sie verdrückte eine Träne. Ihre Trennung war ein Jammer, mitten aus der Liebe gerissen. Schon klar, sie lebten jetzt in verschiedenen Welten. Doch es tat weh, dass er sich nicht meldete. Ob sie ihn noch einmal aufsuchen sollte? In seiner Frankfurter Wohnung oder im Waldhaus?

Nathan schmatzte im Schlaf. Vogelgezwitscher drang durch das offene Fenster, Jorgas war eingeschlafen und störte nicht. Mit vollen Backen kaute Melda. Wenn nur schon Walpurgis wäre! Aber erst einmal kamen die Vorzeremonien.

Nathan, mein Kind. Du und ich. Wir und Er. Vater unser … Du nimmst in dieser Nacht das dir rechtmäßig Zustehende … Wir folgen deinem Beispiel, deiner Größe. Führe uns in Versuchung. Erlöse uns von dem falschen Gott. Denn dein ist das Reich. Und die Kraft. Und die Herrlichkeit.

14

Melda

Manchmal glich Meldas Leben einer Achterbahnfahrt: heute hier, morgen dort, heute zu Hause in Sicherheit und morgen … Sie blickte auf die Szene vor ihr. Es waren zwei verschiedene Existenzen.

Die Armbanduhr zeigte eine Stunde vor Mitternacht. Die Felsformation vor Melda glänzte im Mondschein und wirkte wie eine Ansammlung von Grabmalen, über die sich im Zug des Nachtwinds wispernd die Buchenzweige beugten. Düstere Gestalten belagerten die Felsen am Waldrand, kauerten im Gras, die Kapuzen über die Stirn gezogen. Einer von ihnen trug eine Maske, die nur Ausschnitte der Augen und des schwarz geschminkten Mundes zeigte: Luzifer. Mitten auf der Wiese türmte sich ein Stapel Feuerholz. Ein schwarzer Hahn in einem viel zu engen Käfig presste Kopf und Krallen in Panik ans Gitter.

Melda gesellte sich zum Trupp der Ungetauften, die auf dem Boden saßen wie die Hühner auf der Stange. Ganz profan trugen sie Jeans, T-Shirts und Turnschuhe, genau wie Melda. Die farbliche Uniform ihrer Schöpfe wies sie dennoch als Brüder und Schwestern aus, in Tizian, Rotblond, Kastanie.

»Ey Melda.« Der Schwarzmünder wedelte mit dem Arm. Was wollte er? Sie hatte Lust, ihn zappeln zu lassen, weil er heute wieder einen anderen zur Taufe führte und nicht sie. Es handelte sich um einen Neuen im Trupp, das tat besonders weh.

Sie kümmerte sich nicht um Luzifer, aß kalten Braten mit Nudelsalat, den ihr eine Dienerin reichte, und trank Apfelsaft dazu. Vor ihrem Gesicht klickte ein Feuerzeug auf, in der Hand einer Frau mit langen Beinen und grünem Pullover, die Melda noch nicht kannte. Sie war es gewohnt, neue Brüder und Schwestern kamen, und sie gingen, wenn sie sich im Kreis der Teufel nicht sofort heimisch fühlten. Ein junger Mann entzündete seine Zigarette an der kleinen Flamme.

Neben Melda setzte Anita die Bierflasche an die Lippen.

»Nun guck dir die Kuh an.« Ihr rot unterlaufener Basset-

Blick folgte der Neuen zur Feuerstelle. Der alte Karl mit dem Ziegenbart rülpste.

»Wen zur Hölle ...«

»Na, die Chayenne-Kuh.« Chayenne war so ungefähr das Gegenteil von Anita, jung, hübsch, Topfigur. Genügend Gründe, um auf ihr herumzuhacken.

Melda rollte die Augen, von leben und leben lassen hatten so einige Brüder noch nie gehört. Aber wo es menschelte, ging es den Teufeln wie den Engeln.

Sie griff hinter sich und fischte die Bildzeitung aus ihrem Weidenkorb. Sie las die Überschrift des Titels. *Frankfurter Professor ein Neuer Apostel.* Der Artikel ließ Meldas Blicke nur so über die Zeilen fliegen. Dieser tote Professor aus Frankfurt, den sie im Zusammenhang mit den Aposteln nannten ... Der skalpierte Mann ...

»Und was ist mit der Chayenne-Kuh?« Gerritje neben Anita bekam große Ohren.

»Na«, erwiderte Anita, die Schwester des toten Pfarrers Kunze. »Die hat doch jetzt das Jugendamt am Hals. Soll ihr Neugeborenes zu heftig geschüttelt haben.«

»Wundert mich kein Stück«, warf Gerritje ein und tippte sich an den Kopf. »Brauchst dir nur die Frisur anzusehen.«

»Und das Blümchen-Tattoo«, ergänzte Karl und kratzte sich den Nacken. »Weißte Bescheid.«

Melda ließ das Blatt sinken, ihre Hand zitterte. Das Gekeife rings um sie her drang nur mehr als Kauderwelsch an ihr Ohr. Nein, das durfte doch nicht ... Es wurde kein Name im Text genannt. Doch sie war sicher, dass es um Dimmi ging. Um den Mann, den sie geliebt hatte, noch immer liebte, um den Vater ihrer Maria. Es war noch nicht sicher, ob er Selbstmord ... Aber diese Theorie wäre so abwegig nicht. In früheren Jahren hatte Dimmi die Babys besorgt, tote Babys aus der Pathologie. Doch mit der Opferung seines eigenen Babys hatten die Depressionen begonnen und sich fortgesetzt mit der Trennung von Melda und seinem Austritt aus der Gruppe. Wieso hatte ihr niemand gesagt, dass Dimmi zurück in Deutschland war?

»Was gibt es denn?«, fragte sie matt, als sie auf Luzifer zutrat, langsam genug, um ihren Zorn wegen seiner Missachtung zu zeigen. Ob sie ihn nach Dimmi fragen sollte? Aber da war dieser Kloß in ihrem Hals. Die Zeitungsleute beschrieben eine Art von Skalpierung bei dem Toten. Wem hatte er die Pietätlosigkeit zu verdanken? Sie schluckte. Wohl demselben, der Kunze geschändet hatte. Und das war Belial gewesen. Melda klopfte das Herz bis zum Hals, wenn sie an die Tatnacht dachte. Sie wünschte, sie hätte nicht durch das Schlüsselloch gespäht.

Sie sah Luzifer an und wartete auf Antwort.

»Das Baby«, wich er aus. »Wirst du es hinkriegen, bis Walpurgis?«

Sie hatte gehofft, er würde sie auf die Taufe ansprechen, wieso nicht heute, wieso nicht an Walpurgis, plante er einen besonderen Tag für sie ein?

»Melda?«

»Das mit dem Baby geht klar«, murmelte sie, verschwieg ihm jedoch, dass sie Nathan bereits zu Hause hatte und dass Jorgas auf ihn aufpasste, so wie Melda in seinem Alter auf ihre kleine Schwester aufgepasst hatte.

»Sag mal«, begann sie und versuchte, ihrer Stimme einen festen Klang zu verleihen. »Hast du schon Zeitung gelesen?«

Die schwarzen Lippen kräuselten sich. »Was Spezielles?«

»Die Titelseite, ich glaube, es geht um Dimmi.«

Entweder war er ein geschickter Lügner oder er hatte nicht zugehört – oder aber er hatte keine Ahnung, und in der Zeitung war doch von einem anderen die Rede. In seinem Gesicht regte sich nicht der geringste Muskel, stattdessen begrüßte er mit einem formvollendeten Lächeln den jungen Mephisto, der wie immer als Letzter eintraf.

Melda nahm sich vor, es ihm nicht so leicht zu machen und später mit ihm darüber zu reden. Sie atmete tief, spürte, wie sie sich von diesem Mann immer mehr entfernte und seine Dominanz nicht mehr billigte.

Er blickte sich suchend um.

»Wen erwartest du?«, wollte Melda wissen. Mephisto war doch eingetroffen. Gelangweilt blickte sie zu Anita, Karl und Gerritje, die das Feuerholz schichteten.

Luzifer sagte: »Den neuen Belzebub.«

Sie erstarrte. So war das also. Der Täufling sollte der neue Belzebub sein. Aber Luzifer hatte Melda den Titel versprochen. Wieder bröckelte ein Stück ihres Respekts vor dem Höllenfürsten.

Mit der teuren Rosenkranzkette um die Hüften trat Belial auf den Täufling zu, in seinen Händen die Taufkutte. Ein Felsvorsprung diente als Opferstein. Anifel, den schreienden Hahn in seinen Händen, presste das Tier mit dem Bauch auf die Felsplatte. Luzifer tötete es mit einem Halsschnitt. Anschließend goss er das Blut in eine Opferschale, die er dem Täufling zu trinken reichte. Sodann setzte er sich im Schneidersitz dicht an die Feuerstelle. Einige der Großfürsten trugen jetzt Masken und umtanzten den Täufling und das Feuer unter leisen Gesängen. Peitschen schnalzten. Bis Mitternacht schien der Täufling in Trance versetzt zu sein.

»Öffne die Augen«, forderte Luzifer ihn mit einem Fingerschnippen auf. Er drückte ihm Totenkopf und Beschwörungsstab in die Hand. »Künftig wirst du die Kutte tragen und den Namen Belzebub führen.«

Melda empfand seine Worte als Ohrfeigen. Wie konnte er sie so übergehen? Dabei hatten sie einander einmal geliebt.

Sie zog die Jacke eng um die Schultern, blickte Luzifer nach, der, ohne sie eines Blickes zu würdigen, auf sein nagelneues BMW 4er Cabrio zustrebte. Diesen Wagen hatte sie wohl zu großen Teilen mitfinanziert. Alles hatte sie gegeben. Und nicht nur ihr Geld, nein, viel mehr. Doch je mehr sie gab, desto weniger schien sie diesen Mann zu erreichen, desto abweisender zeigte er sich. Es war, als würde er essen und essen von ihrer Liebe, von ihrer Großherzigkeit, und doch nie satt werden.

Mit brennenden Augen verfolgte sie seine Schritte. Das war mal wieder so typisch! Während Melda und die Diener noch das Plateau mit Wasser und Schrubber säuberten, um das Hahnenblut zu entfernen und den Ordnungshütern keine Gelegenheit zum Schnüffeln zu geben, machte er sich aus dem Staub. Die Minuspunkte summierten sich.

Das iPhone schellte. Luzifer! Meldas Blicke wechselten zwischen dem Telefon, Jorgas und dem Baby in ihrem Arm. Sie dachte an gestern, schloss die Augen, knöpfte die Bluse auf. Das Baby lag an ihrer warmen Brust und trank die Milch aus der Flasche.

»Unser Abend«, sagte Luzifer. »Schon vergessen?« War es denn schon neunzehn Uhr?

Sie öffnete die Augen, grub die Nasenspitze in den weichen Flaum des Babykopfes und sog tief den Nivea-Duft ein.

Vergessen? Jede Szene der Vergangenheit sah sie vor sich, jeden Freitagabend. Mit etwas Abstand könnte sie höchstens vergeben. Und von wegen ihr Abend, das war für sie schon lang passé, nur Luzifer forderte immer wieder ein Recht ein, das ihm nicht mehr gebührte.

»Keine Zeit«, murmelte sie in den Hörer.

»Mel?«

Nein, dachte sie. Schluss! Sie spürte, wie der kleine Körper in ihrem Arm erschlaffte. Vorsichtig legte sie das Kind neben sich ab, zog BH und Bluse über, stand auf, klemmte das iPhone zwischen Ohr und Schulter. Dann bettete sie Nathan auf die Couch und wickelte das warme Bündel in die hellblaue Flauschdecke.

Sie ging ein paar Schritte, bewaffnete sich mit blauem Plastiksack und spitz zugeschnittenem Stock, ein neuer Versuch, Ordnung zu schaffen. Wie sie es hasste, den Dreck zu sortieren. Viel lieber würde sie alles an seinem Platz belassen. Aber Herr Großkurt, der Vermieter, kam sie bereits am Wochenende besuchen. Melda ahnte den Grund: Es ging nicht allein um den Mietvertrag. Großkurt behauptete steif und fest, er und ein paar Mitbewohner hätten ein Baby in der Mansarde schreien gehört.

»Wie geht es deiner Freundin, Luz?«, erkundigte sie sich, um ihn abzuwimmeln. »Du hast doch eine kleine Freundin?«

So, wie er aussah und seinen Charme spielen ließ … »Vielleicht sogar eine Ehefrau, die zu Hause auf dich wartet?« Energisch piekte sie mit dem Stock nach Papierfetzen. Luzifer hielt sich bedeckt, was Liebesdinge betraf. Genauso bedeckt, wie er sich in Sachen Dimmi hielt.

»Hör zu, Mel. Wieso machst du nicht einfach auf?«

»Du bist …«

»Vor deiner Haustür.«

Sie blieb stehen, stampfte mit dem Fuß. Neben ihr ein empörtes Quieken. Die Graue zischte ab in den Bettkasten.

»Du bist ein Scheißkerl, Luz.« Sie biss sich auf die Lippen, spürte Jorgas' strengen Blick und hörte Nathans sanftes Traum-Grummeln.

»Jetzt mach schon auf. Ich will dich sehen. Du hast das Baby, ja? Ich will auch das Baby sehen.«

»Was du denkst«, stammelte sie. »Das Baby … erst übermorgen. Was du hörst, ist der Fernseher.«

Am liebsten hätte sie es ausgesprochen: »Erinnerst du dich an deinen letzten Besuch? Du hast dich über den Saustall beschwert.«

Das war vor ein paar Wochen gewesen, kein Vergleich zum heutigen Zustand der Wohnung.

In ihren Augen brannten Tränen. »Tut mir leid, mein Lieber. Ich habe … fühle mich nicht … die Grippe, du wirst dich anstecken.« Sie hüstelte demonstrativ. Das müsste sitzen.

»Na gut«, sagte er, mit beleidigtem Unterton. »Morgen ist schließlich auch noch ein Tag.«

Der Müllsack füllte sich mit Plastiktellern und Flaschen. Melda verschloss ihn mit einem Stück Kordel, während ihr Blick durch den Raum glitt. Die reinste Schwerarbeit war dieses Aufräumen, das Sichtrennen von lieb gewordenen Dingen, Schwerarbeit psychischer Art. Sie hatte sich doch entschieden. Für haben statt sein.

»Zieh deinen Schlafanzug an«, bat sie Jorgas. »Nun mach schon, Zeit, zu Bett zu gehen.« Ehe sie ans Fenster trat, streifte sie selbst das Nachthemd vom Vortag über, das sie, zu einer Stoffwurst gerollt, ins Regal gestopft hatte.

Zaghaft schob sie den Vorhang beiseite. An der Straßenlaterne lehnte der Mistkerl betont lässig und blickte mit den treuen Augen zu Melda hoch. Der Mistkerl, mit dem das Unheil seinen Lauf genommen hatte. Der Melda angestiftet hatte, den Badeunfall vorzutäuschen und komplett mit ihrem alten Leben abzuschließen.

Sie ließ den Vorhang wieder über das Fenster schwingen. Wie naiv sie gewesen war! Ich liebe dich, hatte Luzifer zu ihr gesagt. Brich alle Brücken hinter dir ab, um Satans willen. Wir fangen ganz neu an. Er hatte wohl nur ihr Geld geliebt.

»Ganz recht«, pflichtete Jorgas ihr bei. »Wann kriegst du das Geld denn wieder?«

Sie zuckte zusammen. Hatte Jorgas ihre Gedanken erraten – oder hatte Melda laut gedacht? Sie entsann sich nicht, je mit ihm über die Erbschaft gesprochen zu haben.

Nathan bewegte die Beinchen, krähte sacht, schlief aber noch fest. Meldas Blick zuckte zu Jorgas zurück.

»Wieso liegst du noch nicht im Bett?«

Er lächelte sie an, mit seinem breiten Mund. Sie wandte ihm den Rücken zu. Nach einem Gute-Nacht-Kuss stand ihr heute nicht der Sinn.

Nur mit großer Beherrschung gelang es ihr, den Müllsack nicht wieder auszukippen, das alte, vertraute Bild wiederherzustellen, in dem sie sich zu Hause und geborgen fühlte.

In schnellen, kräftigen Strichen fuhr sie mit dem Stielkamm durch die grauen Strähnen, drückte das kurze Haar mit den warmen Händen platt. Der Dermatologe nannte es Canities praecox, vorzeitiges Ergrauen. Das kommt von den endokrinen Drüsen.

Die toten Augen des Styroporkopfes auf der Kommode starrten sie an. Mit spitzen Fingern skalpierte sie ihn, beugte sich vor und stülpte sich selbst die kinnlange Perücke über. Wie sie es hasste, das labbrige Teil, besonders an Sommertagen, weil die Kopfhaut vom Salz des Schweißes wie verrückt juckte. Zu allem Übel, fand Melda, machte das Kunsthaar sie zehn Jahre älter. Es nützte nichts, Luzifer bestand auf der Spinnerei: nur rothaarige Apostel. Höllenfeuer auf dem Schopf war das Erkennungszeichen. Sie schüttelte die falsche Pracht.

Jorgas sagte: »Jorgas gefällt das.« Er deutete auf die Perücke.

Und was gefiel Melda? Ihr gefiel dieser strahlende Morgen, der einen guten Tag und eine warme, klare Nacht versprach.

Der Haaransatz zwickte und presste die Stirnhaut in hässliche

Runzeln. Mit geübten Fingern fuhr Melda unter den feinen Tüll, schob, rückte, drückte. Gut. Ob sie das Kind noch einmal füttern sollte, so kurz vor dem Verlassen der Wohnung?

Sie stopfte eine Ersatzwindel in das Seitenteil der Tragetasche, dazu die fein säuberlich gefaltete Kutte.

»Wohin gehst du?«, wollte Jorgas wissen.

»Sei nicht neugierig.«

»Du gehst zum … Treffpunkt?« Er straffte den Oberkörper. »Ich will, dass Nathan zu Hause bleibt.«

»Sei still, Junge.«

»Sie werden ihn töten.«

Mit brabbelnden Lauten verfolgte das Baby Meldas Bewegungen, wie sie die Jacke überzog, dann die Sandalen. Seine Augen waren von dunklem Blau, wie der Rittersporn im Park, mit seiner schwarzen Mitte. Ein klein wenig ähnelten sie Meldas.

»Unsinn«, erwiderte sie. »Nathan wird ewig leben. Er hat das Glück …« Sie lächelte. Er würde leben in den Brüdern und Schwestern. »Und wenn du größer bist, Jorgas, darfst du mich zu den Feiern begleiten. Dann wirst du schon sehen.«

Sie brach in Gelächter aus, als sie Nathans Mündchen sah, das sich zum Weinen verzog.

»Nun halte doch still, Dummerle. Melda bringt dich zu Satan. Ja, still, Dummerle, so ist es recht.«

Mit einem zärtlichen Gefühl hob sie Nathan aus dem Korb, hielt ihn von sich, mit ausgestreckten Armen, lobte ihn, als er rülpste, und erfreute sich an seinem Outfit, dem selbst genähten Taufanzug mit der silbernen Stickerei, den Puffärmelchen und der weißen Franzosenmütze, die einst für Maria bestimmt gewesen waren.

Sie ging zur Tür, presste das Auge an den Spion, öffnete, horchte in den Hausflur. Die Luft war rein.

Noch einmal drückte sie Nathan an sich, spürte dem warmen Strom zärtlicher Muttergefühle in ihrer Brust nach, fast war ihr, als hielte sie Maria im Arm. Alles war gut.

15

Natalja

Der Fernseher lief, Genos Krallen malträtierten mein Schulterfleisch. Erregt wippte er bei jeder neuen Seite, die ich im alten Fotoalbum aufschlug, und lachte vor Freude beim Anblick der Gummitwist tanzenden Claudia mit den Heidi-Zöpfen. Das ältere Foto daneben zeigte Dana auf dem Klettergerüst im Freizeitpark Lochmühle und Paps mit wachen Augen davorstehend, um sie im Falle eines Sturzes sofort auffangen zu können.

Mit der Fingerkuppe strich ich Paps über die Wange.

»So ist das eben«, murmelte ich. »Irgendwann kommt der Schnitter, sogar zum Bestatter. Stimmt's, Geno?« Und bei diesem Gedanken wurde mir wieder ganz schwummrig vor Augen, und ich glaubte, die Eingangstür quietschen zu hören.

In den Nachrichten brachten sie die unglaubliche Geschichte der Tine F., deren Baby aus der Entbindungsstation entwendet worden war. Und dann zeigten sie erstmals ihr Foto, das mich zur Salzsäule erstarren ließ. Es war die Schuhladen-Lady!

Ich lauschte angestrengt. In welcher Klinik lag sie? Ich hörte keinen Namen.

»Ich bring den Kerl um.« Mit diesen Worten war Carlos gestern in mein Krankenzimmer gestürmt. Wieder zu Hause, war er mir dann den ganzen Tag nicht von der Seite gewichen. Ich fühlte mich beschützt und umsorgt. Fast zu beschützt und umsorgt, in Richtung theatralisch. Dass ihm der Überfall in den Knochen saß, konnte ich nachvollziehen, aber Carlos schien meine Schwangerschaft für eine siechende Krankheit zu halten, denn er tupfte meine Stirn und fragte in Fünf-Minuten-Abständen nach meinem Befinden. Claudia war vor einer guten Stunde gegangen und hatte mir das Versprechen abgenommen, auf der Couch liegen zu bleiben und mich von Carlos und Georgina rundum verwöhnen zu lassen.

Manchmal musste man ein Versprechen brechen.

»Du, Carlos?«

»Corazón?«

»Heute ist doch dein Skat-Abend?«

»Es macht mir nichts aus, Schatz.«

»Frank Kieling hat angerufen.« Und das entsprach der Wahrheit.

»Was wollte er?«

»Den dritten Mann.« Dieses Knirschen der Zähne, dieses Flattern der Lider, sie machten mir klar: Meine kleine Attacke würde von Erfolg gekrönt sein. Den Rest des Abends durfte ich mich, mit meinen Gedanken allein, bei schöner Musik im Dschungelzimmer entspannen – leider ohne Agathe und Trudie.

Mit einem Strahlen empfing er mich am Morgen, und sein »Birdie« klang wie ein langer Seufzer. Auf dem Ottoman sitzend und mir eine Cosmopolitan aus dem Zeitschriftenständer angelnd, sah ich aus den Augenwinkeln, dass Marc mir meinen geliebten süßen Cranberry-Saft kredenzte, der nicht nur schmeckte, sondern auch meine Blasenfunktion unterstützte.

»Gibt's was Herzhaftes dazu?«, erkundigte ich mich. »Ein Gürkchen, eine Tomate, Thunfischbrot?«

»Na sag mal.« Marc schüttelte den Kopf. Gurken hatte er nicht. »Du bist doch nicht schwanger?«

Ich prostete ihm zu. Auf irgendeine Art wirkte das Loft heute extrem kühl und abweisend auf mich, dabei war alles wie immer, es herrschte eine geordnete Unordnung in den Räumen mit den quadratischen, hellen Fliesen, aus dem Bad roch es nach Cool Water, die Zugehfrau hatte einen Strauß langstieliger apricotfarbener Rosen in der Glas-Bodenvase mit der Muschelfüllung arrangiert. Die Ursache für mein Unbehagen war mit hoher Sicherheit das vorgestrige Erlebnis. Sollte ich Marc von dem Überfall erzählen? Ich war unschlüssig.

Der Bruder des toten Professors, so teilte Marc mir mit, bewohne jetzt das Waldhaus.

»Satanist?«

»Genau. Er ist Anifel.«

Ich nickte. »Dieser Anifel – er trägt derzeit Gips?«

»Aber woher …«

»Ich war auf der Beerdigung.« Bei dem Satz wurde mir schwindlig, da alle Bilder vom Alzi schlagartig auftauchten. Ich zog die Pumps aus und ließ sie zu Boden gleiten. Auf dem Couchtisch stapelte sich ein Berg Zeitungen, daneben Schreibblock, Kugelschreiber, eine Packung Tarotkarten, ein leeres Whiskeyglas.

»Was verbirgt sich denn unter der hübschen Verpackung?«, erkundigte sich Marc.

Ich sagte: »Ein Frankfurter Kranz«, und entfernte das fettdichte Papier. »Ein Willkommensgruß von Georgie. Für meine Mama.« Die kommen wollte und abgesagt hatte.

»I see.«

»Aber die Kirsche kriege ich, ja?«

Genüsslich langsam glitt der Blick der Aquamarinaugen über meine Lippen, den V-Ausschnitt meines T-Shirts, meine Taille, die Hüfte, die Beine unter dem blauen Rock, welche aufgrund der heute etwas kühleren Wetterlage in hautfarbenen Seidenstrumpfhosen steckten. Ich trank den Saft in einem Zug. Mein Herz hämmerte wie in Jugendtagen, die Welt um uns herum stand still. Ich griff nach Teller und Tortenschaufel, um irgendetwas zu tun, und anstatt meine Frage zu stellen, die mir auf der Zunge brannte, schwieg ich still, vor lauter Angst, meine Stimme könnte schrill klingen. Der Schock des Überfalls saß mir immer noch in den Knochen, ja, die Angst schien gar mit jedem Gedanken zu wachsen.

Marc zog sein Hemd aus, mir wurde schwummrig. Und dann knöpfte er den obersten Knopf meiner Bluse auf. Seine Hand fuhr zwischen die Knopfleisten, ich spürte mein Herz schlagen, gegen diese warme, fordernde Hand.

»Nein, bitte …«

Mit einem Ruck setzte er sich auf, da er wohl meinen Widerstand spürte, griff nach den Kippen und machte sich nicht einmal mehr die Mühe, sich für den Qualm zu entschuldigen.

»Auch eine?«

»Danke, nein«, sagte ich. Den Rest mit meiner Schwangerschaft wollte ich auch noch erklären. Aber Marc kam mir zuvor.

»Wenn du Lust hast«, sagte er, ganz relaxt, »lege ich dir die Karten.«

Tickten die Pendel der Standuhr in der Ecke neben dem Flachbildschirm immer schon so grässlich laut? Das irre Licht, das in Marcs Augen glomm, ließ ihn für mich schlagartig zum Fremdkörper mutieren. Ich wünschte mich zurück auf meine Oberurseler Couch, ganz einsam und verlassen, lesen, fernsehen. Zurück zu Carlos? Ich schloss die Augen, war nicht fähig, zwischen den zwei Männern in meinem Leben, zwischen richtig und falsch zu wählen.

»Zurück zu Anifel«, sagte ich schließlich, mich umständlich räuspernd. »Besser konnte er es nicht treffen, nicht wahr? Eine abgelegene Gegend, ein schönes Haus, viel Platz.« In Galanis' Domizil ließen sich nach Herzenslust Orgien feiern. Ich stellte mir die Fahrt von meinem Haus bis zum Stadtwald vor. Bei Bedarf war ich mit dem Wagen in fünf Minuten in Höhe des dortigen Parkplatzes.

Ich fasste Neugier und Mut. »Na schön. Leg mir die Karten, ich bin gespannt.«

Er zog sein Hemd über, dann begann er zu mischen.

»Gregor hat mich beurlaubt. Auf unbestimmte Zeit.«

»Ach?«

»Meinte, ich soll mal runterkommen von meinem Satanisten-Trip.«

Ich kratzte mich am Kopf, sah zu, wie er aufs Heftigste Karten bearbeitete.

»Nun ja«, begann ich.

»Birdie, da ist nichts … Wenn du jetzt auch noch glaubst …« Er antwortete sich selbst, ehe ich Luft holen konnte. »Ich schwör dir, dahinter steckt dieser Hasse. Ist schon lange auf meinen Posten scharf.«

Ich musste mir ein Lachen verkneifen, da er gar so jämmerlich dreinblickte.

»Komm, beruhige dich. Was macht er denn so, der Hasse?«

»Bespitzelt hat er mich – meine Besuche bei Satans & Co.«

»Sagtest du Besuche?« Mir war nur etwas von einem Besuch bekannt.

»Dann fand er den Totenschädel in meinem Aktenschrank.« Das wurde ja immer besser. »Ach ja, damit ich es nicht vergesse, und dieses Teil hier.«

Mit ungeschickten Fingern beförderte er den schwarzen Alabasteranhänger aus seinem Hemdausschnitt ans Licht. Einen Dämon mit Pferdefuß.

»Goldig, irgendwie«, entwich es mir. Das Grinsen war mir vergangen, außerdem zogen die Mutterbänder. »Wieso trägst du solchen Mist?« Meine Hand griff in meine Hosentasche und fand den Zettel.

Marc schmollte wie ein Schuljunge. »Ein Geschenk Anifels«, meinte er. »Ich fand es witzig.«

Manchem war eben nicht zu helfen. Ich bemühte mich redlich, ihm zu glauben. Seit meiner Ankunft in diesem Loft taten sich immer neue Fragen auf. Mein Blick durchsuchte die Utensilien auf dem Tisch.

»Die Karten?«

»Die Karten, das klingt jetzt echt schräg …«

»Lass mich raten: Sie sind ein Geschenk?«

An seiner Stelle hätte ich auch geschwiegen. Satanisten tasteten sich gern an neue Mitglieder heran, indem sie sie für okkulte Dinge zu interessieren versuchten. Dazu zählten Gläserrücken, Seancen oder auch Tarot. Und danach lud man sie für gewöhnlich bald zu schwarzen Messen ein. Das wäre meine nächste Frage gewesen. Hatte Marc oder hatte er nicht? Bereits eine Messe besucht?

Meine Hand beförderte den Zettel ans Tageslicht.

»Sag mal, wissen deine neuen Kumpels, wer du bist?«, entwich es mir. Die mussten doch Respekt haben vor Marcs Zeitungsartikeln.

»Nothing«, meinte er. »Hab denen erzählt, dass ich mich seit Jahren für Okkultes interessiere und mich jetzt erst an die Apostel herangewagt hätte, da ich von ihrem Frankfurter Sitz durch die Zeitung erfuhr.«

Nun, zumindest die Sache mit dem großen Interesse entsprach der Wahrheit.

»Zudem«, fuhr er fort, »ist es eine andere, eine in sich abgeschlossene Welt. Man sperrt das reelle Leben aus. Oft kennt man vom anderen nur den Rufnamen.«

Er rückte näher, lächelte, mir wurde heiß, doch wohl eher der mysteriösen Umstände wegen.

Ich fragte: »Kuchen?« Und dabei ließ ich ganz wie von selbst den grünen Zettel mit Belzebubs Nummer aus meiner Hand auf den Tisch gleiten.

Marc aber war mit meiner Befindlichkeit beschäftigt, runzelte die Stirn, packte mich bei den Schultern.

»Was ist bloß mit dir los, Birdie? Blass bist du. Und wo ist dein Lächeln?«

Seine Fingerspitze fuhr meine Mundwinkel entlang. Er spürte wohl, wie schlecht es mir ging, denn er begann, sanft meine Wangen zu streicheln.

Ich hätte ihm gern von dem Überfall erzählt, doch etwas hielt mich davon ab. Für mich galt es nicht mehr als ausgeschlossen, dass Marc gut Freund mit den Satanisten war. Ebenso konnte ich mir vorstellen, dass der Kidnapper vom Alzi zu dem teuflischen Verein zählte. Wenn die beiden sich nun persönlich kannten …

Ich blickte Marc an, spürte Traurigkeit und fand es eine der schlimmsten Erfahrungen: einem guten Freund auf einmal zu misstrauen.

Er blickte auf den Zettel. Sekundenlang saß er stumm.

»Hast du den hingelegt?«

»Er fiel aus deiner Tasche, neulich in meinem Hof.«

»Du hast doch nicht …«

»Sag mir die Wahrheit. Wer ist diese Frau?«

Er mied meinen Blick, schüttelte den Kopf. Auch er sah auf einmal traurig aus. Und ich hatte den Eindruck, auch ihm brannte etwas auf der Zunge, was er mir gern gebeichtet hätte.

»Sie ist … eine Bekannte.«

Ich wand mich aus seinen Zärtlichkeiten, spürte, hinter der Fassade seines starren Gesichtsausdrucks lauerten Abgründe.

»Ist wohl besser, wenn ich gehe.«

»Nein, bleib«, bat er. »Ich wollte noch … das Tarot …« Er hatte sich erhoben, stand nun hinter mir, die Hände auf meinen

Schultern, und raschelte mit einem Tütchen. Gummibärchen, die er mir in die Hand drückte, ehe er mich zu massieren begann. Ein Daumen bohrte sich in eine quälende Stelle. Jetzt erst spürte ich die Verspannungen im Nacken.

Die Bärchen schrumpften in meinem Mund, indessen Marc sich wieder setzte.

»Rückst du ein Stückchen, *honey*?«, fragte er und kuschelte sich dann neben mir zurecht. Die Bartstoppeln seiner Wange kitzelten meine Schläfen. Ich trank einen Schluck vom zweiten Glas Cranberry-Saft. Er hinterließ einen zitronenartigen Geschmack auf der Zunge. Ich würde Sodbrennen kriegen in der Nacht.

Ich zählte zehn Karten, die Marc als keltisches Kreuz legte. Er musste geübt haben.

»Die Karten lügen nicht«, behauptete er. »Was ist deine Frage?«

Deutlich und bestimmt sagte ich: »Dana. Befrag die Karten über Dana!«

Nacheinander deckte Marc auf. Am interessantesten schien ihm die Nummer sechs: die nähere Zukunft. Ich sah die *Hohepriesterin*. Sie bedeutete: Intuition, eine Situation näher beleuchten und sie klären. Na bitte, das passte. Die Zehn interessierte mich besonders: Wohin ging die Reise? *Das Rad des Schicksals* stand für einen Erkenntnisprozess, einen Wechsel, einschneidende Veränderungen.

Veränderungen. Hieß das für mich: Dana kehrte nach Hause zurück?

Ehe Marc die Karten wegpackte, sah er mich lange an. Was ging ihm wohl im Kopf herum? Er pflückte die Kirsche und steckte sie mir in den Mund. Eine solche Zerrissenheit hatte ich nie empfunden. Liebte ich ihn? Oder liebte ich beide, Carlos und Marc? Reiß dich zusammen, Natalja. Du bist verheiratet. Und außerdem wusste ich nicht mehr so recht, was ich von meinem Freund hier rein menschlich zu halten hatte, von wegen Tarot und Pferdefüßen.

Aber da stand noch der Frankfurter Kranz zwischen Begehren und Abschied. Ich schob ein Stück davon auf Marcs Teller.

Wieder sahen sie in mich hinein. Die unergründlichen Aquamarine.

Noch einmal stellte ich die Kuchenfrage, da Marc das süße Stück kaum beachtete.

»Gern«, sagte er lächelnd. »Danach.«

16

Natalja

Ich wusste zwar Carlos und Pit im Haus, doch gerade ängstigte ich mich, die Tür zu öffnen. Ich ängstigte mich vor der Begegnung mit jedwedem fremden Menschen.

Ich hatte schlecht geschlafen. Jedes Knacken der alten Holzsparren unter dem Dach interpretierte ich als Einbruch und erwartete einen sportlichen Typen mit Strickmütze in meinem Flur, der mich gewaltsam aus dem Haus zerrte. Daneben gingen mir ständig Marcs Annäherungsversuche durch den Kopf. Was hatte er sich dabei gedacht, alle Grenzen zwischen uns aufzuheben? Wir hatten einander versprochen, es nicht mehr zu tun. Im letzten Moment war ich seinem Kuss ausgewichen.

In meinem Morgenmantel fuhr ich zur Tür, den Brötchenkorb holen. Rasch sah ich mich um. Kein Fremder in Sicht. War der Zeitungsjunge da? Nein, war er nicht. Erleichtert klaubte ich den Korb auf. Ungewöhnlich schwer war er heute, und jetzt sah ich auch die zweite Tüte. Was war da drinnen, eine kleine Zugabe der Bäckerei? Das fand ich nur recht und billig, bei den Preisen.

Ich schnappte mir Geno im Wohnzimmer, wühlte meine Nase zur Begrüßung kurz in den warmen Vogelnacken. Meine Atemzüge richteten seine Federn auf wie ein Windzug eine Pferdemähne. Wir fuhren zusammen in die Küche. Ab und an durfte er mit mir essen, mit eigenem Teller, was sich meist nicht appetitlich gestaltete. Doch heute, da ich allein mit ihm war, bot sich solch eine Gelegenheit. Den Brötchenkorb stellte ich auf den Tisch, und voller Neugierde wickelte ich die zusammengerollte Plastiktüte mit dem gewichtigen, jedoch weichen Inhalt auf.

Meinen Schrei konnte man sicher bis zum Flughafen hören, Geno suchte das Weite, und Carlos und Pitti hatten die längste Zeit selig geschlafen. Mein Blick fuhr über das blutige Teil – eine fast schwarze, fette Ratte mit rosa Ringelschwanz und aufgeschlitztem Bauch.

Frühstück fiel flach an jenem Morgen, ich war bereits satt.

Die Ratte entsorgte mein Mann mit spitzen Fingern in die Mülltonne. Jetzt reichte es mir endgültig, ich konnte nicht mehr untätig herumsitzen.

Als ich das Haus verließ, musste ich mit Grauen feststellen, dass meine Widersacher noch keine Ruhe gaben. Man hatte, vermutlich mit Rattenblut, ein Pentagramm auf mein Schaufenster gemalt.

Um mich abzuregen, war frische Luft jetzt gut. Aus der Schulstraße rollte ich schließlich in die Obergasse und in die Straße An der Burg, zu meiner Linken lag die Küferei, dann strebte ich zu den Teilen der alten Stadtmauer, hinter der man einen malerischen Fluss vermutete, aber in Wahrheit nur auf eine trockene Wiese mit Parkplatz hinabsah. Ich atmete tief. Dann informierte ich Weyers.

Mein Institut öffnete um neun Uhr, sodass mir anderthalb Stunden Zeit verblieben, um diese Tine zu besuchen, von der jede Zeitung berichtete. Als hätte ich es geahnt, traten Murphys Gesetze in Kraft: Mir gehörte jede rote Ampel.

Während ich wartete, dachte ich an Weyers zurück. Jede Menge Fotos hatte er geschossen. Der Kollege von der Spusi hatte Blutproben vom Fenster gezogen, Graphitpulver war zum Einsatz gelangt wegen eventueller Fingerabdrücke.

Ich dachte an die Menschentraube, die sich die Schulstraße entlang gebildet hatte, allen voran mein spezieller Freund Georg Koster, der sich durch meine Tätigkeit in seiner Ruhe empfindlich gestört fühlte und in Abständen immer mal wieder stänkerte. Dazu Jule Tebert. Wegen der Osteoporose berührte ihre Nase beim Gehen fast das Straßenpflaster, dennoch bekam sie jedes Detail aus ihrem Umfeld mit. Aber was sollte es, im Zweifel bedeutete der Tratsch für mich Propaganda.

Und ich dachte an Pitti, der am Morgen, mit Schlafanzughose und zerzaustem Haar, fassungslos vor dem Schaufenster gestanden und das Pentagramm angestarrt hatte. Er hatte wohl geahnt, dass ich ihm den Auftrag zum Entfernen der Schweinerei erteilen würde. Georgina konnte kein Blut sehen.

In der Goethe-Universitätsklinik, dem zweitgrößten Krankenhaus Hessens, ging es zu wie im Taubenschlag. Bis zum nächsten Aufzug legte ich eine Spießrutenfahrt hin, durch einen Pulk von Besuchern, die mich und mein Schmidtchen mit mitleidigen oder gar genervten Blicken beschossen. Im Lift stand ein älterer Herr in neckischen Boxershorts mit Dino-Druck und Infusionsständer in der Rechten.

»Hämorrhoiden-OP, minimalinvasiv«, erläuterte er und ließ den Blick über den Rollstuhl schweifen. »Sie sitzen viel, da bleibt es nicht aus ...«

Ich schluckte und drückte den Knopf für den vierten Stock, Entbindungsabteilung. »Ist das denn hier nicht das Gebäude der Gyn?«

»Wissen Sie, was das Beste ist? Das Beste sind warme Sitzbäder.«

»Okay ...«

»Ballaststoffreich essen, Vollkorn und Leinsamen. Und viel trinken, ganz wichtig. Aber wiederum nicht zu viel, es ist nicht so günstig, wenn Sie Durchfall ...«

Der ruckartige Stopp auf der Vier ersparte mir die unappetitlichen Einzelheiten. Nicht zum ersten Mal fragte ich mich, ob wohl bei meinem Anblick automatisch der Schriftzug *Erzähl mir deine Geschichte* auf meiner Stirn erschien.

Wenig später klopfte ich zaghaft an Tines Zimmertür und fuhr ein. Aber dort stand nur eine blutjunge Krankenschwester an einem leeren Bett und wechselte die Bettwäsche. Kaugummi kauend wandte sie mir ihr leeres Gesicht zu.

»Tine?«, fragte ich. Sie winkte ab, verpasste dem Kissen einen derben Schlag und legte es zurück aufs Kopfteil. Dann blies sie ihr Kaugummi auf.

»Sie wurde doch nicht entlassen?«

»Das nicht.«

Ich hatte den Verdacht, dass etwas mit Tine nicht stimmte. Gab es Komplikationen, hatte man sie auf Intensiv verlegt oder Ähnliches?

»Das mit dem Baby«, fuhr ich vorsichtig fort. »Schreckliche Geschichte, nicht wahr?«

»Voll assi so was.«

»Und was ist mit Harm?«, wollte ich wissen. »Tines Freund. Gibt's eine Adresse?«

Die Kaugummiblase platzte. »Äh – sind Sie eine Verwandte?«

Mir wurde klar, dass sie keine Adresse herausgeben und meinen Besuch auf der ITS nicht dulden würde. Doch kam ich auch ohne Tine weiter?

»Wissen Sie«, sagte ich. »Ich bin gekommen, um Tine zu fragen … sie hielt große Stücke auf ihre Hebamme.«

»Ach so?« Die Schwester deutete auf meinen Bauch. Wächst da was?« Sie kaute wieder. »Na, was Tine so sagt, ich meine wegen der Hebamme und so …«

»Sie mögen sie nicht?«

»Geht mich ja eigentlich nichts an.«

»Aber?«

»Agnes, was meine Oberschwester ist, also Agnes sagt …«

»Was sagt Agnes?«

»Muss 'ne ganz Komische sein, diese Melda. Keine richtige Praxis, hauptsächlich Hausgeburten.« Die Schwester faltete die Schmutzwäsche zu einem Bündel und packte es sich unter den Arm. Gierig verfolgte ich jede Bewegung. Sie durfte mir nicht entwischen, ich brauchte noch ein paar Auskünfte.

»Verstehe. Melda also. Und wie noch?«

»Moosleitner heißt sie, glaube ich. Imelda Moosleitner. Aber das hab ich den Bullen auch schon gesagt, und die meinen …«

Ich wartete.

»… es gibt wohl keine Adresse von Melda. Nicht unter dem Namen.«

Ich händigte der Schwester meine Visitenkarte aus.

»Bitte«, sagte ich und legte Zeigefinger und Daumen an mein Ohr. »Es ist mir wichtig. Sobald es Tine besser geht, soll sie mich doch mal anrufen.«

17

Melda

Die Tiefgarage empfing Melda mit angenehmer Kühle. Sie verstaute die Tragetasche mit dem brabbelnden Säugling im Fond des Fiats, dazu den Handkoffer mit den Klamotten, die sie für die Einweihungsfeier und eine Übernachtung benötigte.

Sie überlegte. Hatte sie die Wohnungstür verriegelt? Sie glaubte schon. Hatte sie Jorgas zu streng bestraft, nur weil er nicht aufhören wollte, ihr gehörig die Meinung über die Apostel zu sagen? Aber nein. Wer sein Kind liebte, der züchtigte es.

Ruhig lenkte sie den Wagen Richtung Taunus, durch das vorabendliche Oberursel, auf die Altkönigstraße, durch eine gepflegte Dreißigerzone mit noblen Wohnungen. Backsteinhäuser wechselten ab mit Jugendstilvillen. Rechter Hand, in Höhe der Gerhart-Hauptmann-Straße, ragte die Ruine des Schillerturms auf, der 1905 ursprünglich zum hundertsten Todestag von Friedrich Schiller der Öffentlichkeit übergeben worden war, und auf der linken Fahrbahnseite zeigte sich das Gebäude der Evangelisch-Lutherischen St. Johannes-Kirche.

In Höhe des Kastanienwegs parkte sie den Wagen und stieg aus. Zwei Nordic-Walkerinnen schwangen ihre Stöcke und strebten Richtung Waldrand. Melda folgte ihnen, mit der Tragetasche in der Rechten. Ehe sie die Lichtung erreichte, nahm sie Platz auf einer grünen Bank, die Tasche mit dem Baby an ihrer Seite. Von hier aus hatte sie nur noch rund zehn Minuten zu gehen. Sie war viel zu früh, die Apostel saßen noch zu Hause an den Abendbrottischen. Umso besser, so konnte sie die Abendsonne genießen, und es blieb ihr ein wenig Zeit für den Jungen.

Sie zog die Schuhe aus. Grashalme kitzelten ihre Füße. Eine dicke Hummel labte sich am roten Klee, die Gänseblümchen schlossen ihre Kelche für die Nacht. Vereinzelte Spaziergänger grüßten Melda, doch je mehr der Abend voranschritt, desto stiller wurde es um sie. Nur Nathan weinte auf einmal leise. Melda sang ihr Trostlied. *When you're weary, feeling small, when tears are in your eyes, I will dry them all.* Ich werde die Tränen in deinen Augen alle trocknen.

Zufrieden reckte sie das Gesicht in die Sonne und genoss die Nähe zu ihrem kleinen Liebling, das letzte Zusammensein. Sie schüttelte die Rassel, machte Faxen, lallte »Eieiei«. Die Babyaugen strahlten. Auf dem Spazierweg ging, Händchen haltend, ein junges Paar vorbei.

»Gleich da vorn muss es sein«, sagte das Mädchen.

»Das Haus des Toten?«, erkundigte sich der Mann.

»Puh«, sagte sie. »Wenn ich mir vorstelle, mir wird der Kopf aufgeschlitzt …«

»Zuerst glaubten sie ja an einen Ritualmord.«

Melda saß stocksteif. Was redeten die beiden da? Also stimmte es doch? War es in dem Zeitungsartikel um Dimmi gegangen? Zorn auf Luzifer stieg in ihr auf. Nicht zum ersten Mal hatte Melda den Eindruck, dass Luzifer nur auserwählte Apostel in seine geheimen Gedanken, Pläne und Werke einweihte. Wieso hatte er ihr noch keine Auskunft über Dimmis Verbleib gegeben?

Sie schloss die Augen, weil die Sonne über den Bäumen sie blendete. Eine Gänsehaut überzog ihre Arme. Würde sie Dimmi nie wiedersehen? Ein Bild kam ihr in den Sinn: das Ritual, das letzte glückliche Zusammensein ihrer kleinen Familie – Marias Opferung –, ehe Dimmi krank vor Schmerz wurde. Das Feuer in der Schale hatte hell geflackert. In dem Moment hatte Melda nur eines gedacht: Flieh.

Die Kühle des Abends kroch ihr unter die Hosenbeine. Sie wischte die Tränen fort, ehe sie das Waldhaus erreichte.

Der Blick, mit dem Luzifer sie musterte, ärgerte sie.

»Du kommst spät, Melda.« Das war es also. Wenn Mephisto regelmäßig zu spät eintraf, erntete er keine Rüge. Melda verzieh Luzifer die Unpünktlichkeit selten. Wenn sie sich nicht anpasste, konnte sie eine baldige Taufe glattweg vergessen. Sie hatte zu lange auf der Bank gesessen und nachgedacht, über ihr verkorkstes Leben. Aber wollte sie die Taufe überhaupt noch, jetzt, da sie ahnte, wie schamlos man sie belog?

»Tut mir leid, wenn ich unpünktlich bin«, murmelte sie. Der dunkle Blick des Maskierten war vernichtend.

»Gib mir das Baby«, forderte er und trat näher. Groß gewachsen war er; sein Kinn traf fast auf Meldas Haaransatz. Sie wich diesem Blick aus, sah Nathans Köpfchen zwischen den Rüschenkissen. Es war Unrecht, ihn zu opfern, tief in ihrem Inneren wusste sie es. Ihre Hand hielt den Griff der Tragetasche.

»Nun rück den Knaben schon raus, Mel!«, rief Karl und setzte die Bierflasche an. Anita reckte den Daumen.

»Joa. Mach's nicht so spannend. Oder hast du Angst, dass die Brüder sich nicht kümmern?«

»Wann geht's endlich los?«, fragte ein allenfalls sechzehnjähriger Junge.

Melda hielt den Griff. Gegenüber, in der Nähe der Viehweide mit dem Elektrozaun, standen in Wartehaltung die Fratres, Anifel, Belial und Mephisto. Klar würden sie Nathan umsorgen, sein Überleben sichern, die nächsten paar Tage, bis zur Walpurgisnacht. Danach würden sie keinen einzigen Gedanken an seine Rettung verschwenden, obwohl da draußen im richtigen Leben als allgemein bekannt galt: Satanisten opferten aus Prinzip keine Babys. Bei den Aposteln aber herrschte die Regel: je jünger das Blut, desto gesünder und stärker die Gruppe.

Ein leichter Windzug strich um Meldas Nase, brachte den Duft wilder Erdbeeren und Waldmeister mit sich. Ein Lagerfeuer prasselte wie in hellem Zorn, und auf einem gefällten Baumstamm befand sich eine Kiste mit der Feuerschale und dem weißen Opferkästchen, in dem einige Utensilien auf ihren Einsatz an Walpurgis warteten: das Ketzersymbol, die dreizehn Kelche für das frische Blut.

»An meine Seite, Melda. So ist es gut.« Luzifer breitete die Arme aus, sein Flüstern wuchs zum Gesang.

»In nomine dei nostri Satanas introibo ad altare Domini inferi.«

Im Namen des großen Gottes Satan trete ich vor den Altar des infernalen Herrn.

Melda spürte den warmen Fluss seines Atems an ihrem Ohr, auf ihrem Hals, und sie roch Luzifers Schweiß.

Er fuhr fort. »Gib nun das Opfer in Satans Hände, Melda! Frater Belial, den Rosenkranz.«

Melda starrte Luzifer an. Im Grunde war es ihr klar: Hier ging es noch nicht um die Opferung. Dennoch sah sie Maria vor sich, das Mündchen schmollend zum kleinen Herz verzogen. Sie blickte an Luzifer vorbei, sah die Brüder und Schwestern nicht, sah nur den Altar vor sich. Diesen schwarzen Altar, im vergangenen Mai. Das Kraut in der Feuerschale glomm und knisterte, dazu spendete Belial Weihrauch aus der Weihrauchkugel. Ein Bett aus schwarzen Rosen empfing Maria, die zu strampeln begann und Schreie der Unlust ausstieß. Das Kraut verglühte. Unter den Zuschauern herrschte Stille. Es war Luzifers Vorrecht, das Messer zu führen. Doch er war nicht umsonst als Weichei bekannt und reichte das Messer Belial.

Melda zuckte zusammen vor Schmerz, die Szene verschwand vor ihren Augen. Sie schluckte den Kloß im Hals hinunter und begann zu summen. *If you need a friend, I'm sailing right behind.* Wenn du einen Freund brauchst, ich bin in deiner Nähe und heile deinen Kummer …

Sie verstummte, fixierte das Muttermal unter Luzifers Augenbraue.

»Ich gebe das Kind nicht her.« War das ihre eigene Stimme? Sie trat einen Schritt zurück, ihre Knie schlotterten. Verzweifelt suchte ihr Blick einen Fluchtweg, indessen sie wie durch Watte Luzifers Worte hörte. … Unverschämtheit … wisse nun wieder ganz genau, weshalb sie die ewige Dienerin bleibe …

Mit einem energischen Griff öffnete er ihre Hand, nahm die Tasche mit dem Baby an sich. Mit seiner Liebe, seinem Begehren, schien es in diesem Augenblick vorbei zu sein.

»Ich kann dir nicht mehr vertrauen, Mel.«

18

Natalja

Die schönste Amazone dieser Erde war ohne Zweifel mein Geno, mit seiner türkisblauen Stirn und dem gelben Klecks im Nacken. Ich freute mich sehr auf sein nahezu menschliches Lachen, nach allem, was mir die letzten Tage widerfahren war. Die Begrüßung fiel jedoch frostig aus, mein gefiederter Freund zeigte mir seine hübsche Kehrseite mit den rot-blauen Flügelspitzen. Ich hatte ihn die Tage zu oft allein gelassen.

Mit einer dicken Paranuss ließ er sich ködern. Wie ein schutzloses Vogelkind steckte ich meine Nase unter den Papageienflügel und atmete Vogelduft. Irrsinnigerweise fühlte ich mich geborgen.

»Ach Geno«, seufzte ich. »Manchmal wäre ich auch gern ein Vogel wie du.« Hatten Tiere es einfacher? Schwierige Frage. Auf die Jagd nach Essen und Trinken reduziert: sicher nicht. Allerdings, einem Kidnapper begegneten sie bestimmt nicht so schnell. Mir drehte sich der Magen um, wenn ich daran und an den heutigen Morgen mit der Ratte dachte.

Um mich abzulenken, öffnete ich die liegen gebliebene Post. Da war dieser Brief ohne Absender. Unter den Gläsern meiner Lesebrille fraß sich mein scharfzahniger Brieföffner in das Kuvert, und das gelbe Post-it flatterte wie ein kleiner Drachen auf meinen Schreibtisch: *Ich bin in deiner Nähe.* Ich schluckte. Für einen gelungenen Einstieg in eine fröhliche Restwoche mit Geburtstagsfeier am Freitag hielt ich das Ganze nicht gerade.

Auf einmal fröstelte ich, trotz der Wärme im Raum. Wo war eigentlich mein geordnetes Leben geblieben? Was hatte die Ratte zu bedeuten, das war doch eindeutig ein Satanistending? Jedenfalls wollte die Kripo die Leute wieder verschärft unter die Lupe nehmen. Und der Kidnapper auf dem Alzi: nur eine »harmlose« Abschreckungsmaßnahme?

»Steck die Nase in deinen eigenen Dreck.« So ähnlich hatte er sich ausgedrückt. Sosehr ich grübelte, so tief ich in den Erinnerungskammern stocherte – ich fragte mich, ob der Typ wohl die Falsche erwischt hatte. Worin bitte, hatte ich mich denn eingemischt? Okay, mir fiel das Galanis-Haus ein. Ich verwünschte den Tag, an dem ich mit Marc dort eingedrungen war. Und ich verwünschte meinen Mitteilungsdrang. Wem hatte ich davon erzählt? Nun, da war Carlos. Dann Claudia, und wenn ich recht nachsann, hatte ich das eine oder andere Wort bei Pit und Mona fallen gelassen.

Genos schwarze, trockene Zunge fuhr aus dem Schnabel, links, rechts, und sammelte die Reste der unverhofften Mahlzeit ein. Er legte den Kopf schief, guckte, ob meine Hand noch Essbares böte. Sie tat es nicht, und er verabschiedete sich von meiner Schulter mit einem rasanten Flug auf die Arbeitsplatte mit der Kaffee-Ecke, wo sein Schnabel sich um das Kabel der Kaffeemaschine kümmerte, bevor ich ihn wegscheuchte.

Die Flügelspitze hatte mein Auge erwischt. Es tränte. Oder weinte ich etwa? Und wenn, dann waren es die Hormone. Behutsam führte ich meine Rechte dorthin, wo etwas in mir wuchs, Stunde um Stunde, Tag um Tag. Es war nicht gut, dem Kleinen all die Aufregung zu bieten, doch irgendwie kam ich nicht aus der Opferrolle.

Auf Marc fiel mein schärfster Verdacht. Er verkehrte zweifellos mit Satanisten, und er hatte mir geraten, mich nicht in irgendwelche Leute Angelegenheiten zu mischen, obwohl er dies selbst von Berufs wegen tat. Die Frage war: Hatte er mir das angetan? Mir einen Würger auf den Hals gehetzt? Ich wollte mir so etwas nicht vorstellen. Marc war doch mein bester Freund, und in dieser Eigenschaft wollte ich ihm eine Chance geben und ihn heute noch sprechen.

Nachdem Geno in den Wohnraum umgesiedelt war, setzte ich mich in den Lift. Marc hatte Zeit, Kunststück, so mitten im Zwangsurlaub. Wir verabredeten uns in seinem Loft. Ich erwartete einfach, dass er mir bei diesem Besuch mit doch sehr ernstem Hintergrund nicht zu nahe trat.

»Ist was passiert?« Er drückte mich, was einen Weinkrampf bei mir auslöste. Wir tranken Coke, Marc unterbrach mich nur, um die Faust zu ballen und in regelmäßigen Abständen *»Goddamned«*, auszurufen. Er saß neben mir auf der rotledernen

Sitzbank, den Arm um meine Schultern gelegt. Seine Augen flimmerten vor Zorn und Mitgefühl.

Ich weinte von Neuem.

»Konntest du den Kerl erkennen?«

»Strickmaske«, erklärte ich müde und winkte ab, »wie im Krimi. Aber die Augen – glaub mir, die würde ich unter Tausenden finden.« Ein kalter Schauder lief mir über den Rücken. »Glaubst du, es war einer von denen?« Ich machte eine Kopfbewegung grob Richtung Wald.

»Mensch, Birdie, das wird noch zur fixen Idee. Komm mal wieder runter. Weißt du, meine Forschungen über die Satanisten …«

Ich atmete flach. Und er sah andauernd auf die Uhr. Doch keine Zeit?

»Nun hör endlich auf«, motzte ich. »Forschungen!«

»Meine Forschungen sagen …«

»Du glaubst, sie sind harmlos … Das sind sie nicht.«

Er blickte zum Fenster, murmelte: »Du musst damit aufhören, dich einzumischen, Darling. Nur dann hast du eine Chance …«

»Was meinst du?«

»Du willst es nicht sehen, oder?« Ich nahm an, er sprach von dem Überfall.

»Auf wessen Seite stehst du eigentlich?«

»My good god …«

»Wenn ich nerve, kann ich ja fahren.«

»Nun sei nicht gleich eingeschnappt. Ich will dir nur klarmachen: Die tun nichts, wenn …«

»Die wollen nur spielen?«

»Ich nenne sie inzwischen die Negativen, was im Grunde gar nicht negativ gemeint ist.«

»Wieso das denn?« Endlich hatte ich genug geweint. Ich knüllte mein Taschentuch zusammen und steckte es in die Hosentasche.

»Beispiel schwarze Messe«, erklärte er. »Man dreht das Kreuz um. Man verwendet eine schwarze Hostie und man liest das Vaterunser verkehrt herum. Wie ein Negativ von einem Foto: Alles Weiße wird schwarz und umgekehrt. In Wahrheit ist es eine Messe wie jede christliche auch. Vor solchen Leuten braucht man sich echt nicht zu fürchten.«

»Ah nein? Schon mal was von den Opfern des christlichen Glaubens gehört, Taten zum Ruhme und zu Ehren Gottes. Die Geschichte der Christenheit ist mit einem ganz besonderen Saft geschrieben. Nehmen wir nur allein die Kreuzzüge. Schon der erste kostete über eine Million Menschen das Leben, die im Namen Jesu Christi grausam zu Tode gemetzelt wurden. Vor solchen Fanatikern fürchte ich mich sehr wohl.«

So gern ich wollte, ich konnte ihm nicht beipflichten. Wörter wie Fremdbestimmung, Angstsyndrome, Machtwillen, Intoleranz, Persönlichkeitsverlust, sexualmagische Praktiken wirbelten durch meinen Kopf. Die Liste hätte sich beliebig fortsetzen lassen und bei Sachbeschädigung und Körperverletzung enden können – bis hin zum Mord.

Ich betrachtete meine Arme, die durchaus etwas Sonnenlicht vertragen könnten, nachdem ich Marc den Zettel ausgehändigt hatte.

Leise las er. *Ich bin in deiner Nähe.*

»Vermutlich die Tat eines Irren«, meinte er. Er sah mich nicht an.

»Ich glaube, es war der Kidnapper«, mutmaßte ich. »Allmählich werde ich zum Stammgast im Kommissariat.«

Und dann küsste Marc mich doch noch, freundschaftlich und mitfühlend, auf die Wange.

19

Melda

Das Kind hatte man ihr weggenommen. Ohne den dreizehnten, Belzebub, umzingelten sie die geweihten Apostel. Ganz gleich, wohin sie lief, sie stieß auf Mauern aus Bäuchen, Armen und Händen. Mauern aus Fleisch und Blut, Leute, die sich gerade eben noch ihre Brüder genannt hatten.

Das eifrige Schnattern und Singen und Lachen um sie her war verstummt. Der König mit der Maske blickte auf sie herab.

Er sagte: »Heute trennen sich unsere Wege.« Dann wandte er den Blick von ihr.

»Hierher, Melda!«, rief einer, während der Nächste sie in dessen Arme schubste und alle lachten. Die Arme schlangen sich um ihre Brust. Ein Dritter hielt ihre Hände fest. Sie spürte einen scharfen Schmerz, in Höhe des Ellbogens.

»Zur Erinnerung an deine Brüder«, meinte Luzifer ungerührt, mied aber weiterhin Meldas Blick. »Und jetzt: Geh mir aus den Augen!« Sie kannte die Bedeutung des eingeritzten Teufelskreuzes auf dem rechten Arm. Der Strich hieß ewige Verdammnis, und der Punkt besagte: Auf ewig hatte Melda Stolz und Ehre verloren.

»Über den Sühneweg, Abtrünnige!«, befahl einer von ihnen. Da war eine Faust und eine junge Stimme in Meldas Rücken. Gehörte sie Tim? Sie wandte sich um, er war es. Tim mit dem Baseballcap. In der Funktion des Mephisto.

An die zwanzig Diener stellten sich in zwei Reihen auf: der Sühneweg. Angst schnürte Melda den Hals zu, doch sie gehorchte und trat den Weg durch den Kreis der Jünger an.

»Verräterin!«, riefen sie. Melda konnte die Tritte und Kratzer schon nicht mehr zählen. Einige spuckten auf sie. Sie kannte dieses Spiel nur zu gut, hatte ihm selbst schon als Publikum beigewohnt, dachte an Iris Hagen und Thomas Berg, die man fast zu Tode gehetzt hatte und die am Ende, genau wie Dimmi, irgendwo in der Fremde untergetaucht waren, um sich weiteren Folterungen zu entziehen.

Wo war der Ausweg, wo das Schlupfloch, durch das Melda fliehen konnte? Sie strauchelte, blickte vom Boden auf. In größter Hast ließ sie die Blicke schweifen. Luzifers Maske tanzte an ihr vorüber, Belials breites Grinsen, dann Anifel, Mephisto. Neben ihnen stand nun auch der neue Belzebub.

Blut quoll aus Meldas Wunde, niemand nahm Notiz davon.

Zwischen Anifel, Belial und Belzebub war eine schmale Lücke entstanden. Ein Arm mochte gerade so hindurchpassen, vielleicht sogar eine steckendürre Melda?

Anifel rief Belzebub etwas zu, von gegenüber.

»Was sagst du?« Belzebub schien nicht zu verstehen.

Wieder bewegten sich Anifels Lippen: »Pe-i-t-sch-en«.

Nie zuvor hatte Melda sich so allein gefühlt. Sie gewahrte die neunschwänzige Katze, die Karl Anifel in die Hände gab.

Auf Luzifers Zeichen waren die Apostel aufgestanden, hinter ihnen die Diener.

»Dienerin des Satans!«, rief Belial. Er trat einen Schritt vor. »Heute hast du deine Brüder verraten.«

Sie schüttelte den Kopf, wich zurück, wollte etwas sagen, doch ihre Kehle war verdörrt.

»Verräter«, fuhr Belial fort, »muss Satan bestrafen.« Er klatschte in die Hände. Alle grölten im Chor. »Ver-nich-ten. Ver-nicht-ten. Shemhamphorash.«

Vernichten. Noch vor Stunden war Meldas kleine Welt heil gewesen. Mit Schrecken blickte sie in die Gesichter, hasserfüllt, einige zu Grimassen verzerrt. Manche hielten Stöcke in den Händen, stampften damit auf den Boden. Belial ließ die Peitsche knallen, und dabei umzingelten sie Melda.

Sie hörte Plutos weibische Stimme hinter ihrem Rücken.

»Sieh mich an, Verräterin.«

Es war kein Entrinnen, doch sie betete zu Satan, dass es schnell gehen möge. Sie sah die Peitsche zucken. Ein Mann mit griechischem Profil drängte sich in den Vordergrund: Anifel, Dimmis Bruder, der notorische Lügner und Betrüger, der Menschen hasste, am meisten sich selbst. Der Melda noch nicht einmal den Rang der Dienerin gönnte und sie für jede Kleinigkeit bei Luzifer anschwärzte.

Er riss ihr die Perücke vom Kopf. Gelächter. Für einen unbedachten Moment öffnete Belzebub den Kreis ein Stück, trat ein paar Schritte auf Anifel zu und wisperte etwas in sein Ohr. Nickte er zu Melda herüber? Forderte er sie mit Blicken auf, zu verschwinden?

Es war ihre Stunde. Sie sprintete los, mit heißem Herzen, schrie, boxte mit den Fäusten. Auf eine Melda dieser Art waren die Apostel nicht vorbereitet. Fassungslos sahen sie zu.

Melda wusste die Schrecksekunden zu nutzen.

Lauf, Melda, lauf.

Die Meute brüllte. Schweiß rann Melda von der Stirn. Zweige peitschten ihr ins Gesicht. Die Wunde am Arm fing wieder zu bluten an. Sie keuchte: »Ich schaffe es nicht.«

»Tu es für mich, hörst du?«, rief eine Stimme. Es war die Stimme der jungen Frau von neulich, am Telefon.

»Hallo?«, hatte Melda in den Hörer gerufen. Und auch die Stimme hatte nur einmal »Hallo« gesagt, dann war sie verstummt, genau wie Meldas. Aber Melda hatte die Stimme wiedererkannt. Die halbe Nacht hatte sie den Namen der Frau buchstabiert. A-l-l-i-a. Und der Schmerz hatte sie fast zerrissen. Wie viel Schuld konnte ein Mensch sich auf die Schultern laden und wann hatte er genug gebüßt?

Melda sah, drüben im Buschwerk, die Umrisse eines Rollstuhls, ein Trugbild. Dass Allia ein Handicap hatte, das war Melda erst seit der Begegnung im Schuhgeschäft klar. Zwei-, dreimal hatte die Sehnsucht sie damals, kurz nach ihrem Verschwinden, zum Haus der Eltern getrieben, und sie hatte nachts hinter der Berberitzenhecke unter Allias Fenster gewacht, in der unsinnigen Hoffnung, noch einmal in ihre Augen zu blicken und die Worte »Dana-Maus« aus ihrem Mund zu hören. Schließlich hatte sie die heimlichen Besuche eingestellt, um der quälenden Sehnsucht zu entrinnen. Wohin Allia später verzogen war, das blieb ein Geheimnis für Melda.

Sie lächelte der Frau im Rollstuhl zu. Wenn sie eins gelernt hatte in dieser Clique armseliger Egomanen: Am Ende bleibt die Familie.

I'm on your side, oh when times get rough. And friends just can't be found. Ich stehe zu dir, wenn die Zeiten rauer werden und alle Freunde verschwunden sind.

»Meldaaa.« Die Rufe der Teufel kamen aus jeder Richtung. Lichterkegel von Taschenlampen huschten wie kleine Gespensterröcke durch den Wald. Melda lief und lief, stand still, lief. Je weiter sie in den Wald eindrang, desto langsamer wurden ihre Schritte. Laub knirschte unter ihren Füßen, sie prallte mit dem Kopf gegen einen Baumstamm und stöhnte auf.

Weiter. Die Luft ging ihr aus, sie hatte Seitenstechen und stand still. An einen Baum gelehnt, zurückblickend, sah sie Allias Gesicht nur noch schemenhaft, doch sie erkannte das Lächeln.

Gut gemacht, Dana.

Mit Schrecken bemerkte sie, dass Allia einen Schritt zurückwich, und dann noch einen. Immer blasser wurden ihre Züge.

»Wohin gehst du?«, fragte Dana. Zweige knackten, ganz in der Nähe. Jäh erstarrte sie, hielt den Atem an. Um ein Haar hätte ein Lichtkegel sie erfasst.

Sie war allein. Genau wie damals, als sie in ihrem roten Bikini von der Badematte aufgestanden und ohne Allia zum Meer hinabgegangen war. Dort unten hatte er sie erwartet, seine Haut glänzend vom Sonnenöl, einen leichten Sonnenbrand unter den dunklen Brusthaaren: Luzifer. In Dimmis Begleitung.

»Es wird wie ein Badeunfall aussehen«, hatte er Dana ins Ohr geflüstert. Der Gedanke hatte ihr nicht gefallen, dass sie ihrer Familie so wehtun musste. Und es hatte sie geschmerzt, ihre Katze Wheena zurückzulassen. Doch Luzifer hatte es so gewünscht, es sei wichtig, dass sie sich komplett von allem Weltlichen löse. Was hätte sie machen sollen, sie hatte ihn doch geliebt.

Automatisch fuhr ihre Hand zu ihrer Schulter. Sie hatte sich damals an der Bootsleiter verletzt, bevor man sie von Kreta wegbrachte. Die Narbe sah ein bisschen aus wie das Pentagramm des Baphomet.

Nach einer Weile verhallten auch die Stimmen der Verfolger. Melda stand in stockdunkler Nacht. Nur ihre eigenen Atemzüge durchbrachen die Stille und das Husten des Igels, der Futter suchend das Dickicht durchstreifte.

20

Belzebub

Anifel breitete seine Arme aus. »Seid gegrüßt in meinem neuen Heim.«

Die Brüder hatten die Kutten schon für die Einweihungsfeiern angelegt, sie saßen meditierend im Halbkreis. Luzifer, Belial und Anifel bereiteten die Messe vor, indem sie die Hostien, Silberkelche und Messwein herbeitrugen. Pluto spendete Weihrauch.

Der Gong ertönte, ein sanfter, nachhaltiger Klang. Die Apostel traten aus der Meditation.

»Ich bringe euch Mona-Lee«, stellte Luzifer die junge Frau mit den endlos langen Beinen noch einmal der Vollständigkeit halber vor. »Heute wollen wir sie zur Dämonin weihen. Sie wird den Namen Astaroth tragen, der Göttin der Unzucht.«

Ein Diener, der Luzifers Garderobe beaufsichtigte, brachte das Messgewand. Luzifer stülpte es über. Er führte die Neue in die Mitte. Furcht spiegelte sich in ihrem Blick.

»Hab keine Angst, mein Kind«, sagte er und strich ihr sanft die Hand. »Du wirst reich belohnt werden. Und nun: Zieh dich aus.«

Der Umhang rutschte von Mona-Lees Schultern, sie ließ den Maskierten nicht aus den Augen. Stille erfüllte den Raum, und auch Belzebub hielt den Atem an. Lüsterne Blicke tasteten über den jungen Körper mit den prallen Brüsten und der rötlich schimmernden Scham. Dann forderte der Hohepriester Luzifer das Mädchen auf, sich auf den Rücken zu legen, auf die mit einem schwarzen Laken bezogene Matratze. Rundherum standen künstliche Totenköpfe, in deren leeren Augenhöhlen das weiche Licht von Kerzen glomm.

»Lee wird unser Altar sein«, verkündete Luzifer. »Die Christen beschimpfen die Frau als Sünderin. Es ist eine Lüge. Die Frau ist unser Lebensquell, die Wahrerin des Volkes. Sie ist die Mutter Erde.«

»Amen, Satanas«, sagte Anifel. Alle schauten auf die stattliche

Gestalt Luzifers, er sprach in Gott Luzifers Namen. Luzifer war der Gott des Trotzes, Regeln kannte er nicht. Er war die höchste Weisheit, und er war der wildeste Stolz. Er war der Herr der Instinkte, der fleischlichen Lust, hatte Musik und den Tanz erfunden.

Eine Ziege arbeitete sich nach vorn, beschnupperte Mona-Lees Bauch, auf den man Rosenblätter gestreut hatte, leckte mit der rauen Zunge. Speichel tropfte aus ihrem Maul. Ihr Herrchen ließ sie gewähren, doch Belzebub gab ihm geheime Zeichen, gefälligst aus den vorderen Reihen zu verschwinden, nun, da die Zeremonie Formen annahm.

Lee hatte die Augen geschlossen und rührte sich nicht. Belzebub brachte Kerzen, eine schwarze stellte er links an Mona-Lees Fußseite, eine weiße rechts oben an ihren Kopf. In der goldenen Opferschale knisterte das Feuer. Bläuliche Flammen züngelten nach dem sich darin befindlichen Ketzersymbol: Galanis' verdörrter Skalp, ein würdiges Beiwerk für die Einweihungsfeier seines Hauses und die Weihe der neuen Jüngerin.

Für einen kurzen Moment schwebte Verwesungsgeruch über Lee. Die Festgäste erhoben sich.

»Vater unser, der du bist in der Hölle.« Nun versammelten sich die Messeteilnehmer in den Kutten um den menschlichen Altar und beteten das satanische Vaterunser. Es folgte die Weihe. Dazu reichte Belzebub einen Krug mit Wein. Luzifer trank bis zur Neige. Auf seinen Lidern perlte der Schweiß, es war schwül heute, und Kutte und Alkohol mochten zusätzlich wärmen.

Der Hohepriester stand nun zu Mona-Lees Füßen. Ihr Blick war eine zaghafte Einladung.

Sie flüsterte: *»Domine Satanas, Rex inferus Imperator omnipotens.«*

Luzifer beugte sich über sie, Wein floss von seinen Lippen zu ihren. Mit Interesse verfolgte Belzebub den Akt. Die verhüllende Kutte und die Geräusche, die im Gesang der Gäste untergingen, ließen allerdings nur Vermutungen zu, ob er auch wirklich vollzogen war.

Danach gingen Hostien und Messkelch herum.

»Seht hin«, sagte Belzebub, der nun einen zweiten Krug mit

Wein trug und das goldene Nass in Kelche schenkte. »Der Kelch der Fleischeslust. Freude soll dieses Haus erfüllen.« Er trank als Erster, dann tranken alle, lachten und tanzten vor Lebensfreude. Hostien wurden bespien und weitergereicht, Stücke davon abgerissen, bis sie wie gerupfte Blüten zu Boden fielen, und die Ziegenhufe sie zertrampelten. Nur Belzebub enthielt sich des wilden Treibens und kümmerte sich um den Nachschub an Wein.

Mona-Lee war nun Astaroth. Sie würde außerdem mit Meldas Ämtern betraut sein und sich künftig um die Opfergaben kümmern. Mit bleichem Gesicht erhob sie sich, trat vor die Apostel, zog die Kutte über und wandte sich wieder der Altarseite zu. Ein Diener brachte die Ringelnatter, als Symbol für die Giftschlange. Er gab sie in Astaroths linke Hand.

Alle jubelten.

Dann kehrte Ruhe ein. Meldas Stunde brach an, die Stunde der Ketzerin. Es galt, sie totzubeten, wo immer sie sich aufhielt.

»Steht nun auf«, gebot Belial. »Betet, für die Abtrünnige, die sich in den Wäldern versteckt, vor den sehenden Augen Satans. Betet um ihren baldigen Tod.«

»In nomine Satani.«

Eine Litanei folgte auf die nächste, zwischendurch Schweigeminuten, in der sich die Energien noch stärker auf Melda konzentrierten.

Ein Donnerschlag zerfetzte die teuflische Stille und reizte die Schlange zum heftigen Züngeln.

21

Natalja

Pit senkte die Hand auf meine Schultern.

»Wie fühlst du disch?«

»Wie neu geboren wäre geprahlt.«

»Böse Sach, das alles«, stellte er fest. Ich nahm einen tiefen Atemzug.

»*Vale.* Stimmt, aber was uns nicht umbringt …«

»Das ist mein starkes Allinsche. Wenn isch dir irschendwie helfe kann?«

»Lieb von dir, Pitti.« Ich drehte mich um, deutete ein Küsschen an. Wenn ich in dieses vertrauenswürdige Gesicht blickte, ging es mir schon viel besser.

Er hatte den Auftrag ausgeführt und die Scheibe gesäubert.

»Geh mit mir einen Apfelwein trinken«, bat ich ihn. »Heute Abend?«

»In de Bornemmer Garte, gelle? Man kann schon drauße sitze.«

»Ist mir recht.« Ich horchte hinaus in den Flur. Stille. Mona hatte frei. Ich drehte mich mit dem Schmidtchen um hundertachtzig Grad, reckte das Kinn.

»Na dann. Wollen wir mal.« Das Leben ging weiter. Das Sterben auch. In der Nacht war Frau de Vito angeliefert worden, Gospelsängerin, schwarz, achtundvierzig. War bei »When the saints go marchin' in« sanft in das Himmelreich entschwebt – einer von den zärtlichen Toden. Zärtliche Tode waren für mich jene, die plötzlich und unerwartet auftraten und den Betroffenen langes Leiden ersparten.

Die Amerikanerin, die sich beim Fallen den Arm verrenkt hatte, sodass er in einem seltsamen Winkel nach hinten abstand, sollte per Flugzeug in die Staaten überführt werden. So war es nötig, den Verwesungsprozess zu dämmen, der sich mit meiner Arbeit gut vierzehn Tage hinauszögern ließ. Ich zog meinen Anzug an, OP-Kittel, Schuhe und zwei Paar Plastikhandschuhe. Das erste Paar blieb bis zum Arbeitsende auf meinen

Händen, das zweite wechselte ich für gewöhnlich nach jedem Arbeitsschritt. Diese Vorgehensweise gewährleistete nicht nur den Schutz meiner Hände, sondern ich stellte auch sicher, dass weder Möbelstücke noch Gerätschaften mit Blut oder Sekret in Kontakt kamen, woran sich ein Mitarbeiter infizieren konnte. Das Infektionsgesetz erlaubte zwar kein Aufbahren von Trägern ansteckender Krankheiten und sah vor, dass in solchen Fällen der Sarg unverzüglich geschlossen werden musste. Doch nicht jeder Arzt wusste beim Ausfüllen des Totenscheins über eine bestehende Hepatitis, Tuberkulose oder HIV-Infektion Bescheid.

De Vito lag schon auf dem Tisch. Dass sie Genussmensch gewesen war, sah man auf den ersten Blick. Ich schätzte sie auf hundertvierzig Kilo, ein normal großer Sarg könnte Probleme bereiten.

»Ich nehme an, du musstest Frieder rufen?«, erkundigte ich mich bei Pit, mit einem Nicken Richtung Tote. Frieder Zang war Rentner und fungierte hie und da als unser Springer.

Pit bejahte.

»Seine Kostenreschnung liescht im Büro.«

Wir begannen mit dem *Modern Embalming*, dem Einbalsamieren. Meine verwendete Einbalsamierungsflüssigkeit basierte auf dreißigprozentigem Formalin, dem Farbstoffe und Öle für geschmeidigere und rosigere Haut beigefügt waren. Das Zeug verbreitete einen scharfen Geruch.

Das Neonlicht über dem Tisch flackerte, es wurde Zeit, eine Lampe zu wechseln. Aus dem Radio tönte Lena Meyer-Landrut mit »Satellite«. Mit einer Chirurgenschere öffnete ich zu beiden Seiten des Halses die Schlagadern. Ein Apparat pumpte die Flüssigkeit in die Arterien, die den Körper desinfizierte und Geruchsbildung verhinderte. Gleichzeitig presste die Maschine das rotbraune Blut durch ein weiteres Schlauch-Ende aus de Vito.

Dann wusch Pit den Leichnam, und ich verschloss die Körperöffnungen mit Watte, damit keine Flüssigkeiten austreten konnten. Ein wenig Creme auftragen, um den Teint frischer zu machen, etwas Rouge, das auf der dunklen Haut aber nur mäßig zur Geltung kam. Das Haar schien frisch frisiert, ich beließ es dabei und sparte mir das Shampoonieren. Nun wollte de Vito wieder angekleidet sein. Ich besah mir das Produkt unserer Bemühungen und war zufrieden. Arbeitsflächen und Instrumente desinfizierte ich, doch das Reinigen des Tisches musste ich später vornehmen, wenn Frieder und Pit gemeinsam die de Vito in den Überführungssarg betteten.

Ein bunter Schnuller genügte heute nicht für meine angegriffenen Nerven. Nach dem Desinfizieren der Hände fuhr ich, wieder in Zivilkleidung, nach oben, nach draußen, an die frische Luft – eine Zigarette rauchen.

Draußen sitzen fiel flach, da es dafür in meiner lila Halbarmbluse dann doch zu frisch wurde. Pitti und ich entschieden uns gegen Frankfurt und für das mittelalterliche Ambiente des Spektakulums in der Oberurseler Ludwig-Erhard-Straße. Zum Preis von ein paar »Talern« aß ich als Vorspeise ein Schmalzbrot und wählte aus der Saufferey-Karte ein ODIN-Metbier. Pit trank Apfelwein.

Mindestens drei Dutzend Gäste zählte ich, der Raum war von einem gleichförmigen Stimmengemurmel erfüllt. Es roch nach gebratenem Fleisch und Met. Irgendwo glaubte ich, ein bekanntes Gesicht entdeckt zu haben, fand es nicht mehr, wandte mich wieder Pit zu, mir Salz und Fett vom Schmalzbrot von den Lippen leckend. Pit legte eine kleine Schachtel auf den Tisch.

»Was ist das?«

»Dreimal darfste rate.« Er öffnete das Schächtelchen: zwei goldene Ringe.

»Ach Pitti«, sagte ich schmunzelnd, »lass uns lieber Freunde bleiben …«

Er grinste frech zurück. »Glaabst du, der Jochen sacht Ja?«

»Du, warte mal eine Sekunde«, bat ich, mit meiner Hand auf der seinen. Ich petzte die Augen zusammen. »Da drüben, unter dem Ventilator … den kenne ich doch.«

»Wen?«

»Na, den mit dem Igelschnitt, der gerade so kichert.«

»Und was ist mit dem?«

Das deftige Biergulasch mit Apfelrotkraut und hausgemachten Klößen wurde serviert.

»Das ging ja fix«, sagte Pit und nahm das Besteck auf.

»Wenn ich bloß wüsste … wo hab ich den Kerl schon gesehen?« Ich zog ein Stück Kloß durch die duftende Soße und betrachtete den Igelmann.

»Moment mal, natürlich: Bartlow. Sein Name ist Jens Bartlow.« Ich war für Sekunden wie paralysiert. Dann aber hielt mich nichts mehr. »Entschuldige mich einen Moment, ja?«

»Nachhilfeunterricht«, war das erste Wort, das ich von mir gab, als ich an unseren Tisch zurückkehrte. Pit ließ die Gabel sinken und blickte mich erwartungsvoll an.

»Die seltsamen Typen, neulich in unserem Haus, Max und Elsie: Es waren Jens' Ableger. Carlos gibt Jens' Emo-Kindern Nachhilfe in Mathe.«

»Aha.«

»Das bedeutet«, murmelte ich, »dass ich ihm Unrecht getan habe.« Genau. Und wahrscheinlich gab es für die Roja-Geschichte ebenso eine plausible Erklärung. Ich seufzte zufrieden.

Pit rückte die Brille zurecht. »Aus dir soll einer schlau werde, Allinsche.«

»'tschuldige, Pitti, ist ein privates Ding.« Mein Essen wurde langsam kalt. Ich kaute weiter, während ich auf die Uhr sah.

»Halb neun«, sagte ich, mehr zu mir selbst. »Da läuft gerade sein geliebter Tatort.« Es war wohl die bessere Idee, später mit Carlos persönlich zu reden. Irgendwie hatte ich das Bedürfnis danach, ihm von meinen misstrauischen Gedanken zu erzählen. »Übrigens«, klärte ich Pit auf. »Bist du Tatort-Fan? Dann verpasst du was. Die heutige Folge heißt Mord im Senckenberg-Museum.«

»Geh mir bloß fort mit dem Senckenbersch«, winkte er ab. »Das erinnert misch nur … Ganz in der Nähe wohnte der doch. Hätt sisch lieber net mehr dort blicke lasse. Aber was soll's, tot war er ja schon, bevor die Sach mit dem Skalp …«

Ich sah ihn an. »Wo, wer, was? Geht's um Galanis?«

»Ach, nichts.«

Er wich meinem Blick aus, aber mein Misstrauen war geweckt.

Das Senckenberg befand sich nahe der Frankfurter Seestraße, wo früher ein Teil der Satanisten lebte. Was wusste Pit?

Interessiert nahm ich jede seiner Regungen auf. So nervös kannte ich ihn gar nicht. Er trommelte mit den Fingernägeln gegen die Tischplatte und drehte sich mehrfach hektisch nach der Bedienung um, um dann recht barsch einen zweiten Apfelwein zu bestellen. Ich stellte mir die Frage, wen ich da eigentlich vor mir sitzen hatte. Mein Pitti war das nicht.

22

Dana

Dana kauerte am Boden, rieb den schmerzenden Knöchel. Sie musste über eine Wurzel gestolpert sein. Es war vernünftiger, am Platz zu verharren, bis der Morgen anbrach. Außer zwei, drei Sternen am Himmel, die unter schwarzen Wolken hervorspitzten, trug die Nacht kein Licht.

Im Stockfinsteren begann sie, mit den Händen zu sehen. Klamm und kalt war die Erde, das Laub feucht vom Tau. Eine Schnecke kroch über ihre Hand, Dana streichelte ihr sanft das Haus. Gesellschaft tat gut.

Stunden des Wartens vergingen, des Hoffens, des Bangens. Was war denn, wenn der Tag anbrach? Ging sie in ihre Wohnung zurück, so war das ihr Todesurteil.

Ob sie vielleicht – zu Mama? Friedrichsdorf war keine Entfernung. Viel lieber wäre sie zu Allia … doch sie kannte die Adresse nicht.

Sie fröstelte, spürte die Blasenentzündung schon aufsteigen. Viel mehr aber schmerzte die Seele, denn alles verschüttet Geglaubte drängte zur Oberfläche. Heiß schluchzte sie auf. Die Bilder waren zum Greifen nah, wie Mama der Kleinen über das Haar fuhr, sie anlächelte. Ihr Lächeln war anders bei Allia. Kinder spüren so etwas.

Wieso war ihre Hand so glitschig? Hatte sie die Schnecke zerquetscht? Sie stocherte mit einem Stock im Erdreich, fand nichts und blickte mit brennenden Augen in den blauen Fluss der Nacht hinaus.

Ob Allia diesen mysteriösen Spanier geheiratet hatte, den Dana nie zu Gesicht bekam, weil die beiden sich nur in der Disco trafen? Nichts wusste sie mehr von Allia. Nur zweimal war sie ihr in Frankfurt begegnet, einmal in der S-Bahn, einmal im Schuhgeschäft. Allia dürfte Dana kaum wiedererkannt haben. Abgesehen davon, dass Allia Dana für tot hielt: Dana hatte fünfzig Kilo Gewicht verloren, dazu trug sie eine Kurzhaarfrisur, in Grau statt in Rot.

Ihre Gedanken schwenkten über zu einem anderen lieben Menschen in ihrem Leben: Dimmi. Sanft massierte Dana sich die Schulter, dort, wo das Zeichen saß. Sie erinnerte sich, dass sich die Wunde immer wieder entzündet hatte. Und als sie endlich abgeheilt war, hatte Luzifer begonnen, sich nach anderen Frauen umzusehen, und Dimmi machte Dana den Hof. Er war ein liebevoller und ein großzügiger Mann, das Leben in seiner Wohnung hatte Dana keinen Heller gekostet, und: Er besaß einen echten Flügel! Eine Zeit lang hatte sie komponiert und ihre eigenen Lieder darauf gespielt. Sie waren eine kleine, glückliche Familie gewesen, und Marias Geburt hatte diese Familie noch bereichert.

In Danas Bauch zogen sich die Gedärme zusammen, und sie begann zu schaukeln, hin und zurück, wie ein verstörtes Kind. Dimmi war gegangen – und Dana Satan treu geblieben, mehr noch: Sie hatte sich mit der Gruppe gegen Dimmi verschworen, sie hatten den Hühnerstall des Waldhauses geräubert, das Pferd gebrandmarkt. Sie waren in das nächtliche Haus eingedrungen und hatten den Besitzer mit Waffen bedroht, bis der im Affekt die Flucht ergriffen hatte und fürs Erste nach Griechenland zu seinen Verwandten gezogen war.

Gegen Morgen sanken die Temperaturen um einige Grade, kühler Wind strich durch die Äste, und über Dana brauten sich dunkle Wolken zusammen. Es war gut, dass sie Nathan nicht bei sich hatte, sicher schlief der Kleine geborgen unter einer warmen Decke. Aber – es war sein vorletzter Morgen, so frisch und klamm, wie damals Marias.

Wie ein Kartenhaus fiel Danas Leben in sich zusammen. Warum hatte sie das getan? Maria, ihr Kind. Nur das Beste für Luzifer. Für diesen Barbaren …

Ein Donnerschlag, ein naher Blitz, dann weinte der Himmel mit Dana. Sie zuckte zusammen, als ein fetter Uhu im Baum direkt vor ihr aufflatterte. Es schien ihr das Zeichen, um aufzubrechen.

Noch ehe es dämmerte, erklangen die ersten Vogelstimmen. Am Horizont hinter den schwarzen Waldesriesen stieg sachte der Tag. Doch sie hörte nicht nur das Zwitschern, da drang auch noch etwas anderes an ihr Ohr. Eine männliche Stimme, jemand rief ihren Namen. Die Stimme klang besorgt. War es die Stimme des Neuen? Bot er ihr Hilfe an? Und dann zuckte der Lichtkegel einer Taschenlampe auf.

Rasch zog sie sich hinter einen Baumstamm zurück. Nein, sie durfte niemandem trauen. Sie waren wieder hinter ihr her, sie musste achtgeben. Doch die Stimme wurde leiser, entfernte sich, verstummte.

Dana rieb die steifen Gliedmaßen, Arme, Beine, ganz allmählich stellte sich ein Wärmegefühl ein. Sie begann zu summen, wie früher, im dunklen Keller, wenn sie für Paps das Bier holte und sie die eigene Stimme beruhigte. »Feinsliebchen mein, nun bist du sein.«

Aber nein, an Nathan wollte sie lieber nicht denken. Nicht an ihre Schuld denken. Die Sache ging nun ihren Weg, sie konnte nichts mehr für ihn tun.

Und Tine, seine Mutter? Wie sie sich wohl fühlte, ob sie vor Trauer verging?

Selbst schuld, dachte Dana und schluckte. Selbst schuld, wenn Tine nicht besser auf ihr Kind achtgab.

Sie erkannte die ersten Häuser Oberursels, ganz in der Nähe parkte ihr Fiat.

Sie bekam Nathan nicht aus dem Kopf. Was wäre, wenn sie noch einmal zurückginge zum Haus? Sie könnte Nathan ein zweites Mal stehlen.

Mit zitternder Hand zog sie die vergilbte Visitenkarte aus ihrem Portemonnaie.

»Bestattungen Sanftleben«, stand da. Ob Mama und Paps noch die alte Telefonnummer …? Sie zögerte, ob sie sich besser gleich oder erst nach Nathans Entführung mit Mama in Verbindung setzen sollte.

23

Natalja

Noch hatte ich mich nicht entschieden, welches Problem ich zuerst anpacken sollte. Wahllos spukten sie mir im Kopf herum, die offenen Fragen. Nimm mich, sagte das Dana-Problem. Nein nein, jetzt bin ich an der Reihe, rief das Handy, mit dem Pitti und Mona angerufen sein wollten, und Marc meinte: *»Birdie, my girl – forget it. I'm the one in your dreams.«* Nun ja. Eher waren es derzeit Alpträume, die mich seinetwegen heimsuchten. Dann gab es da noch die entsetzliche Angst, die mir die Schultern schlottern und aushäusige Wege zur Qual werden ließ. Die Angst, es könne wieder passieren. Das Kidnapping.

Nimm die Beine in die Hände und renn den Sorgen davon, weit, weit weg, lauf, schwimm, auf eine einsame Insel, war mein Verlangen, das ungestillt bleiben musste, obgleich ich immer mal wieder mein Glück mit dem Gehen in ruhigen Stunden versuchte.

Die Entscheidung war gefallen: Ich rief Pitti an, sagte, dass es später würde, und dann fuhr ich zu Frau Melda Vygen nach Zeilsheim, zu der Adresse, die sich hinter der Telefonnummer von Marcs grünem Zettel verbarg und die ich mit Hilfe der Telefonnummern-Rückwärtssuche hatte ermitteln können. Doch bei Vygen öffnete niemand. Ich hielt den Klingelknopf noch gepresst, als sich ein kleiner Mann mittleren Alters mit grauen Haarborsten und Aldi-Tüte an mir vorbeiquetschte.

»Zu wem wollen Se denn, junge Frau?«

»Vygen«, erklärte ich, und, überflüssigerweise, weil ich hoffte, er würde mir öffnen: »Es ist dringend.«

Der Aldi-Tüten-Mann blickte ganz langsam an mir hinunter.

»Se brauchen doch keine …«

»Keine was?«

»Na, die Vygen.«

»Und was genau ist mit der?«

»Soll früher mal Hebamme gewesen sein.« Der Blick verweilte an meinem Bauch, streifte wieder das Schmidtchen. Dann schüttelte der Mann den Kopf. Eine Menge Leute waren der Meinung, Rollstuhlfahrerinnen seien automatisch unfruchtbar. Nun, ich würde sie schon bald eines Besseren belehren.

»Tja, die Vygen«, sagte der Aldi-Tüten-Mann, während er den Schlüssel ins Schloss fädelte, »die ist eine Sorte für sich.«

»Aha?« Zum Glück war der Eingang barrierefrei. Ich schloss dicht auf, sodass ich dem Typen automatisch an die Fersen fuhr, wenn er auch nur im Ansatz versuchte, mich auszusperren. Mit Ingrimm bemerkte ich schon wieder, welch kleiner Teufel in mir steckte. Zu meinem Erstaunen hielt der Mann mir die Tür sogar auf. Ein Duft von Bohnerwachs schlug mir entgegen. Rechts an der Wand hingen die große und die kleine Hausordnung, unter der Treppe verstaut waren zwei Fahrräder und ein Unikum von einem Zwillingskinderwagen. Wenn Carlos mit mir sonntags im Rushmoor-Park in Innenstadtnähe spazieren fuhr, sahen wir oft Eltern mit doppeltem Kindersegen beim Entenfüttern. Zwei auf einen Streich, das war wohl keine leichte Aufgabe.

Den Lift fand ich linker Hand.

»Die Vygen, wissen Se ...« Er musterte mich erneut von oben bis unten. »Äh – sind Se eine Freundin von ihr?«

Ich verneinte, behauptete, ich sei die Friseurin.

Die Aldi-Tüte raschelte, der Mann nestelte an seinem Hörgerät. »Also die Vygen, die ist sehr – speziell. Es kommt ja selten vor, aber wenn se sich mal blicken lässt, mal rasch im Treppenhaus, dann ...«

»Dann – was?« Ein Regenwurm hatte sich in den Hausflur verirrt und kringelte sich vor meinen Rädern.

»Man fürchtet sich direkt«, erwiderte der Mann. »Die sieht doch aus wie der Leibhaftige. Rabenschwarze Klamotten, und die Augen! Sagen Se, Se sind doch Friseurin? Lernt man da nicht das Schminken?«

Ich nickte heftig.

»Dann klären Se Ihre Bekannte mal auf. Nee nee, es gruselt einen.« Der Regenwurm hatte die Flucht zurück Richtung Haustür ergriffen. Der Mann stieg die erste Stufe hinauf, keuchte, blickte, die Hand im Hemd, auf mich herab wie Napoleon.

»Aber die Haare, mein Kompliment, Frau Friseurin. Hexenlocken, wunderbar. Kein Vergleich zu den kurzen Fransen.«

»D-danke schön.«

Er lachte, drohte mit dem Zeigefinger. »Nicht dass Se die schönen Haare auch noch schwärzen.« Damit verschwand er hinter der Wohnungstür, auf Nimmerwiedersehen.

Da stand ich nun, wie festgetackert, und blickte die vielen Stufen hinauf. Ich zählte bis auf achtzehn, den Rest konnte ich nach dem ersten Stock, wo die Treppe eine Biegung machte, nur erahnen. Hexenlocken, dachte ich. Die waren für gewöhnlich rot. Ich dachte an Roja. Und ich dachte: Hebamme? Aber nein. Tines Hebamme hieß ja Moosleitner und hatte graue Haare. Da war allerdings derselbe Vorname: Melda. Konnte das wirklich Zufall sein?

Die Neugier trieb mich in den engen Lift, fünfter Stock. Unterwegs beschloss ich, mich zur Not als Reporterin von RTL auszugeben, die noch kompetente Hebammen für eine Talkshow »Kinder, die Kinder kriegen« suchte. Ich klingelte, klopfte, rief, doch niemand öffnete. Schließlich drehte ich den Türknauf – und hatte Erfolg. Ich sah, dass die Tür nur angelehnt war. Etwas stimmte hier nicht. Meine dunkle Ahnung erforderte den Genuss einer Handvoll Weingummibärchen aus meiner Handtasche, sonst wäre ich vor Aufregung geplatzt.

Ich rief: »Frau Vygen?« Nun, ich hatte auch keine Antwort erwartet.

Bereits in dem Moment bemerkte ich den unappetitlichen Geruch und drehte die Räder vorsichtiger. Mit spitzen Fingern drückte ich die Wohnraumtür auf. Der erste Blick fiel auf die verstaubte, alte, rote Perücke in der offenen Kommodenschublade im Flur, bestimmt ein abgelegtes Modell, das mich irgendwie erinnerte an … Hm. Also, wenn das die tollen Locken waren … Dann entdeckte ich im Wohnzimmer das Marilyn-Manson-Poster. Es sah genauso aus wie das in Danas Mädchenzimmer. Mein nächster Blick wanderte fassungslos über die Schutthalde, blieb an einer Gruppe Käfer mit grünlich schillernden Chitin-Panzern hängen, die an einem braunen Irgendwas nagten. Ich tippte auf Katzenfutter.

Reflexartig folgte der Aufschrei, als ich den Buben fand. Ich glaubte, es sei ein Bub, circa acht Jahre alt. Er trug helle Schlabberhosen, dazu ein blau-weiß kariertes Hemd, wandte mir den Rücken zu und lag da auf dem Boden, zur Seite gekippt, wie ein Toter. Der Kopf mit dem rotblonden Haar war leicht nach hinten gebogen, die Hände unter dem Rücken vergraben.

Vorsichtig rollte ich näher, was mich Kraft kostete, in dem riesigen Müllberg. Durch Räuspergeräusche machte ich mich bemerkbar, um den vermutlich schlafenden Bub nicht zu erschrecken.

Dann stand ich vor ihm und starrte in sein Gesicht. Die Brille hing am Haaransatz, die Lippen waren ausgefranst, wie nach einer groben Misshandlung. Im Bauch der Stoffpuppe steckte eine Schere, Holzwolle quoll aus ihrem Leib.

Schon hatte ich das Handy am Ohr, unterließ es aber dann doch, die Nummer der Polizei zu wählen. Ich brauchte einen Moment, um meine Gedanken zu ordnen. Was hätte ich auch sagen sollen? Ich habe einen Mord zu melden? Kurz überlegte ich, Carlos zu informieren, damit er sich diesen Saustall hier einmal ansah und eine Info an die entsprechende Stelle weiterleitete.

Ein Quieken im Bad ließ mich aufhorchen. Mit Mühe und Not grub sich das Schmidtchen fräsenartig durch den einzigen, schmalen Gang. Plastik knirschte. Wo kein Durchkommen war, half ich mit den Händen nach, indem ich Dinge aufhob und in eine andere Ecke schleuderte.

Ich öffnete die Badezimmertür und ließ den Blick durchs Bad wandern, dessen Zustand mir ähnliche Schauder über den Rücken jagte wie der Rest der Wohnung. Ich zuckte zusammen, als mich Augen anfunkelten: Ein Kätzchen kauerte auf dem Regal unter dem Allibert-Schrank.

»Hallo?«, rief jemand von der Eingangstür her. »Firma Trautmann. Frische Äpfel, Kartoffeln aus der Pfalz …«

Ich rief zurück: »Danke, kein Bedarf.«

Gleich darauf trat wieder Ruhe ein. Das Kätzchen sprang mir in die Arme. Unsere Wheena war auch eine Graue gewesen, mein Mitgefühl kannte keine Grenzen.

»Du Süße«, flüsterte ich. »Hast sicher Hunger.« Mein Hals wurde eng, ich musste hier raus. Das Wenden in dem Müllberg kam einem Kunstgriff gleich: rasch und zackig, egal, was zu Bruch ging.

Wieder hörte ich Geräusche, von der Wohnungstür her. »Zum Kuckuck, ich sagte doch schon …« Schritte, ein Hüsteln, jemand musste bereits im Zimmer stehen. Ich verließ das Bad mit leichtem Herzklopfen und schlechtem Gewissen. Meine Neugier konnte mir eine fette Anzeige einbringen.

Mit saurem Geschmack im Mund sah ich den Mann an.

»Du hier?«, fragte jener mit den Ozeanaugen. Ich sagte nichts. Mir war übel.

»Ich sollte wohl besser …« Es war Nachmittag, und Carlos war im Reisefieber. Er hielt darin inne, die bordeauxrote Seidenkrawatte mit dem handbemalten Muster überzustreifen. Ein Unikat, angefertigt von seiner Schneiderin.

»Kommt überhaupt nicht in Frage«, entschied ich, griff nach der Krawatte und band sie ordnungsgemäß. »Du wirst schön zu diesem Kursus gehen.« In der Zwischenzeit hatte ich nachgedacht und begriffen: Die mehrtägige Fortbildung »Selbstgesteuertes Lernen und digitale Medien« war wichtig, um mit dem Wissen der Kollegen auf Augenhöhe zu bleiben. Seit einem Jahr wartete Carlos auf diese Gelegenheit, noch einmal die Schulbank zu drücken.

»*No sé.* Ich weiß nicht recht. Blöder Gedanke, und dein Geburtstag … Isi macht mich einen Kopf kürzer.« Er imitierte Mamas Stimme. »Der spanische Macho …«

Süß, wie er da so stand und Arme und Mundwinkel hängen ließ. »Aber wenn wir schon dabei sind«, meinte er. »Von wegen Spanier. Wie oft soll ich es noch erwähnen? Ich bin Katalane.«

»Zweiunddreißig Gäste«, erinnerte ich ihn und überging beflissen das Mama-Thema. »Ich hätte gar keine Zeit, mich um dich zu kümmern.«

»Du bist nicht böse?« Er streifte sein Sakko über. Ich lächelte tapfer.

Wild winkend eilte die kleine, kompakte Gestalt auf mich zu, als ich gerade auf den Parkplatz einfuhr. Wie einen schwarzen Schoßhund zog sie den rollfähigen Koffer hinter sich her. Sein Innenleben konnte ich mir lebhaft vorstellen: Nierenwärmer, Gesundheitssocken, Angoraschlüpfer, genügend Material für ausführliche Vorträge für mich über Blasen- und sonstige weibliche Schwächen.

Niedlich war sie anzusehen mit ihren Silberlocken. Schließlich hieß sie Isabella, die ewig Schöne. Aber die großen Fittiche …

Sie trat einen Schritt zurück und zwickte die Augen zusammen.

»Blass bist du und mager«, sagten wir wie aus einem Mund, und brachen gleichzeitig in Gelächter aus. Mama wischte sich das Wasser aus dem Augenwinkel.

»Mach dich nur lustig über mich, du Kröte.« Kröten nannte man Kinder, maximal Pubertierende. Wie wäre es mit Klassefrau?

Zu Hause angekommen, verlangte sie direkt ihren Martini, der ihr nur aus meinem Kühlschrank mundete. Bei ihr daheim herrschte striktes Alkoholverbot.

»Wo treibt sich eigentlich der Spanier herum?«, wollte sie wissen, während sie am Glas nuckelte. Carlos war nie gut bei ihr weggekommen. Schon durch unseren ersten Besuch bei seinen Eltern in der Avenida de las Drassanes in Barcelona hatten sich für sie Abgründe aufgetan. Einfache, solide Leute, hatte sie mir am Abend vermeldet. Das sollte heißen: Willst du denn allen Ernstes mit Carlos? Da fehlt es doch hinten und vorn an Barem.

Ich hatte geahnt, es würde anstrengend werden. Aber Krankheit hin oder her: Auf meine Geburtstagsparty wollte sie ungern verzichten.

»Und jetzt mal Butter bei die Fische«, knurrte sie. »Wer ist dieser tote Professor, von dem mir Mona am Telefon erzählt hat?«

»Ich weiß jetzt gar nicht, was ich sagen soll …« Manchmal war Mona aber wirklich ein Schnattermäulchen. Und wieso konnte Mama nicht einfach fragen, wie es wohl Claudia ginge, das wäre mühelos zu beantworten gewesen.

»Das Gefühl habe ich auch, Kind.« Ihr Blick nahm mich in die Zange, als hätte ich nicht genug Probleme am Hals. Und bei dem Gedanken an Probleme sah ich, warum auch immer, Marcs blaue Augen.

»Du Mama«, sagte ich, mit trockener Kehle. »Es gibt eine tolle Neuigkeit.«

Sie nickte nachsichtig. »Das konntest du immer schon gut. Dich klammheimlich aus der Affäre ziehen.«

»Wenn es dich nicht interessiert …«

»Was ist es?«

»Ich …«

Ihr Blick fuhr über mein Mini-Bäuchlein. Sie nippte am Martini.

»Weiß der Spanier von dem Kind?«

Keinen Ton von der Schwangerschaft hatte ich erwähnt. Man konnte ihr einiges nachsagen, aber ein X für ein U vormachen ließ Mama sich nicht.

»Und wann ist es so weit?«

»Um Ende Oktober herum«, entgegnete ich und lauschte dem Gesagten nach, das ich ja selbst noch kaum begriff.

Sie schwärmte: »Na ja, zur Hälfte hat es schließlich unsere Gene. Wie klingt das: Oma Isi?«

»Wie Bilderbuch«, sagte ich und stieß mit Mineralwasser darauf an.

»Isi Isi«, quakte Geno bekräftigend. Wir plauderten noch ein wenig, es gelang mir, die Galanis-Frage zu umschiffen, bis Claudia ins Zimmer tänzelte, mit Rokoko-Schillerlocken und mit Mika im Arm. Mika zeigte sich aufgekratzt und humorvoll, so wie ich ihn geschäftlich kannte. Claudia gebärdete sich seltsam, in sich gekehrt, doch auch launisch, sobald sie den Mund aufmachte. Kein flotter Spruch, kein Lachen, sie war irgendwie nicht mehr meine Mauseschwester. Aber die Welt, so musste ich täglich aufs Neue begreifen, war stets im Wandel, Dinge änderten sich, Menschen änderten sich. Und Menschen änderten sich oft besonders gravierend, wenn ein neuer Partner hinzukam. Tat Mika, dieser lustige Geselle, meiner Schwester etwa nicht gut?

Leider musste Mika sich nach der ersten Partie Halma von uns verabschieden. Meine Enttäuschung war mir bestimmt anzuhören. »Du weißt nicht, was du dir entgehen lässt …« Ich begann all die Leckereien aufzuzählen, die Claudia, Georgina und ich uns zum Essen hatten einfallen lassen.

Er lächelte gepresst. »Tut mir wirklich leid.«

»Ich pack dir ein Lunch-Paket, Schatz«, meinte Claudia, ihm grinsend über die Wange streichend und sich dann wieder ernst an mich wendend. »Sein Vater, weißt du? Er ist sehr krank.«

Ich nickte. »Aber du bleibst doch?«

»Bis zum bitteren Ende«, versprach sie. Sie spielte wohl auf Mamas Nähe an.

Halma war eine bewährte Strategie, um Mamas Konzentration zu fordern und Claudia vor den üblichen Maßregelungen zu schützen. Meine Schwester indessen betrug sich wie ein Schmusekätzchen und ließ die Pumakrallen stecken. Aber auch mir gegenüber war sie merkwürdig reserviert, wie eben bereits seit Tagen. Es war, als stünde sie unter enormem Druck, man sah es daran, wie sie ihre Hände knetete und wie sie die Zähne aufeinanderbiss. Heute, so viel war klar, würden wir beide keine Gelegenheit für ein Gespräch unter vier Augen finden. Und morgen war mein Geburtstag.

»Ich muss dann«, erklärte ich irgendwann. »Georgie helfen.« Zwar konnte ich keine Bänke und Tische aufstellen, so doch Tischdecken auflegen und darauf die Deko aus mit Quarzsand und Kerzen gefüllten Gläsern.

Mama stand sofort auf, aber ich schüttelte den Kopf. »Claudi und ich schmeißen den Laden schon. Und jetzt: Mach's dir bequem. Arte bringt ›Vom Winde verweht‹.« Ich dankte dem Sender für vier Stunden Ruhe.

24

Natalja

»Das ist meine Mama«, stellte ich Mama Weyers mit schätzungsweise dämlichem Grinsen vor, während Claudia gegen Abend das Haus verließ und mir noch hinterherrief, sich nachher bei mir melden zu wollen. Der Beamte links mit der hervorspitzenden Waffe im Holster zuckte mit keiner Miene, Weyers lächelte artig. Ich unterdrückte das Gefühl, dass das Innere meines Magens sich gerade nach außen stülpte, weil der Vogel-Strauß-Blick meiner Mama nicht von mir ließ.

»Leider nichts Neues von dem Täter«, sagte der Waffenmann, »dafür haben wir Ihr Pfefferspray wiedergefunden, in den Büschen.«

»Moment mal«, warf Mama sofort dazwischen, »Pfefferspray? Was hat das zu bedeuten?«

»Falls Ihnen noch etwas zu der Entführung einfällt, Frau Sánchez!« Der Beamte verbeugte sich höflich und fügte an: »Wir bleiben am Ball.«

Irgendwie brachte mich der stechende Blick in meinem Nacken völlig aus dem Konzept. Ich drehte mich um. »Du, Mama, ich glaube, der Geno hat noch kein Futter. Wie dumm von mir. Könntest du nicht, vielleicht?« Ich sandte ihr einen gehauchten Kuss. Na, das würde ein schönes Stück Arbeit werden, Mama Isi zu beschwichtigen. Deine Tochter wurde gekidnappt. Aber kein Grund zur Beunruhigung. Schwierige Zeiten standen bevor, solch eine Aussage rief meine Mama doch erst recht auf den Plan.

»Entführung?«, schnaubte sie, tat den Teufel, an Geno zu denken, und fixierte mich streng. »Und sag jetzt bloß nicht, ich soll mich nicht sorgen.«

»Mach dir keine Sorgen, Mama. Alles im grünen Bereich, ehrlich.«

Vorsichtig bemühte ich mich, die Ereignisse der letzten Tage aufzurollen, und das – katapultierte Mamas Stresspegel in seinen Zenit. Erst wurde sie rot, dann käseweiß.

»Ich verkaufe das Haus«, platzte es aus ihr heraus. »Keine Sekunde lasse ich dich mehr allein.«

Das wäre mein Untergang.

»Nun reg dich ab.«

»Ich soll mich … und alles nur, weil du nicht kapierst …«

Ich saß am offenen Fenster, atmete Fliederduft und blickte hinab auf den leeren Vogelbauer, den die gerade ins Büro tretende Georgina im Vorgarten aufgestellt hatte.

»Bring Mama einen Martini, Georgie«, bat ich sie und bemühte mich, Mama möglichst sorglos anzulächeln. »Schicke Bluse, übrigens.«

Sie winkte ab. Indem ich zu ihr an den Schreibtisch fuhr und ihr tief in die Augen sah, ging ich zum Nahkampf über. Ich versuchte, ruhig zu wirken, nur meine Finger blätterten nervös in der Mappe mit den Kontoauszügen, die Carlos mir zum Wegheften hingelegt hatte.

»Wo wir so schön beim Reden sind«, begann ich. Ich wartete, bis sie sich auf meinen Bürostuhl gesetzt und Georgina ihr den Martini vor die Nase gestellt hatte. »Weißt du, Claudi und ich, wir hätten da ein paar Fragen an dich.«

»Meine Güte. Fängt Claudia jetzt auch damit an? Du bringst dich noch in Teufels Küche mit deinen Ideen, Schatz. Sieh es endlich ein: Dana ist …«

Sie setzte das Glas an die Lippen.

»Hast du eine Ahnung, was Dana mit ihrer Erbschaft angestellt hat?«

»Die Erbschaft?« Sie schnäuzte sich in ihr Taschentuch.

»Dreißigtausend Euro.« Und als ich das aussprach, sprang mir eine fette Zahl im vorletzten Kontoauszug ins Auge. Ich kümmerte mich wenig um unsere Finanzen, das war Carlos' Aufgabe. Aber fünftausend? Davon hatte er nichts erwähnt. In welchen Kanal war das Geld wohl geflossen? Mir fielen als größere Ausgabe lediglich die Malerarbeiten an der Hausfassade ein. Moment. Dann war da noch das neue Cabriolet. Eine Spinnerei Carlos', zugegeben, eine kostspielige, in die er immer mal wieder investierte, mit schwarzem Verdeck und weißer Innenausstattung.

»Darüber«, sagte Mama, »habe ich mir oft den Kopf zerbrochen. Das Geld wurde damals umgehend vom Konto abgehoben.«

»Was war mit Gegenwerten, Wohnraum, Auto, persönliche Sachen …?«

»Nur die Sachen in ihrem Zimmer.«

Ich hätte jetzt auch einen Martini vertragen. War das nicht sonderbar? Die Existenz quasi komplett ausgelöscht?

Mama meinte: »Ich schätze, da war ein Kerl im Spiel.«

Ich nickte, ganz meine Vermutung. Wieder fiel mein Blick auf die Zahl fünftausend. Ich seufzte. So waren sie, die Kerle. Sie wollten nur unser Bestes.

Mama erkundigte sich: »Wieso willst du das wissen?«

Ich verzog den Mund. »Nur so. Claudia ist ja nun auch bald so weit. Ich meine: die dreißigtausend.« Ihr Geburtstag lag im Juni. Hoffentlich ging sie mit dem Geld sorgsamer um.

»Euer Papa hatte ein großes Herz«, murmelte Mama. »Er hätte das nicht zu tun brauchen.«

»Dass wir Töchter noch zu seinen Lebzeiten … nun, leider ging sein Traum nicht ganz auf.«

»Euer Papa hatte nur eine leibliche Tochter. Dich.«

Blasen bildeten sich in meinem Kopf, bunte, schillernde Blasen, sich blubbernd, schäumend aneinanderreihend, keinen Raum für Gedanken lassend. Irgendwann dämmerte es mir.

»Dana und Claudia sind …?«

»Es hieß, dein Papa und ich könnten keine Kinder kriegen. Wir adoptierten Dana.« Mama betrachtete ihre Schuhe. »Und dann kamst du.«

Die Blasen zerplatzten, Gedanken wuchsen und verursachten mir Kopfweh. So war das also, das erklärte einiges. Ich musste ein Glückstreffer gewesen sein, denn als meine Eltern sich ein drittes Kind wünschten, funktionierte das nur via Reagenzglas.

Unser Gespräch hatte mich angestrengt, und ich wollte nur noch ins Bett, Decke über den Kopf, nachdenken. Gleichzeitig spürte ich eine tiefe Verbundenheit zu Mama, mehr noch aber zu meinen Schwestern, die gar nicht meine richtigen Schwestern waren.

25

Belzebub

Es regnete Bindfäden, doch Belzebub war noch trockenen Fußes ins Waldhaus zurückgekehrt. Ohne Melda. Er atmete tief. Offenbar war Melda längst über alle Berge, da half alles Totbeten nichts.

Anifel, dieses Tier in Menschengestalt, sah aus dem Fenster. Ihn schien der Regen nicht zu stören.

»Ich breche noch einmal auf«, erklärte er. »Irgendwo da draußen muss sie doch stecken.«

Belzebub beschwichtigte seinen Erkundungsdrang. »Lass gut sein, Anifel. Die hat ihre Strafe schon.«

»Ich könnte noch einmal in Meldas Wohnung …« Die höchste Regel der Fratres lautete: Tu, was du willst. Der Mensch war sich selbst das höchste Gut. Der Beitritt zu den Aposteln benötigte keinen Vertrag. So kam es vor, dass Brüder einander zwar beim weltlichen Vornamen kannten, nicht aber wussten, wo der andere lebte oder arbeitete. Was es preisgeben wollte, blieb dem Individuum überlassen. Da der Mensch ein redseliges Wesen war und am liebsten von sich selbst erzählte, lösten sich die Barrieren ohnehin meist nach kürzester Zeit. Meldas Kontaktdaten waren den meisten bekannt.

»Ich bin dafür, dass wir uns auf das Fest konzentrieren«, nahm Belzebub erneut den Faden auf, um sicherzustellen, dass Anifel Ruhe gab. »Denke dran: Es gibt viel zu tun, der Umzug, das Haus, Walpurgis steht bevor.«

»Okay«, sagte Anifel und kratzte sich den Kopf. »Hast ja recht. Ich mach mir doch die Hände nicht schmutzig an der Schnalle.«

Belzebub mied seinen Blick. Er hätte ihm durchaus berichten können, dass Melda sich nicht in ihrer Wohnung aufhielt.

Er sah auf die Uhr, Viertel nach zehn. Sollte er gleich oder lieber später? Jede Minute zählte.

Anifel fläzte sich in den Drehstuhl, schob vor und zurück.

»Wusstest du das mit Melda?«, fragte er und machte ein Gesicht, als sei er gerade in einen Hundehaufen getreten.

»Was meinst du?«

»Mit der Ordnung hat sie es wohl nicht so, sagt Luzifer.«

Belzebub gab den Erstaunten. »Unsere Melda?«

»Und ich dachte«, fuhr Anifel fort, »die Talkshows über Messies sind ein Fake. Weißt du, was Luzifer sagt? Die dreckigen Unterhosen unter der Couch sollen das Wenigste sein.«

Belzebub hatte wahrlich keine Lust auf Melda-Storys und auch nicht auf einen der Wortschwalle, der erfahrungsgemäß gleich auf ihn niedergehen würde. Anifel war ein Macher, einer, der zupackte, wo Not am Mann war. Doch wehe, wenn sein Mundwerk in Fahrt geriet.

»Ich muss gleich noch weg«, verkündete Belzebub.

»Ist klar, Mann«, brummelte Anifel. »Was von dem Zeug da kann ausgepackt werden?«

Belzebub deutete auf zwei Umzugskartons. Er wunderte sich, wie viel Autorität er bereits genoss, nach wenigen Tagen bei den Aposteln. Es war allein seiner Position geschuldet. Luzifer hatte ihm einen hohen Vertrauensvorschuss gewährt, da er sich von ihm großes Engagement für die Gruppe erhoffte. Viel mehr noch erhoffte er sich finanzielle Unterstützung. Belzebub hatte einen stattlichen Beitrag zum Gruppenunterhalt versprochen.

Während andere Jünger Kisten aus dem Lkw ins Haus schleppten, kümmerte sich Belzebub um die Bücherregale. Er klemmte eine Reihe Bücher mit roten Ledereinbänden zwischen die Hände und verstaute sie in den Fächern. Die Schriften rochen muffig, sie stammten noch von Luzifers Vater, dem Gründer der neuen Apostel. Er las laut: »›Manfred‹ von Lord Byron und ›Satanische Litaneien‹ von Charles Baudelaire.« Eine kleine, goldene Forke fiel aus »Manfred«. Belzebub bückte sich nach dem teuflischen Mistgäbelchen, betrachtete es. Eine Buchklammer aus 585er-Gold, versehen mit einem Fädchen und einem Zettel, worauf stand: Alles Gute zum Geburtstag, deine Melda. Der Gruß hatte wohl Luzifer gegolten, seit Tagen wusste Belzebub um diese unselige Verbindung zwischen dem Hohepriester und seiner niederen Dienerin. Luzifer hatte Dana zu seinen Zwecken benutzt, und Belzebub hätte ihr rechtzeitig ins Gewissen reden müssen. Jetzt war es zu spät.

Rechts, in der Ecke hinter den Sitzreihen, platzierte Anifel die Harfe mit dem Siegel des Baphomets – die erste Amtshandlung für das Fest. Und nächste Woche, nach Walpurgis, ging es dann weiter mit dem Umzug und den Umbauarbeiten am Haus: die Giftschränke entsorgen, die alte Spüle und die Föten, die einen wie bleiche Puppen mit leeren Augenhöhlen anstarrten.

»Und wohin gehst du noch?« Anifels Blick schien sein Gesicht zu durchsuchen. Gegen den Schreibtisch gelehnt, die Hände vor dem Bauch verschränkt, übte sich Belzebub in äußerlicher Gelassenheit und murmelte etwas von Essensplan und Einkauf für die Vorbereitung zu Walpurgis. Er war fest entschlossen, Melda zu finden, ganz sicher hielt sie sich noch im Wäldchen auf. Und sobald er mit ihr geredet hatte, würde er Allia anrufen. Die Apostel konnten ihm künftig gestohlen bleiben. Er würde Allia anrufen, um ihr zu sagen: Sieh her, das alles hab ich für dich getan. Weil ich deinen Worten glaube. Und du hattest recht: Dana lebt.

Luzifer, ganz leger in Freizeitkleidung und ohne Augenmaske, brachte roten Wein in bauchigen Gläsern, einen besonderen Jahrgang, für einen besonderen Tag. Irgendwie, und nicht zum ersten Mal, kam Belzebub der Mann bekannt vor, das Profil, die Art, wie er sich nach vorn neigte …

Er hob sein Glas. »Auf die Apostel!«

»Auf die Apostel«, klang es im Chor.

Belzebub zählte insgeheim durch. Sechs Diener waren erschienen, ferner waren mit von der Partie: Astaroth und die sechzehnjährigen Schwestern Chanus und Lapasis, Großrätinnen. Dass Belzebub verschwand, würde vielleicht nicht gleich bemerkt werden. Auffallen würde aber, dass er nicht mehr zurückkehrte, und ihm war bewusst, dass er sich damit den üblen Nachstellungen der Teufel aussetzte. Egal, wenn er Dana nicht helfen konnte, was sollte er dann noch hier?

Seufzend blickte er die Treppe hinauf und dachte zurück an den Tag, der ihn zum ersten Mal hierher geführt hatte, ganz allein mit Allia. Der Tag, an dem Danas Foto aufgetaucht war und den Stein der Erkenntnis bei Allia ins Rollen gebracht hatte.

26

Belzebub

Der Regen hatte nachgelassen, Marc war im Begriff, das Haus zu verlassen. Er machte das Friedenszeichen, bevor er die Tür öffnete, und Luzifer erwiderte den Gruß.

Schon einen Fuß vor der Tür, hörte er … – das konnte doch nicht sein. Seine Ohren waren auch nicht mehr die besten. Er glaubte, ein Baby weinen zu hören, dabei war es sicher nur der Wind, der nun mit wütendem Fauchen ums Haus strich, als gelte es, Hexen und Teufeln ordentlich zu Walpurgis einzuheizen.

Aber dann hörte er es wieder. Und er wusste: Da lief etwas gewaltig aus dem Ruder. Etwas, worüber man den Neuen wohl vor der Feier nicht informieren wollte. In dieser Sekunde wurde Marc klar, dass er noch nicht den letzten Fuß in das Waldhaus gesetzt hatte. Was hatte es mit diesem Baby auf sich?

Die Harfe war das erste Stück, das Marc beim Eintreten gewahrte.

»Du wurdest vermisst«, sagte Belial, doch Marc wollte seine Neugier nicht mit der Wahrheit stillen. Nach dem Besuch in Danas Wohnung hatte Marc nun auch erfolglos das Waldstück durchkämmt. Er konnte nur hoffen, dass das ein gutes Zeichen war.

Er nahm auf einem Hocker Platz, sah zur offenen Tür, als müsse Dana jeden Moment eintreten, und ließ seine Gedanken von Dana zu Allia schweifen. Dabei dachte er an die Begegnung mit Allia in Danas Wohnung zurück: keine gute Erinnerung.

Wie sie ihn angestarrt hatte, wie einen Verbrecher. Er konnte es ihr nicht einmal verdenken, dass sie ihr Vertrauen zu ihm verloren hatte. Sie hätten reden sollen, vor ein paar Tagen schon, als er den Entschluss zum Beitritt in diesen Verein hier gefasst hatte.

Allia hatte ihn gefragt, was er denn von Melda Vygen wolle. Zur Antwort gab er, er habe Allias Wagen auf dem Seitenstreifen parken gesehen, nur deshalb sei er hochgekommen. Sie hatte ihm den Vogel gezeigt. »Komm schon, Marc.« Und dann hatte sie ihm noch einmal den Zettel mit Meldas Telefonnummer unter die Nase gehalten.

»*Sorry*«, hatte er gesagt. »Bin schrecklich in Eile. Aber wir reden, versprochen.«

»He«, sagte Belial. »Ich rede mit dir.«

Marc, aus seinen Gedanken gerissen, fuhr zusammen. Er antwortete, er sei rasch bei Rewe gewesen, ein paar Leckereien und den günstigen Kaffee im Angebot holen. Ob er für alle welchen kochen solle? Dabei deutete er auf die Tüte in seiner Hand, die Erdnussflips und zwei Pfund Kaffee enthielt und in Wahrheit bereits seit dem Morgen auf dem Rücksitz seines Wagens gelegen hatte.

Aber gerade war Wein angesagt, und so stand Marc auf und trug die Plastiktüte in die Küche. Vor ein paar Minuten erst hatte es wieder zu regnen begonnen, seine Schuhsohlen hinterließen feucht glänzende Abdrücke auf dem hellen Laminat.

Er kam aus der Küche zurück und nahm erneut auf dem Hocker Platz. Wieder ging der Wein herum, der eine fruchtige Note verströmte und rasch ins Blut drang. Der magersüchtige Satan, der schon aussah wie sein eigener Schatten, zog lieber eine *line*. Mit verhangenem Blick lud er Marc zu einem Näschen ein. Er aber lehnte ab, hatte er doch gestern schon miterlebt, wie das Zeug Satan die ganze Nacht künstlich wachhielt.

Astaroth spielte nun die Harfe, Lapasis sang dazu satanische Verse, einige tanzten, was einen kleinen Vorgeschmack gab auf die Freuden der kommenden Feier. Luzifer begann, mit den hübschen Schwestern zu flirten, wie immer wachte Anifel eifersüchtig über die Zudringlichkeiten.

Nach dem Genuss eines Glases Burgunder stand Marc auf. »Ich gehe schlafen«, raunte er Anifel zu und mimte den Angetrunkenen, indem er demonstrativ in den Beinen schwankte. Er musste wissen, was es mit der Babystimme auf sich hatte. Vorsichtig erklomm er die Treppe ins Obergeschoss und vergewisserte sich, dass niemand ihm folgte.

Er rief sich noch einmal die Räume unter der Dachschräge

ins Gedächtnis: linker Hand des Flures das Büro und das geräumige Gästezimmer, rechts Abstellraum, Bügelzimmer, Bad.

Im Büro brannte das Licht einer Leselampe, gleich hinter dem Schaukelstuhl, der sich im schwachen Luftzug des offenen Fensters gespenstisch wiegte. Daneben allein die mit Büchern vollgestopften Regale und der Schreibtisch.

So leise es ging, drückte Marc nun den Türgriff zum Gästezimmer und schaltete das Licht an. Mit wenigen Blicken erfasste er das Bettlager, das einige Gäste in dieser Nacht aufnehmen sollte. Mehr als Matratzen gab es nicht zu entdecken.

Er trat ans Fenster. Durch den Holzboden hörte er die Gesänge der Fratres, und er lauschte, mit der angenehmen Schwere des Weines in den Gliedern, der gleichförmigen Regenmelodie, die nun Strophe für Strophe auf das Dach prasselte, piano, mezzoforte, fortissimo. Er atmete tief, roch den Duft der feuchten Weidenrinde.

Die anderen Räume lagen friedlich und still, da brauchte er gar nicht nachzusehen, wer ließ denn schon ein Baby in einem Abstell- oder Bügelzimmer zurück? Nur für einen Moment glaubte er, im Flur Schritte zu hören, dann erstarb auch dieses Geräusch.

Marc dachte darüber nach, dass es wirklich eine gute Idee wäre, schlafen zu gehen, umso frischer und ausgeruhter ließ sich der morgige Tag in der Redaktion angehen.

Er entledigte sich seines Hemdes und seiner Hose, bis er nur noch in Boxershorts stand, und legte die Sachen ordentlich gefaltet zu Boden. Noch einmal trat er ans Fenster, blickte über den Hof, bis sich seine Augen wieder an die Dunkelheit gewöhnten.

Es herrschte Neumond, kaum ein Stern war am bewölkten Himmel zu sehen, doch im Licht der Stalllaterne hinter der Pferdekoppel, wo jetzt die Ziegen im Verschlag standen, sah Marc unter dem Vordach die derben Leiber der Wachhunde kauern.

Drüben am Waldesrain, neben der Koppel, erfasste er eine Bewegung, feenhaft, der Zweig eines Baumes im Regentanz?

Einer der Schäferhunde winselte. Marc zwickte die Augen

zusammen, der Regen wurde schwächer, schwach, pianissimo possibile.

Da – Marc hatte sich nicht getäuscht! Aus dem Schutz der Bäume löste sich nun die Gestalt, huschte über die Löwenzahnwiese. Mittelgroß, schlanke Silhouette, kurzes Haar, so stand sie still, peilte die Lage. Der Blick der Frau war auf die Wiese vor dem Haus gerichtet. Die vielen Autos schienen sie abzuschrecken. Was wollte sie?

Mit zwei Handgriffen war Marc zurück in seinen Hosen. Die Frau fiel auf die Knie, sie musste nass sein bis auf die Knochen. Sie vergrub das Gesicht in den Händen, Marc nahm an, dass sie weinte. Schäferhund Arco, den Luzifer vor ein paar Tagen vom Züchter geholt hatte, roch den Braten als Erster und schlug so zornig an, dass sein Bellen die Gesänge im Erdgeschoss übertönte. Jelly und Mouse, Anifels Hunde, stimmten in das Bellen ein.

Dann preschten die drei los.

Marc war schlagartig nüchtern. Die großen Jahresfeste beging man im Kreis der Apostel mit der Opferung von etwas Reinem und etwas Unreinem. Das Reine konnte ein Tierkind sein, mit dessen frischem Blut man neue Lebensenergie tankte und jene symbolisch auch den Göttern anbot. Das Unreine stammte von einem Sünder, ein geliebter, persönlicher Gegenstand – oder auch ein Fingernagel, Haare, Haut, Blut. Theoretisch hatte Marc das begriffen. Gerade wurde er brutal mit der Praxis konfrontiert.

Ein Diener leuchtete mit der Taschenlampe. Belial schien Übung in diesen Dingen zu haben. Eine Handbreit über dem rechten Ohr der Frau setzte er an. Er sah noch einmal auf.

»He Anifel, schaff mir die Leute weg!«

Wie betäubt stand Marc am Fenster. Diese Schweine. Er musste dort hinab, sofort, wandte sich um. Und spürte, in einer Schrecksekunde, wie sich ein Strick um seine Hände schlang. Er blickte in das fies grinsende Gesicht Mephistos, der sich unbemerkt herangeschlichen hatte und ihm nun Marcs Presseausweis vor die Nase hielt.

»Fein ausgedacht, Freundchen«, bemerkte er. »Los, ans Fenster. Sieh dir genau an, was dir demnächst blüht.«

Marc blieb keine andere Wahl. Er sah zu, wie Anifel einige sensationslüsterne Brüder und Schwestern ins Haus zurückscheuchte. Ob die Hunde Dana zu Tode gehetzt hatten oder ob sie unglücklich gestürzt war, Tatsache blieb: Marc konnte nichts mehr für sie tun.

Oh when darkness comes. And pain is all around. Like a bridge over troubled water. I will lay me down.

Mit der linken Hand packte Belial das Haar rings um den Scheitel und zog es stramm. Die Rechte hielt das Skalpell. Hoch droben, in der Weidenkrone, hob ein Bussard die Schwingen. Als würfe ein Engel sein Haar herab, sprühten im Morgenlicht kleine Taufontänen und benetzten Danas weit aufgerissene Augen.

Die Klinge glitt unter die Kopfhaut. Hier lag der Sitz der Lebenskraft, wusste Marc, so überlieferten es die Stämme seiner Vorväter. War der Feind skalpiert, verlor er seine übernatürlichen Kräfte. Eine ganz plausible Sache, die dem Tod manchen Schrecken nahm.

Doch Theorie und Praxis klafften oft weit auseinander. Marcs Knie schlotterten, als er, im Gefolge seines jugendlichen Entdeckers, den Weg in die Einzelhaft antrat.

27

Natalja

Etwas bereitete mir Kopfzerbrechen: Sosehr ich auch nach ihr suchte, ich konnte Dana nicht in mir, nicht an meiner Seite spüren, da war nur diese neue, kalte Leere. Makabererweise läuteten auch noch die Kirchenglocken, zum Tod eines Oberurseler Bürgers.

Ich ließ Mama ausschlafen und fuhr mit Mona zum Alten Friedhof in der Geschwister-Scholl-Straße, wo wir eine Feuerbestattung vorzubereiten hatten. Sonne und Wolken wechselten einander ab, die Temperaturen lagen um die siebzehn Grad. Die Forsythien leuchteten aus winterdürren Hecken, die Magnolienbäume standen in voller Pracht. Auf dem Platz vor dem Haupttor jagten einander eine Handvoll aggressive Skater, einer rief mir »Hey, Krüppi-Püppi« hinterher und züngelte obszön. In meinen Augen entsprach dieser lustige Vogel dem Geier: streichholzdürr, kaum Haare auf dem Kopf, Hakennase.

»Fall auf die Schnauze, Glatzi-Fratzi.« Mona zeigte den Stinkefinger. Grimmig lächelnd schob sie mich fort. »Aber die kriegen noch ihr Fett. Ausgleichende Gerechtigkeit und so.«

»Ich verrate dir was«, sagte ich. »Solche Typen ertrage ich eher als die mit dem Mitleidsblick.« Die mit dem Mitleidsblick stempelten mich nämlich erst zur Behinderten.

Die Urne aus Edelstahl stand bereit. Mona ordnete noch die Trauerkränze an. Ich kümmerte mich um die Kondolenzliste und den Ständer dafür und prüfte, ob CD-Player und Lautsprecheranlage funktionierten. Anschließend sprachen Mona und ich noch einmal mit den Helfern und kontrollierten die Grabstelle. Herr Roland Meng, um den es an jenem Tag ging, war dreiundachtzigjährig an den Folgen eines Schlangenbisses verstorben – auf einem Urwaldtrip in Venezuela. Leute gab es!

Wie es unser Firmenkodex verlangte, benötigten wir für den Auftrag eine halbe Stunde. Vorbeifahrend an den Gräbern, mussten wir feststellen, dass rechter Hand mal wieder Vandalen am Werk gewesen waren. Es war das Grab eines Unbekannten, oft traf es auch das eines Prominenten, wie etwa vor einiger Zeit in Frankfurt das der Volksschauspielerin Liesl Christ. Das steinerne Kreuz auf dem Grabstein war zerbrochen, die Blumenköpfe abgerissen, dazu hatten Schaufeln tief in der Erde gegraben.

»Die Bürschchen wurden sicher erwischt«, konstatierte ich. Für gewöhnlich buddelten die Geistesgestörten, bis sie mindestens auf Holz stießen. Ich spekulierte. »Ein Werk der Apostel?«

Mona zog den Mundwinkel schief. »Blödfug, Chefin. Kannst du auch noch an was anderes denken?«

Die Technik funktionierte mal ansatzweise, die Arbeit war zeitig getan, irgendwie fühlte sich mein Leben seltsam normal an, und irgendwie bereitete mir das Angst, so wie die Ruhe vor dem großen Sturm.

»Eine Bitte«, sagte ich zu Mona, »lass uns rasch beim Budeng vorbeifahren.«

Wir passierten den Ausgang. Die Skater waren noch da – rollten aber nicht mehr auf ihren Brettern. Rechter Hand auf dem Rasen lag der Typ, der mich meiner Behinderung wegen beschimpft hatte. Er blutete aus dem Ohr. Mona verkniff sich einen Kommentar. Ich, Krüppi-Püppi, informierte den Notarzt und rettete Glatzi-Fratzi vermutlich das Leben.

Im Radio lief der Wetterbericht: Es wird freundlicher, zum Wochenende. Im Anschluss an die Nachrichten gab es Michael Jackson mit »Thriller«. Ich öffnete das Autofenster und ließ frische Luft in den Wagen. Das Glockengeläut hatte aufgehört.

»Brot«, sagte ich zu Miriam Budeng mit den Krallennägeln. »Ein Kilo, bitte.« Man musste achtgeben, dass man zu Hause keine der French-Manicure-Schaufeln in einem Gebäckstück fand – oder in seinem Rachen.

»Roggen- oder Weizenmisch?«

»Roggen, bitte.«

»Das hier hat achtzig Prozent Roggenanteil und dieses sechzig.«

Ich schnaufte.

»Das linke.«

»Mit Kümmel oder ohne?«

Nee, Mädel, lass stecken. Das war ja fast wie an der Kaffeebar. Kaffee mit Zucker, ohne Zucker, mit Milch, ohne Milch, Espresso, Cappuccino, Latte macchiato vanille, Latte macchiato schoko … Ab sofort würde ich die Aussage verweigern. Ich nickte nur noch oder schüttelte den Kopf auf Fragen.

Mit echauffierter Miene und mit spitzen Fingern schlug die Schaufelnäglerin mein Brot in buntes Papier. Mit noch spitzeren Fingern bediente sie die Kassentastatur.

»Das macht dann drei Euro siebzig.«

»Nun, Käse ist teurer«, brummelte ich. Also kaufte ich zur Reserve für den nächsten Abend gleich noch drei extralange Baguettes.

Aus silbernen Brackets grinste Miriam mich an – und erinnerte mich ausgerechnet an Dana. Ich horchte in mich hinein, doch ich spürte meine Schwester immer noch nicht.

»Mir hawwe der de Vito den Arm bresche müsse«, erklärte Pit kurz vor Feierabend. »Die hätt sonst net in de Sarsch gepasst.«

Ich nickte. »Das dachte ich mir.« Ich sah mich um. »Neuzugänge?«

»Leider.« Jetzt zuckte Pits Augenlid. »Ein Kindsche, drei Jahre alt, Tumor im Bauch. Liescht schon in der Vier. Die Eltern kommen in einer halben Stund zum Geschprächstermin.«

»Ein mysteriöser Fall«, tönte der Radionachrichtenfritze aus dem Hintergrund, »gibt dem BKA Wiesbaden Rätsel auf. Gegen Abend entdeckten Spaziergänger eine weibliche Leiche unter einem Laubhaufen in Höhe der Saalburg.«

»Ist gut«, sagte ich zu Pit, fuhr in die Vier und begutachtete das Mädchen. In Fällen wie diesen musste auch ich schlucken: wenn Gevatter ein nicht gelebtes Leben löschte. Gleich darauf trafen auch schon die Eltern ein, ganz elend, ganz krank vor Schmerz, den kein Arzt der Welt lindern konnte. So ähnlich hatte wohl Mama sich gefühlt, als Dana …

Mir blieb am Ende allein, den Eltern viel Kraft für die nächsten Tage zu wünschen. Gemeinsam suchten wir einen Kindersarg aus Buchenholz heraus, mit wunderschönen Intarsien.

Aufgrund der Ereignisse fiel es mir schwer, mich auf meinen Geburtstag einzustimmen. Bei Kaffee und Kuchen wollten wir morgen beginnen.

Ich sah auf die Uhr, mein Magen knurrte. Heute gab es zum Mittag Handkäs mit Musik und dazu frisches Bauernbrot, auf Mamas Wunsch.

28

Natalja

»Schackschawwerackschackommini.«

Mit diesem Ausruf hing Lea auch schon an meinem Hals wie eine Schlingpflanze. Ich musste herzlich lachen, da war er wieder, unser alter Kinderreim vom Fangspiel! Meine Güte, wie lang war das her mit uns beiden? Zwei Jahre hatten wir uns mindestens nicht gesehen, sie arbeitete in Berlin als sehr erfolgreicher Make-up-Artist – im Prinzip war ihr Beruf mit meinem weitläufig verwandt.

»Sippsiwwelippsippelimmini«, antwortete ich. Ein Tränchen der Freude kullerte über meine Wange, ich wischte es verstohlen fort, ehe die anderen es bemerkten. Ich fand, sie sähe gut aus, und sagte ihr das auch.

»Ebenso«, konterte sie. Sie rieb mir die Schulter. Dann zeigte sie auf Schmidtchen. »Ich hatte gehofft ... wo es doch psychisch sein soll?«

Ich winkte ab. »Ach Lea, die Ärzte.«

Wieder einmal wunderte ich mich, wie viele Gäste das schmale Handtuch von meinem Garten aufzunehmen vermochte. Man erreichte die leichte Anhöhe mit dem eingesäten Rasen und den zwei weißen Rosenstämmchen mit dem witzigen Namen Aspirin über eine verwitterte Sandsteintreppe. Ich hoffte nicht, dass der Rosenname ein böses Omen darstellte.

»Wo steckt denn dein Göttergatte?«, fragte Lea.

»Den Sekt mit oder ohne O-Saft?«, fragte ich rasch in die Runde, um von der Diskussion mit Lea abzulenken. Mona ließ derweil den Sektkorken knallen.

Nachdem meine Gäste den Aperitif getrunken hatten und ich sie miteinander bekannt gemacht hatte, erklärte ich die Kuchentafel für eröffnet. Wir genossen herrliches Grillwetter, der gestrige Regen der Nacht, der meine schöne Deko versaut hatte, war passé. Nun, wenn Engel Geburtstag feierten ... Selbst der Tod hatte ein Einsehen: keine neue Leiche in den letzten fünfzehn Stunden.

Unter den Geschenken auf dem kleinen Gabentisch befanden sich ein Gutschein zum gemeinsamen Brunch mit Mona, Bücher für meinen Lesehunger und ein zwei Meter hoher Gummibaum, zu dessen Überreichung Pit und Jochen ein lustiges Gedicht vortrugen. Der »Gummibaum« bestand aus einem eingegipsten Ast, an dessen Zweigen Weingummi in allen möglichen Formen und Farben hing, Monsterzungen, Colafläschchen, Papageien.

Pit hatte den Grill schon angezündet, die Kohle glühte, Steaks, Würstchen, Fleischspieße und Forelle im Bananenblatt brieten. Die Gäste schwatzten, erzählten einander Witze und Schwänke aus ihrer Jugend.

Es klingelte.

»Claudi-Maus«, bat ich, aufgekratzt, und leckte Ketchup von meinem Finger, »würdest du bitte?« Aber Mona war bereits unterwegs. Sie kam zurück mit einem Strauß roten Mohns – meinen Lieblingsblumen, und den Parfums Shalimar von Guerlain sowie Chanel No. 5. Eine Glückwunschkarte steckte im Strauß, und während ich den Umschlag mit dem Daumen öffnete, blickte Mama mir über die Schulter.

»Marc Bernstine«, murmelte Claudia, und: »Roter Mohn. Sind wir schon so weit?«

»›Hoch soll sie leben …‹«, schmetterten meine Freunde.

Am liebsten hätte ich mich in ein Wurmloch verkrochen. Unsere erste Liebesnacht hatten Carlos und ich im Mohnfeld verbracht. Seither zählte roter Mohn zu meinen Lieblingsblumen. Man sollte selbst guten Schwestern nicht jedes Detail seines Lebens mitteilen.

»Es ist nur …«, begann ich zu stottern. »Marc und ich …«

Sie nickte. »Aha.« Dann steckte sie sich ein mit Senf gefülltes Ei in den Mund und mischte sich unter die Gäste.

»Kinder soll sie kriegen, Kinder soll sie kriegen …« Verbissen lächelte ich zu der Strophe. Na, das passte! Doch außer Mama wusste hier noch keiner von meinem Baby.

Vom Grill her prostete mir Lea zu.

»Sie lebe hoch, hoch, hoch!«

Der Alkoholpegel meiner Gäste stieg und stieg, das Lachen wurde lauter und eine Oktave höher. Mama glänzte mit Durchhaltevermögen, unser Schwulenpaar mit männerfeindlichen Witzen, Matze schwadronierte über Bestatter und die »Leichen in ihren Kellern«, und ich durfte eine ganz besonders alberne Lea erleben, so wie in Kindertagen.

Seit Ewigkeiten war ich nicht so gelöst und frei gewesen, selbst ohne Marc und ohne Carlos, ohne Schnaps und ohne die Funktion meiner Beine, es genügte mir, den Freunden beim Tanz zuzusehen.

Ich hatte gehofft, der Himmel würde mir noch ein paar Tage Pause gönnen, denn in der letzten Zeit hatte er Leichen geregnet. Als sich gegen zweiundzwanzig Uhr Pit vor mir aufbaute, mit diesem berüchtigten Blick, wusste ich, dass sich der Spruch mit der Hoffnung und dem Sterben mal wieder nicht bewahrheitete: Die Hoffnung starb nicht immer zuletzt, manchmal starb einer vorher.

»Hat das denn nicht bis morgen früh Zeit?«, fragte ich genervt und wunderte mich über Pits leise, beruhigende Stimme, wo er gerade noch die Party gerockt hatte.

»Kaa gewöhnlische Leisch, Allinsche.«

»Oh bitte – es ist doch kein Wassermonster?«

Ich bekam Schluckauf. So eine ähnliche Situation hatten wir schon mal. Mit Galanis.

»Chefin«, mischte sich Mona ein. »Du musst jetzt sehr tapfer sein.« Waren denn alle verrückt geworden? Auch sie sprach so leise, so eindringlich, wie mit einem verstörten Kind.

Hey Leute, ich bin achtundzwanzig! Ist das Leben nicht herrlich? Noch zwei Jahre bis zur Schallgrenze. Also bitte keine Trauermienen.

Ich überlegte, ob es sich um einen Gag, eine Überraschung handelte.

Mona fragte: »Möchtest du, dass ich dich begleite?«

»Begleiten? Wohin gehen wir?«

»Zu Sepperstein«, informierte mich Pit.

»Wenn das ein Scherz sein soll …«

Zwei Polizisten standen auf einmal hinter Pit, mit Mama in

ihrer Mitte. Jetzt fiel mir auf, dass ich Mama eine ganze Weile nicht im Garten gesehen hatte. Ging es ihr nicht gut, hatte sie sich in ihr Zimmer zurückgezogen? Mamas Gesicht machte mich stutzig. Sie war bleich wie ein Laken.

»Dana«, flüsterte sie, mit großen schwarzen Augen, die keinen Blick und keine Tränen hatten, nur Fragen. »Sie sagen, sie haben vielleicht unsere Dana.«

Kläglich, klein und ratlos stand der Rest unserer Familie um den Stahltisch herum. Mama sah selbst aus wie eine Leiche und sprach keinen Ton, Claudia heulte unentwegt. Ich streichelte Danas Wangen, ihre grauen Schläfen, und fuhr zärtlich mit den Fingern über ihre kalten, nackten Arme unter dem Schutzlaken. Immerzu dachte ich: zu spät gekommen. Hättest du nur, wärest du nur … Aber hätte, wäre, was? Vor allem hätte ich genauer hinsehen sollen, wo ich doch hinter jedem dritten Gesicht Dana vermutete. Dann wäre mir aufgefallen … Und für einen kurzen Moment war es das ja auch, damals, im Schuhgeschäft.

Vor mir lag Tines Hebamme. Der Ausweis, den die Polizei bei ihr gefunden hatte, bestätigte ihre falsche Identität. Ich musste plötzlich daran denken, welch ein Kontrollfreak meine Schwester Dana einst gewesen war, da sah ein Fingernagel aus wie der andere, die Bücher standen in Reih und Glied im Regal, da durfte kein Stäubchen in ihrem Zimmer schweben. Und dann verglich ich im Geiste diese Ordnungsliebe mit Danas heutiger, verdreckter Wohnung. Dass mir schlecht wurde und ich zur Toilette hasten musste, hatte zu diesem Zeitpunkt mit der Schwangerschaft definitiv nichts zu tun.

Ich rief Carlos an, bekam aber nur die Mailbox. Ich fuhr ins Bad, spülte den Mund aus, ließ kaltes Wasser über Gesicht und Unterarme laufen, straffte die Schultern, fuhr zurück.

»Wie lange schon?«, fragte ich Sepperstein gleich darauf, obwohl ich es aufgrund der Hautflecke und der sich bereits wieder gelösten Leichenstarre grob selbst einschätzen konnte.

Er sagte: »Achtundvierzig Stunden.«

Schmerzlich erinnerte ich mich an den gestrigen Abend, die Radionachrichten.

»Aber … wie ist man denn so schnell auf unsere Familie gekommen?«

»Die Visitenkarte in ihrem Portemonnaie gab den entscheidenden Hinweis. Sie ist zwar feucht geworden und war nur noch schwer lesbar«, erklärte Sepperstein. »Aber unsere Ermittler leisten gute Arbeit.«

Claudia, ganz Krankenschwester, reichte mir ein Taschentuch sowie eine Baldriparan.

»Visitenkarte?«, murmelte ich.

»Auf der Karte stand handschriftlich ›Handy Mama‹ mit der Telefonnummer von Frau Sanftleben«, fuhr Sepperstein fort. »Na ja, und als die Kripo vorhin bei Ihrer Mutter anrief, meine liebe Natalja, fügte sich eins zum anderen.«

»Grundgütiger«, murmelte Mama, bestimmt zum siebten Mal, als sie sich an das Telefonat mit dem Beamten erinnerte. Die arme Frau war völlig verstört, hatte sie doch die Trauer um ihre Tochter längst schon verarbeitet, und nun brachen alle Wunden auf.

Wer je einem verstorbenen Angehörigen ins Gesicht geblickt hat, hat den letzten Ausdruck studiert. »Er ist friedlich eingeschlafen. Es sah aus, als ob er lächelte«, waren dann die Aussagen. Solch ein Fazit war umso tröstlicher, wenn der Verstorbene zuvor große Schmerzen erlitten hatte. Menschen in meinem Beruf sahen die Dinge nüchterner: Die wenigsten Leichen zeigten schmerzverzerrte Mienen, da die Muskelspannung im Tode nachließ, und so schien auch meine Schwester auf eine Art gelöst und glücklich. Dana aber war ein Gewaltopfer. Laut Sepperstein hatte sie wohl aus einem bislang noch unbekannten Grund ein plötzlicher Herztod ereilt, doch wer hatte ihr anschließend ein Stück Skalp entnommen und ihre Leiche im Wald versteckt?

Ich kriege die Schweine, Danie. So wahr mir Gott helfe.

Schließlich hörte ich mich wie durch Watte sagen: »Komm jetzt, Mama. Wir können nichts mehr für Dana tun.« Ich machte den Anfang, und sie und Claudia folgten mir stumm. Am Ausgang hielt ich noch einmal an.

»Wann bekomme ich Dana nach Hause?«

»Ich schätze, morgen gegen Mittag«, sagte Sepperstein. Ich

wusste, sie würden Organe und Gewebeproben zur weiteren Untersuchung entnehmen und dann die Leiche für die Bestattung freigeben.

Mama sah ihn an, mit leeren Augen. »Hat man sie …«

»Nach einer Vergewaltigung sieht es derzeit nicht aus.«

»Schon gut«, sagte ich rasch, als ich bemerkte, wie grün Mama im Gesicht anlief. »Wir telefonieren.«

Ich nickte Sepperstein zu, kehrte ihm und wenige Minuten später auch der Jugendstilvilla, in der er arbeitete, den Rücken. In dieser Nacht tat alles nur weh, jeder Gedanke schmerzte, jede Bewegung, als hätte ich mich an einem Marathonlauf beteiligt. Erfolglos rief ich Carlos an, sendete mehrfache Nachrichten per SMS und auf WhatsApp. Der Elfenbeinturm stürzte.

Auch Marc war nicht zu erreichen.

»Komm, Schatz«, meinte Mama. »Ich koch uns einen Tee.« Traurig und peinlich berührt wehrte ich das nur für mich bestimmte Angebot ab, denn hinter uns ging Claudia.

Da ich sowieso nicht zur Ruhe kam, verbrachte ich den Rest der Nacht am PC, jagte merkwürdige Kreaturen mit Glupschaugen auf zwei oder vier Beinen und suchte in einer verlassenen Stadt nach einem Diamanten, dessen Strahlen die Welt retten sollten. Irgendwann musste ich in meinem Schmidtchen eingeschlafen sein.

Als ich erwachte, stand da Pit. Licht fiel durch die Rollladenritzen, ich schätzte den Tag auf circa sechs Uhr. Offenbar hatte Pit schlecht geschlafen, die Geschichte mit meiner Schwester schien auch ihn, seiner eingefrorenen Mimik nach zu urteilen, stark mitzunehmen.

Ich versuchte, mein weich gekochtes Ei zu genießen, doch jeder Bissen blieb mir im Halse stecken. Ich hatte sie wieder, meine Dana – und dabei hatte ich sie, unwiederbringlich, ein zweites Mal verloren.

Träge streichelte ich meinen Bauch. Das Püppchen da drinnen war noch sorgenfrei, doch eines Tages kam das Leben daher und erwischte auch diesen neuen Menschen mit voller Breitseite.

29

Natalja

Dana, das werde ich nie vergessen, traf um Punkt zwölf Uhr bei uns ein. Sofort brachte Pit sie in den Kühlraum. Ich ließ mir Zeit, schaffte es einfach nicht, gleich zu ihr zu gehen. Je früher wir uns begegneten, so fürchtete ich, desto früher käme der endgültige Abschied. So saß ich im verdunkelten Wohnraum, immer auf demselben Platz, und starrte Löcher in die Wand. Mama indessen war anders gestrickt. Offenbar konnte sie den Druck nur aushalten, indem sie sich nützlich machte und Wäsche wusch und bügelte. Wenigstens versuchte sie nicht, mich zu umsorgen. Claudia war auf einen Spaziergang unterwegs.

Ich bewegte das Schmidtchen. Ganz langsam. Fünf Minuten später spähte ich durch die spaltbreit geöffnete Tür des Einbalsamierungsraumes, wo Dana schon auf dem Tisch für diverse Schönheitsreparaturen bereitlag. Mutter wünschte sie für die Verwandten aufzubahren.

Ich stieß die Tür sanft auf.

»Servus, Pitti. Mona. Lasst ihr mich bitte mit Dana allein?«

Pit druckste herum. »Chefin, isch muss dir was …«

»*Vale*«, murmelte ich, und: »Später.«

Ich musste sie immerzu ansehen, sie sah gut aus, trotz der Obduktion, natürlich waren alle Nähte sorgfältig verschlossen. Obwohl ihr Gesicht recht entspannt wirkte, bemerkte ich doch die scharfen Linien um die Mundwinkel, die ihr das Leben gegraben hatte. Im Prinzip war sie eine Fremde für mich geworden. Sie hatte Böses erlebt, wovon ich nie erfahren würde.

»Ist denn Herr Sánchez schon da?«, wollte Mona wissen, ehe sie aus der Tür schlüpfte.

Ich murmelte ein Nein. Dann war ich allein mit Dana. Draußen vor dem Fenster weinte ein Kind. Ich dachte, wie Danas Schicksal wohl verlaufen wäre, hätte sie sich nur geliebt gefühlt. Und ich dachte: Hatte sie nicht genug gelitten, musste ich sie nun, am Schluss, noch weiter quälen?

Ohne zu zögern, entschied ich mich gegen Mamas Willen:

Ich würde Dana kein Formalin in die Adern pressen, nur um des ästhetischen Empfindens der Onkel und Tanten willen.

Mit tiefer Zärtlichkeit streichelte ich ihr die Wange, reinigte ihre Finger, die noch schwarz verfärbt waren von der Flüssigkeit, mit der Sepperstein Fingerabdrücke genommen hatte. Ich wusch Dana sorgfältig, trocknete sie, puderte ihr Gesicht und ihr Dekolleté. Dann strich ich Wachs auf die Wundnähte an ihrem Körper und kaschierte die Stellen mit Puder. Zum Schluss kämmte ich liebevoll das verbliebene Haar. Ich genoss dieses letzte, innige Beisammensein, hielt Zwiesprache mit meiner Schwester, weinte still, prägte mir ihr Gesicht noch einmal in allen Facetten ein, schoss zwei Fotos.

»Wir sehen uns, du Gute!«

Ich beließ ihr die Halskette als Grabbeigabe. Auch wenn mir der Ziegenkopfanhänger nicht gefiel, die Satansfrömmigkeit war Teil von Danas Leben gewesen. Mama zuliebe wickelte ich ihr dazu noch meinen besten Perlenrosenkranz um die Hände – und bat Mama über die Haussprechanlage zu mir.

»Wenn du Dana noch einmal sehen willst …«

Zu meiner Überraschung wehrte sie sich nicht mehr dagegen, Danas Sarg endgültig zu schließen, nachdem ich ihr meine Vorstellungen und Beweggründe unterbreitet hatte. Morgen sollte die Einäscherung sein, die Beisetzung der Urne dann in drei Tagen, auf dem Alzi, im Wandgrab neben unserem Vater.

Nachdem Mona und Pit die zarte Gestalt Danas zurück in die Kühlung gebracht hatten, spritzte Pit den Tisch ab, Wasser lief in kleinen Strudeln in den Bodenabfluss, es schien mir symbolisch zu sein für ein Leben, das zerfloss.

Nur wenig später regnete es Katzen und Hunde, wie Marc es nannte. Da ich nicht schlafen konnte, ölte ich den Treppenlift, verkrümelte mich in mein Büro und warf den PC an. Bis er gebootet hatte, verdingte ich mich mit der Gießkanne bewaffnet als Lebensretterin der halb vertrockneten Yuccapalme in der Zimmerecke. Anschließend ging ich die liegen gebliebenen Faxe diverser Händler durch, und ich dachte, ich sollte öfter die Nächte durchwachen, dann sei wenigstens die Arbeit getan.

Das Wetter am anderen Tag war sonnig, unpassend zu solch traurigen Stunden, unpassend auch zu Walpurgis. Seltsamerweise fiel eine große Last von mir ab, als die Einäscherung vorüber war. Ich nährte die Hoffnung, dass Dana es jetzt besser hatte. Vielleicht, so dachte ich, war das, was ich all die Jahre so schmerzhaft in mir gespürt hatte, auch ein Stück von Danas Sehnsucht nach einem anderen Leben gewesen. Es war ihr nicht gut gegangen – das zeigte das Chaos in ihrer Wohnung.

Mama hatte nicht geschlafen, letzte Nacht. »Alte Leute«, sagte sie, »schlafen nicht mehr so lang.« Ich dachte, es habe bei ihr wohl nichts mit dem Alter zu tun, sondern eher mit dem schlechten Gewissen, mit dem sie nun ein ständiges Stelldichein hatte. Sie wollte heute abreisen, und sie würde mir fehlen, trotz meiner strapazierten Nerven.

Danas Kätzchen, das wir Wheena genannt hatten, hatte Claudia bereits zu sich nach Hause geholt. Ab Nachmittag erfolgte die Aufräumaktion. Claudias Besen verbreiterte den schmalen Pfad durch den Dreck recht zügig. Danach stopfte sie kiloweise Unrat in Plastiktüten, die sie sodann in den Flur hinausstellte. Auf einer Tüte, das sah ich durch die offene Tür, thronte die geschundene Puppe.

Nun war der Weg zum Bad frei, wo ich mich nützlich machte. Die Hände in schützendem Vinyl, klaubte ich auf, klaubte auf, klaubte auf, Klopapierrollen, Seifenreste, Deoroller.

Drei Stunden arbeiteten Claudia und ich, nahezu stumm. Zuletzt riss ich das düstere Poster von der Wand, zerknüllte es – und erntete einen seltsam missbilligenden Blick Claudias. Ihr Gesicht hatte sich die letzten Tage im Ausdruck komplett verändert, zu ihren Ungunsten.

Endlich beschloss ich: »Das war's. Den Rest für die Putzkolonne.«

Während Claudia auf dem Bierkasten Platz nahm, um eine Zigarette zu rauchen, griff ich in die Gummibärentüte. Ein schwarzes Teil in Claudias Nacken bannte meinen Blick, ein Käfer? Bei näherer Betrachtung sah ich, dass das Tattoo einen kleinen Ziegenkopf darstellte.

»Sag mal«, fragte ich, »was ist denn in letzter Zeit mit dir los?«

Sie machte einen Schmollmund. »Es geht mir gut.«

»Da sind wir wohl geteilter Meinung.« Seit Tagen hatte ich Mika nicht gesehen. Lag es daran? Hatten sie Streit?

»Und überhaupt.« Ich deutete auf ihren Nacken mit dem Ziegenkopf. »Seit wann stehst du auf Tattoos?«

Ich hörte, wie sie den Rauch energisch ausblies. Sie schwieg.

»Triffst du Mika heute Abend?«

»Kann schon sein«, brummelte sie.

»Sorry, wollte nicht indiskret sein.« Ich sah diesen strengen Blick, wischte mir einen nicht vorhandenen Fussel vom Blusenkragenrevers und räusperte mich.

»Nice«, fiepte sie. »Mein Privatleben geht nämlich nur mich was an. Daher der Name: *Privatleben.*« Allmählich fragte ich mich, ob sie heimlich an die Drogenschränke der Klinik ging.

»Spinnst du?«, holte ich noch einmal aus. »Komm schon, reden hilft. Ich …«

Ihre Augen sprühten Blitze.

»Weißt du was?«, keifte sie los, und ich wusste gar nicht, wie mir geschah. »Leck mich doch, Allia. Ich gehe jetzt, ich hab's nämlich eilig.« Damit beförderte sie den Wischlappen in den Abfalleimer.

Ich rief ihr nach: »Warte, ich fahr dich!« Aber sie hörte mich schon nicht mehr.

Im Büro wartete schon Pit.

»Colafläschchen?«, fragte ich und hielt ihm die Tüte hin.

»Ja, äh, nein, also …« Ich richtete meinen Oberkörper auf. Pit mied meinen Blick. »Isch hab Mist gebaut, Chefin.«

Ob mir das, was jetzt kam, gefiel?

»Ist gut. Schieß los.«

»Jetzt, wo die Sach mit deiner Schwester … isch kann und will nischt länger schweische.«

Mir hatte es die Sprache verschlagen, ich fürchtete mich vor diesem Geständnis, wohl ahnend: Ich würde einen guten Freund verlieren.

»Der Professor«, begann er, den Blick auf seinen Schnürsenkeln. »Es war alles meine Schuld.«

»Was soll das bedeuten?«

»Es lief perfekt nach Plan, bis …«

»Sprich weiter.« Meine Stimme war kaum zu hören. Pit schloss die Augen.

»Galanis war doch schon tot, un isch konnt des Angebot unmöschlich ausschlaache.«

Ich atmete tief. »Angebot?«

»Die letzte Obdachlosebeschdaddung«, sagte er leise. Noch verstand ich kein Wort, nur so viel: Am Tag, nachdem wir Galanis gefunden hatten, war eine anonyme Urnenbestattung geplant gewesen. Der Sarg hatte sich im Krematorium befunden, vom Amtsarzt bereits noch einmal geöffnet und für die Verbrennung freigegeben.

Pit ging zu seinem Spind und begann, ihn langsam auszuräumen und Klamotten, Kamm, einen Apfel in einer Tüte zu verstauen.

»Isch kenn den Typen net mal persönlisch. So ein Junger, Dürrer, mit Batschkapp. Hat mir fünftausend gebodde, wenn isch die Leisch diskret verschwinde lass. Und jetzt, wo die Heirat mit Jochen bevorsteht un die teure Hochzeitsreis auf die Malediven …«

»Pitti, was redest du da?« Mühsam versuchte ich, die Puzzleteile zusammenzufügen. Batschkapp, Pit, Galanis.

Mit monotoner Stimme fuhr Pit fort, der mir immer noch den Rücken zuwandte. »Die Vereinbarung lautete: Isch öffne des Hoftor gegen vier Uhr am Morsche, wenn alles noch schläft, damit man Galanis anliefern kann. Der Mercedes mit leerem Sarsch stand schon im Hof bereit, sodass isch den Galanis problemlos ins Krematorium hätt befördern könne.«

Ich war wie versteinert, träumte ich das alles? Pit hatte von Anfang an die Hände im Spiel, was Galanis anging.

»Was hat das mit unserem Obdachlosen zu tun? Jetzt sag bloß noch, du wolltest Galanis in den Sarg zum Obdachlosen …«

Ich wusste, er hatte einen Schlüssel für das Krematorium, um jederzeit vor der Einäscherung dem Sarg noch etwas beilegen zu können. Was er offenbar auch gründlich auszunutzen gedacht hatte.

»Zwei Tote in einem Sarsch«, sagte er leise. »Wen hätt's schon gekümmert? Alle wärn am Ende zufridde gewese, auch der Jochen.«

Aber etwas oder jemand hatte den schönen Plan durchkreuzt und die Leichenlieferanten mitten in der Aktion in die Flucht geschlagen. Und das war laut Pit Georgina gewesen, die Probleme mit dem Durchschlafen hatte und schon mal nachts einen Spaziergang um das Haus machte. Sie musste den Kopf schon durch die Hintertür gesteckt haben, um im Hof frische Luft zu schnappen. In diesem Moment hatten die Täter die Flucht ergriffen – ohne Galanis.

»Die Georgie hatte es sisch schließlich annerster üwwerlescht. Weil sie net schlaafe konnt, hat sie es sisch im Lehnstuhl in der Diele bequem gemacht und ein Buch gelese.«

»Die beste Gelegenheit, um Galanis in den Wagen zu laden«, meinte ich.

»Ja«, antwortete Pit. »Aber mein Waacheschlüssel hing am Garderobenhaken.«

Und dieser befand sich in der Diele, an der Wand gegenüber dem Lehnstuhl.

Pits Augen wurden feucht, er versprach, sich der Polizei zu stellen. Alles in mir fühlte sich wund an, wenn ich an das Geschehene dachte.

Am späten Nachmittag machte ich mich auf den Weg. Ich hatte mir ein Taxi bestellt. Viel lieber wäre mir Pits vertraute Begleitung gewesen, aber der hatte mich wie Dana, nur auf eine andere Art, für immer verlassen und befand sich, so hoffte ich, in polizeilichem Gewahrsam.

Ich fand meine Vorgehensweise mutig, aber ziemlich unvernünftig. Dennoch, ich wollte Antworten auf meine offenen Fragen, und die bekam ich wohl nur auf diese Art: mit eigenen Augen zu sehen, was sich an einem Tag wie heute bei Satanisten so abspielte. Am wichtigsten von allem war mir: Was hatte womöglich Claudia mit den Aposteln zu schicken? Ich dachte an das hässliche Tattoo und hoffte inständig, dass es sich nur um eine Geschmacksverirrung meiner kleinen Schwester handelte.

Beim Gedanken an das Waldhaus, an Dana, die zeitweilig darin gewohnt haben musste, fragte ich mich immer wieder, wieso wir uns eigentlich in Oberursel nie über den Weg gelaufen waren. Vielleicht waren wir uns begegnet, beim Bäcker, in der Apotheke, und ich hatte ihr keine Beachtung geschenkt. Vielleicht hatte Dana auch die Öffentlichkeit gemieden, ich würde es nie erfahren.

Carlos blieb verschollen. Ich vermisste ihn so. Den Namen des Veranstaltungsortes irgendwo in der Pampa nahe Hamburg hatte er mir genannt, doch ich kam nicht mehr drauf. Vielleicht befand er sich in einem Funkloch? Es schien mir wie ein Wunder, als mich plötzlich eine SMS erreichte. *Tut mir leid, corazón, Telefon defekt. Melde mich später. In dringenden Fällen …* Die Handynummer eines Mitschülers folgte. Mich zog es jedoch gerade mit aller Macht ins Waldhaus. Georgina hatte ich eine WhatsApp-Nachricht hinterlassen: *Falls ich um zweiundzwanzig Uhr nicht zurück bin, bitte meinen Mann oder seinen Mitschüler informieren.*

Ich hatte den Taxifahrer um Begleitung bis zum Waldhaus gebeten, für mein empfindliches Schmidtchen waren die holprigen Waldwege höchst ungeeignet, und es war besser, wenn jemand Fremdes den Rollstuhl schob, weil es mich zu viel Kraft kostete. Im Gegenzug entlohnte ich den Fahrer vor der Kulisse des Waldhauses fürstlich. Er drückte mir seine Visitenkarte in die Hand. »Stets zu Diensten, junge Frau.«

Meine Pumpe machte sich arrhythmisch zuckend in meinem Hals bemerkbar. Ich fühlte mich verstrickt in ein Labyrinth der Rätsel, spürte fiebernd meine Schicksalsfäden in diesen Mauern zusammenlaufen. So nahe wie möglich fuhr ich an die Tür heran, klingelte.

Eine junge Frau öffnete. Sofort erkannte ich das satanische Schmuckstück an ihrem Hals, das auch Dana getragen hatte und das wohl als Erkennungszeichen fungierte.

Ich straffte meine Schultern.

»Hi. Mein Name ist Natalja Sánchez. Ich komme in

einer … privaten Angelegenheit. Ist denn meine Schwester zu sprechen?« Der Blick der Frau durchsuchte mich lauernd, streifte meine Beine, den Rollstuhl. Sie schien nicht zu kapieren. »Sie heißt Claudia«, fügte ich hinzu.

Die Frau rief nach hinten.

»Hey Anifel, wie heißt noch mal die Neue? Das Mädchen, das vorgestern mit Belial hier war?«

Mein Blut gefror. Der junge Mann mit dem Käppi, der nun hinter der Frau stand und dessen Blick mich durchbohrte, hatte diese grünen Augen.

»Was kann ich für Sie tun?«

Es verschlug mir die Sprache. Ein Film lief vor mir ab: die Art, wie der Typ den Kopf zur Seite neigte und wie er mich ansah und sich nervös eine Wimper ausriss. Wie er mich in das Mausoleum zerrte.

Klopfte mein Herz? Zirkulierte noch Blut in meinen Adern, produzierten meine Speicheldrüsen Flüssigkeit? War es wirklich eine gute Idee gewesen, in dieses Haus zu kommen? Ich hätte den Taxifahrer bitten sollen, auf mich zu warten.

Vor mir stand mein Kidnapper, und er wusste, wer *ich* war.

»Milea ist noch nicht da«, knurrte er. »Wenn Sie drinnen im Haus warten möchten?«

Ich nickte stumm. Milea also. Die Chancen, meine Schwester zu treffen, schienen günstig zu stehen, was mir gründlich missfiel. Ich umklammerte meinen Schlüsselbund fester. Wenn der Kerl mich noch einmal anfasste, musste er mit Schmerzen in den Weichteilen rechnen.

Ich hoffte inständig, man möge mir meine Erregung nicht anmerken.

»Okay. Ich warte«, sagte ich.

Der Käppi-Boy zeigte mir, dass seine muskulösen Arme noch ganz anderer Taten fähig waren als derer, harmlose Frauen zu überfallen. Wortlos half er mir, die kleine Barriere am Eingang zu überwinden.

Aus dem Obergeschoss hörte ich eine Stimme.

»He, ihr Teufelsknechte. Ich will hier raus.«

Ich wusste sofort, wem die Stimme gehörte.

»Schnauze, Belzebub«, rief der Käppi-Boy. Was ging hier eigentlich ab? Wurde Marc irgendwo festgehalten?

Belzebub! Ich fasste es nicht. Also hatte ich recht behalten, Marc zählte zu dem zwielichtigen Verein. Und mit so einem hatte ich einst das Laken geteilt. Ich konnte nur hoffen ... Automatisch fuhr meine Hand zu meinem Unterbauch. Seit Tagen zwang ich mich zu diesem Bild: Carlos als frisch gebackener Vater mit Baby und ganz vielen Legosteinen auf dem Fußboden sitzend. Aber da piepte diese kleine Stimme dazwischen: Du bist im dritten Monat. Das passte in etwa zu meiner Begegnung mit Marc.

Ich folgte dem Kidnapper, Gänsehaut auf den Armen, in die mir bekannte Diele – und erschrak. Was war nur aus dem geschmackvollen Haus geworden! Wüsste der Professor, dass die Wände mit schwarzer Farbe gestrichen waren, Totenköpfe von Regalen grinsten und je ein umgekehrtes Kreuz über den Türen hing – er würde sich im Grabe umdrehen. Auch wenn es nicht meinen Geschmack traf, so stand doch fest: Die Teufel hatten es sich etwas kosten lassen für all die Einrichtungs- und Ritualgegenstände, nobel ging die Welt zugrunde. Aber irgendwer musste all diese Dinge schließlich finanzieren, und ich konnte mir denken, dass das, wie überall in solchen Vereinen, nicht die Aufgabe der Obrigkeit war.

Ich verkniff mir die uncharmante Bemerkung, die mir auf den Lippen lag. Niemand konnte mir den Verdacht mehr ausreden: Diese Leute hatten Galanis auf dem Gewissen – und womöglich auch Dana. Ich wollte Marc sehen. Und ich wollte wissen, wieso er jetzt Belzebub hieß, da der Name doch irgendwie zu Dana gehört hatte. Aber ich schwieg lieber still, als ich dieses Funkeln in den Augen des Käppi-Boys gewahrte.

30

Belzebub

»Du hast sie umgebracht«, murmelte Marc. Luzifer beugte sich zu ihm herab, sein Gesicht war Marcs ganz nahe. Schäferhund Arco, den Fuß mit einer Mullbinde verbunden, stieß ein drohendes Knurren aus, Luzifer griff die Leine enger. Wieder kam Marc dessen Körperhaltung bekannt vor.

»Blödsinn«, erwiderte Luzifer. »Sie hatte ein schwaches Herz.« Marc sah seine feuchten Augen. Der heulte doch nicht?

Und wenn schon, es war ihm egal. Alles war ihm egal, nur eins nicht: Niemals würde er es sich verzeihen, dass er Dana nicht hatte retten können.

Er fuhr sich über die Augen, weil ihm schwindlig wurde. Durchwachte Nächte steckte sein Kreislauf nicht mehr so leicht weg wie früher, schon gar nicht in dieser unbequemen Sitzposition.

Er sagte: »Tu mir einen Gefallen. Nimm den verdammten Köter von meinem Schoß, ja?«

»Belzebub«, murmelte Luzifer, »der Herr der Fliegen.« Er trat einen Schritt zurück mit dem Hund, musterte den ans Tischbein gefesselten Marc vom Kopf bis zu den Füßen und fuhr spöttelnd fort: »Er ist von herrlicher Statur, sitzt auf einem riesigen Thron, und er trägt um die Stirn ein Feuerdiadem. Wenn ich dich so ansehe, Freundchen, kann ich von Herrlichkeit nichts spüren.«

Arco bellte bekräftigend. Durch den Verband sickerte Blut.

»Ich habe Durst«, sagte Marc. Auf einen Ruf Luzifers hin traten kurz darauf die Mädchen Chanus und Lapasis ein. Chanus stellte ein Tablett mit dem Frühstück vor Marc auf den Boden und begann, ihn mit einem Marmeladenbrot zu füttern.

»Sie werden nach mir suchen«, warf Marc ein.

Belial lachte höhnisch auf. »Uje – da hab ich aber Angst. Meinst du die Kollegen von der FAZ?« Er ging in die Hocke, seine Kniegelenke knackten. Wiederum kam er Marc ganz nahe, sodass der die Poren in Luzifers Gesicht zählen und den Mundgeruch des Hundes riechen konnte.

»Hätte nie gedacht, dich persönlich kennenzulernen, Freundchen.« Luzifer spuckte die Worte förmlich aus. »Marc Bernstine, der Guru unter den Redakteuren.«

»Was habt ihr mit mir vor?«, erkundigte sich Marc, der sich bitterste Vorwürfe machte, keinen Kollegen in seine Suche nach Dana eingeweiht und nicht früher die Polizei eingeschaltet zu haben. Vielleicht war es auch ein Fehler gewesen, Allia aus der bösen Geschichte herauszuhalten.

»Nur etwas Geduld«, meinte Luzifer, »kriegst die Antwort noch früh genug. Ob sie dir gefällt? Das bleibt abzuwarten.«

Er nickte Lapasis zu. »Ich bin dann mal weg.«

Lapasis erinnerte ihn: »Die Zeremonie.«

»Keine Sorge.« Mit festem Griff zog er Arco näher heran. »Es hieß zwar, wir müssen mit Wartezeit rechnen. Aber selbst unser Workaholic von Tierarzt macht irgendwann Feierabend.«

Besorgt strich Chanus dem Tier über das Fell. »Menno, alles bloß wegen ein paar besoffener Assis.«

»Genau«, pflichtete Lapasis bei. »Sollen die Typen ihre Flaschen doch im eigenen Garten zerhauen.«

Luzifer schenkte ihr ein Lächeln. »Ich will einfach sichergehen. Hab zwar alle Scherben entfernt, aber der Fuß blutet noch stark.«

Er schickte sich an zu gehen.

»Bis später, Freundchen.« Mit süffisantem Lächeln tätschelte er das Knie seines Gefangenen. Am liebsten hätte Marc ihm dasselbe zwischen die Beine gerammt.

»Und was deine Kollegen betrifft«, sagte Luzifer beim Verlassen des Raumes. »Mit denen wird unsere süße Astaroth spielend fertig.«

31

Natalja

Mit trockenem Mund war ich erwacht, so gegen vier Uhr morgens. Zuerst fand ich mich nicht zurecht, Namen schwirrten durch meinen Kopf: Luzifer, Melda, Pit. Ich blinzelte, starrte an die Decke in das Licht der funzeligen Glühbirne. Mir fiel wieder ein, dass ich gestern Abend im dunklen Zimmer um einen Eimer gebeten hatte, in den ich mich Sekunden später übergab.

Claudia hatte ich nicht zu Gesicht bekommen, und vielleicht war diese Milea ja doch eine andere Claudia. Ich machte mir ziemliche Sorgen, dass mein Alleingang hier nicht die beste meiner Ideen gewesen war. Mühsam suchte ich die Versatzstücke meiner Erinnerung zusammen. Man hatte mich ins Haus gebeten und mir einen Tee angeboten. Vermutlich einen Tee mit Schuss. Da waren so viele Leute, es hätte mir klar sein sollen, dass mein Besuch an einem Tag wie Walpurgis empfindlich störte.

Wie aus weiter Ferne hörte ich ein Baby wimmern. Komisch. Ich tat mich schwer, meine Augen zu öffnen, die Lider waren bleischwer, doch ich versuchte tapfer, mir aus meiner Zimmerecke heraus einen Überblick über den Raum zu verschaffen. Ein Stuhl, ein Tisch und eine Tür, die vermutlich in eine Abstellkammer führte. Das Schmidtchen war nirgends zu entdecken.

Moment mal, das war doch gerade … Fast blieb mir das Herz stehen, als ich Marc, mit gefesselten Händen und nacktem Oberkörper, hinter dem Tisch kauern sah. Blutige Striemen zogen sich über seinen Rücken – von einem Gürtel oder einer tanzenden Peitsche.

»Oh mein Gott«, flüsterte ich.

»Sag Marc zu mir, Birdie.« Sein Galgenhumor machte es mir nicht leichter. Gleich darauf wurde er ernst. »Was tust du nur? In dieses Haus zu kommen!«

»Womit wir schon zwei wären«, konterte ich und sah ihn

fragend an. »Marc, was geht hier eigentlich ab?« Draußen, drunten, hörte ich Stühle rücken. Fremde Stimmen, und minütlich wurden es mehr. Claudias Mausestimme vermisste ich.

»So genau willst du's, glaube ich, nicht wissen«, meinte er schulterzuckend. »Aber um dich ein bisschen aufzumuntern: Das Frühstück in diesem Etablissement ist eins a.« Er verstummte, da er wohl meine Traurigkeit spürte.

»Du weißt es schon, right?«

Ich atmete tief durch. »Du sprichst von Dana.«

»Sie ist ...«

»Bereits eingeäschert.«

»Es tut mir alles so leid, Darling.«

Die Tatsache, dass er in Fesseln lag, nahm ich vorsichtig als Beweis, dass er zu den Guten im Haus gehörte.

»Jetzt zählt nur eins«, sagte ich. »Dass meine Claudi nicht auch noch ...« Ich sah zum Fenster, dann wieder zu Marc. »Ist sie hier?«

Er zuckte mit den Schultern und schaute betroffen drein. »Tut mir leid. Den Namen Claudia gibt es hier nicht.«

Die schwarz-weißen Sneakers des in dem Moment Eintretenden fielen mir als Erstes ins Auge. Und das Bryan-Adams-Grinsen seines Begleiters beantwortete meine Frage nach Claudia schon fast.

»Ist ja ekelhaft«, knurrte Mika, nahm mir den Eimer ab und verschwand mit den Worten: »Und keine Mätzchen, ja?«

Vor meinen Augen drehte sich alles. Würde ich solche Dinge in einem Roman lesen, dachte ich, ich würde sie nicht glauben. Die Tür flog mit Karacho zu.

Ich fragte: »Wie lang geht das schon, mit dir und den Aposteln?«, und setzte leicht spöttisch hinzu: »Belzebub?« Es war ein gruseliger Gedanke, dass Marc womöglich Hühnerblut getrunken hatte.

»Ein, zwei Wochen. Du hattest diese fixe Idee«, erwiderte er. Er senkte den Blick, es war, als spräche er zu sich selbst. »Und als wir das Foto fanden ...«

»Du hättest mit mir reden müssen.«

»Ich hätte dir keinen Gefallen getan. Du und deine Neugier. Diese Leute sind hochgefährlich. Sie hätten versucht, dich weichzukochen. Dich in die Gruppe zu integrieren.«

»Ich hätte Dana wiedergesehen. Lebend.«

Ich stützte den Kopf in die Hände.

»Was ist das für eine Scheiße, Marc?« Mein Schädel war ein Bienenkorb. Ich erfuhr, dass Marc versucht hatte, Dana privat zu treffen, sich aber noch keine Gelegenheit geboten hatte. Bis es schließlich zu spät gewesen war.

Draußen schepperte etwas. In meinem Kopf tauchte erneut die Frage auf, was die Leute wohl mit uns vorhatten. Aber dann trat wieder Stille ein.

»Es gibt da diesen Typen, Karl«, sagte Marc. »Er hat ein bisschen über die Vergangenheit geplaudert. Luzifer, der Hohepriester, muss Dana sehr verehrt haben. Sie waren ein Paar. Als er Danas Ersparnisse aufgebraucht hatte, heiratete er eine andere. Aber er wollte nicht von Dana lassen, er wollte beide Frauen. Dann lernte sie einen neuen Partner kennen.«

»Den Professor.«

Weitere Stimmen im Untergeschoss.

»Krieg ich eine Marlboro, Schatz?« Ich erstarrte. Es war Claudia.

»Hörst du noch zu, Birdie?« Marc blickte mich lange an. »Blöd, das mit den Fesseln«, sagte er leise. »Ich könnte zu dir rüber ...«

»Es ist okay so«, versicherte ich matt und tastete nach meinem Handy.

»Fehlanzeige«, sagte Marc. Klar, dass sie uns die Teile abgenommen hatten.

Marc seufzte. »Zurück zu Dana. Die ganze Zeit, erzählt Karl, hat sie sich nach einem Satanstitel gesehnt. Aber Luzifer hat das verhindert. Er wollte sie bestrafen, weil sie ihm ihre Gunst entzogen hatte. Und er konnte sie gut brauchen, als Dienerin. Sie war zuverlässig und immerhin für die großen Opfer zuständig.«

Ich war nicht sicher, ob ich das hören wollte. Die großen Opfer. Ich entsann mich Claudias Worten – »Sie opfern nicht nur Tiere«.

In den hintersten Winkeln meines Magens begann es erneut zu krampfen und arbeitete sich strebsam nach oben. Nicht auszudenken, welche Opfergaben bei den Feiern der Apostel vielleicht schon eine Rolle gespielt hatten. Ich fragte mich, wo Danas Baby geblieben war. Unter anderem hatte Sepperstein festgestellt: Meine Schwester hatte bereits geboren. Ich vermutete, dass der Vater des Kindes Dimitrios Galanis hieß.

Als ich mich leicht aufrichtete und wieder zu Marc hinüberblickte, sah ich seine Augen feucht schimmern.

»Ich wünschte, ich hätte ihr helfen können«, stammelte er. »Aber wie hätte ich an sie herankommen sollen? Laut Karl sah sie in Luzifer wirklich so eine Art Gottheit.«

Mein Magen hatte sich beruhigt, ich strich sanft über meinen Bauch.

»Wie geht es dem Baby?«, wollte Marc wissen, dem ich von der Schwangerschaft erzählt hatte. Darüber, dass er als Erzeugerkandidat in Frage kam, hüllte ich mich in Schweigen.

»Ninchen«, seufzte ich.

»Du nennst es Ninchen?« Er grinste. »Es wird also ein Mädchen.«

Es war beruhigend, mit Marc zu reden, fast vergaß ich unsere Lage. Aber da drehte sich schon der Schlüssel im Türschloss, und Mika, der sich Belial nannte, und der Kidnapper traten ein. Der Kidnapper nestelte an Marcs Fesseln und durchtrennte sie mit einem scharfzackigen Messer.

»Los, steh auf«, befahl er. Was war das denn, wieso holten sie nur ihn, was geschah mit ihm und was sollte mit mir geschehen?

Marc hinterließ einen Raum voller Leere. Drunten hörte ich jemanden rufen: »Es fängt an zu schiffen, verdammt.« Einer rief zurück: »Schnell, die Ziegen ins Trockene!«

In der allgemeinen Hektik hatte Mika vergessen, die Tür zu schließen. Nun, ich konnte ohnehin nicht fliehen. Minuten vergingen, drunten im Haus verklang das Laute, Schallende, doch jemand kam noch einmal die Treppe herauf, öffnete Türen, fluchte »Mist« und »Arschgeige« und konnte offenbar nicht finden, was ein Dritter verschlampt hatte.

Ich schloss die Augen, versuchte, mich zu entspannen, während ich durch die offene Tür einem satanischen Eingangsgebet zur Walpurgisnacht lauschte. Mit dem nächsten Atemzug kam mir eine ganz merkwürdige Idee, die offene Tür im Visier. Ob ich es wagen sollte?

So musste sich ein Marathonläufer fühlen. Ich blickte zur Tür, aber diesmal sah ich sie von der anderen Seite. Ich hatte es geschafft, robbend, mit der Kraft meiner Arme über den Boden zu gleiten und nach einer gefühlten Ewigkeit den Raum zu verlassen. Nun saß ich auf der obersten Treppenstufe, eng an die Wand geschmiegt, in der Hoffnung, dass mich so schnell keiner erkannte, und spähte durch das Alu-Geländer hinab – in den von den weinroten Fensterschals verdunkelten und von Kerzen und Kandelabern erleuchteten Höllenpfuhl. Einige Mitglieder – mir fiel auf, dass sie alle rothaarig waren – saßen in der Form eines Pentagramms auf dem Boden, ich wusste, sie nannten es den Teufelskreis. Die Diener, so interpretierte ich die Ränge der eher außerhalb Sitzenden, trugen hellgraue Kutten, und in ihrer Mitte stand der baumlange Typ, den eine junge Frau mit Luzifer angesprochen hatte, als er vor ein paar Minuten frisch im Haus eingetroffen war. Er trug schwarze Hosen unter der Kutte und eine rot schillernde Gesichtsmaske. Sein Anblick übte eine eigenartige Faszination auf mich aus, und ich glaubte, sein Parfum Hugo Boss bis hier oben zu riechen.

»Astaroth«, befahl einer. »Bring die Hostien.«

Mein Blick fiel auf Mika, und ich schluckte. Seine Ausrede damals, von wegen kranker Vater … Es war wohl alles erstunken und erlogen gewesen, in Wahrheit hatte er die Zeit mit den Aposteln verbracht. In jenem Moment leistete ich einen inneren Schwur: Sollte ich lebend dieses Haus verlassen, würde ich einen Kurs in Menschenkenntnis belegen.

Ein junger Mann mit Ziege an der Leine stieß einer Frau mit langen Beinen den Ellbogen in die Seite. Sie stand mit dem Rücken zu mir, offenkundig hatte sie einen Einsatz in der Zeremonie verpasst. Der junge Mann zischte: »Menschenskind, Mona-Lee, du bist gemeint.«

In meiner Mitte spürte ich Widerwillen aufkochen. Mona-Lee. Lange Beine. War *sie* es? Waren denn plötzlich alle …

Fast hätte ich aufgejauchzt vor Erleichterung, hier oben auf dem Treppenabsatz, als die Frau sich kurz umdrehte. Sie war nicht meine Mona, es bestand nur gewisse Ähnlichkeit.

Ich hielt den Atem an: Im Kreise der Diener fand ich die glatt gefönte Ponyfrisur Claudias. Glücklich wirkte sie nicht gerade. Sie hielt den Blick gesenkt, was gut war, denn ich fürchtete, wenn sie mich erst erblickte, fände meine ungestrafte Neugier ein jähes Ende.

Der Hüne hatte die Hände über der Brust gekreuzt. Die Diener beendeten eine wortreiche Litanei mit einem »Amen, Satanas«.

Mit einem Klatschen seiner Hände befahl Luzifer zwei hübsche Mädchen an seine Seite, die ihn anhimmelten wie den Messias persönlich. In ihrer Mitte führten sie Marc.

Mika sagte: »Chanus, Lapasis – setzt nun die Spritze.«

Wieder musste ich an mich halten, still zu schweigen, und presste mir selbst die Faust auf den Mund. Marc wehrte sich heftig, doch gegen zwei starke Männer, die ihn festhielten, kam er nicht an. Ich konnte förmlich zusehen, wie er in sich zusammensackte. Was hatte man ihm gespritzt, Drogen?

»Satan bestraft die Abtrünnigen«, sagte Mika. »Werft ihn in den Stall zu den Ziegen, ich kümmere mich später um ihn. Jetzt lasst uns weiterfeiern.«

Zwei Männer brachten den ohnmächtigen Marc hinaus. Ein Kratzen in meinem Hals machte mir zu schaffen und blieb hartnäckig, bis ich mich mit winziger Lautstärke räusperte. Claudia wandte den Kopf, ihr Blick wanderte die Stufen empor. Blitzschnell duckte ich mich hinter das Geländer.

Als sei es das Normalste der Welt, erschien Astaroth, ein Baby im Arm, und brachte es zum Altar. Ich ahnte: Hier stieß ich an die Grenzen meines Stillschweigens. Schon ließ Luzifer sich eine Hostie reichen. Die ganze Zeit hatte er nichts gesagt, jetzt sprach er ein paar Worte. Dann empfing er das Kind. Mein Blick wechselte zwischen der Maske, dem Baby und den Sneakers und ging zurück zur Maske.

Ich fühlte Hitze in mir aufsteigen, wie im Fieber.

Luzifers Handy schellte. »Pour Eloïse«. Ein Raunen ging durch die Gruppe, Luzifer entschuldigte sich für die Störung und schaltete das Handy aus. Mein Blick zuckte zur Wanduhr rechts über dem Altar. Es war zweiundzwanzig Uhr, als Luzifer das Baby hoch über seinen Kopf hob.

»Zu dir, oh Satan, zu dir.« Wieder Luzifers Stimme. »*Vale.* Satanas, zu dir.«

Er lächelte froh.

Amen. Die Gebete der Jünger verstummten. Mein Herzschlag verstummte.

Manchmal wollte man etwas nicht wahrhaben, obwohl man es doch ahnte. Doch man wusste: Wenn man die Wahrheit erführe, würde man innerlich sterben.

Die Stimme hatte die Wahrheit gesprochen. Luzifer war Carlos.

32

Natalja

Einundzwanzig Stufen. Eine unüberwindbare Hürde, die mich von dem Baby trennte. Hätte es geholfen, ich hätte in diesem Moment sogar Satan um Rettung gerufen.

Weil das Kind mir so leidtat und ich sein Leid nicht anzuschauen wagte, starrte ich auf das Plakat über dem Kamin mit der blutroten Aufschrift 666 – der teuflischen Zahl, unter dem ein auf den Kopf gedrehtes Kruzifix hing. Dann wieder wanderte mein Blick zu den Ahnenbildern an der Wand gegenüber dem Treppengeländer. »Tu doch was«, schienen sie mir zuzuflüstern. Aber wie sollte das gehen?

Ich fühlte mich krank, wünschte, dass diese schreckliche Szenerie nur einen Ausbund meiner Phantasie darstellte. Mein Carlos: der leibhaftige Satan. Das ging mir nicht in den Schädel. Die vielen Sportstunden, die Fortbildung, alles Lüge? Und war er es gewesen, der meine geliebten Vögel …?

»Ich reinige dich mit diesem geweihten Wasser«, sprach Luzifer und besprenkelte den nackten männlichen Säugling auf dem Altar, der prompt zu schreien anfing.

Mit beiden Händen hielt ich mich am Geländer fest, arbeitete mich millimeterweise mit dem Oberkörper aufwärts.

Der König bestrich die Stirn des Jungen mit ätherischem Öl. Die Apostel beteten einen sich wiederholenden Reim herunter, und die Diener im Hintergrund stimmten eine Hymne an.

»Zuhuuuh dir, den man vertrieben hat, zu dir, du starker Geist …«

Dann entzündete Mika das Feuer in einer silbernen Schale. Die Frau namens Astaroth brachte ein seltsames Ding in einer braunen Schachtel. Von der Treppe aus konnte ich nur vage erkennen, worum es sich bei dem Teil handelte, das Luzifer nun in die brennende Schale gab. Es sah fast aus wie – Leder oder Haut. Nein. Ich wollte mir nicht vorstellen, dass es sich dabei womöglich um Danas Skalp handelte.

»Dies soll der Ehrentag meiner Roja sein«, sagte Carlos. »Ihr wisst, wie sehr ich sie liebte. Sie hat den Glauben an Satan verloren und dann ihr Leben. Bittet Satan um Gnade, dass ihr nie den Glauben verliert.«

La Roja. War sie Dana? Die Frau mit der roten Perücke? Die Frau, die man getötet und eines Teils ihrer selbst beraubt hatte? Wollte Luzifer Danas Skalp in die Schale werfen? Ich schluckte, denn eine solche Gewissheit könnte mir, so dachte ich, heute noch den kläglichen Rest meines Verstandes rauben.

Das könnte bedeuten, dass Carlos Dana vor mir gekannt hatte. Das könnte bedeuten: Carlos war beteiligt gewesen am Badeunfall. Es könnte außerdem heißen: Danas Geld war in Carlos' teuflische Sache geflossen. Und Claudias Erbschaft sollte demnächst denselben Weg gehen. So, wie Carlos mich und mein Konto für sein schönes, bequemes Leben geschröpft hatte?

Fünftausend Euro fielen mir ein und Pit.

Der Gestank des brennenden Dings drang bis nach oben zu mir. Kleine Nadeln schienen meine Schädeldecke zu durchstechen. Meine Glieder schmerzten, die Beine fühlten sich gewohnt dumpf an, doch irgendwie auch schwer. Luzifer ließ einen silbernen Kelch bringen und einen Ritualdolch. Wein wurde in den Kelch gegossen. Zuerst trank der Hohepriester, mit dem Dolch in der Hand, dann ging das Trinkgefäß unter den Aposteln herum. Ein Schluck Wein als Opfergabe blieb übrig und wurde in die noch mäßig flackernde Opferschale auf dem Altar gegossen, wo das Feuer erstarb. Carlos räumte die Schale beiseite. Mit Grausen ahnte ich, wozu der Kelch noch stehen blieb.

Ich legte meine Hand auf Ninchen in meinem Leib. Schreckliche Bilder kamen mir, davon, wie mein eigener Mann, der so überfreudig auf meine Schwangerschaft reagiert hatte, mein Neugeborenes auf solch einen Altar bettete.

»Zu Ehren meiner geliebten Roja«, erklärte Carlos, »bringe ich dem Herrn das Opfer aus meiner eigenen Hand dar.«

Die Jünger tauschten Blicke aus, und auch ich wunderte mich darüber, wie Carlos, dieser todesfürchtige Carlos, so etwas Grausames, wie dieses Baby zu töten, auch nur für eine Sekunde in Betracht ziehen konnte. Es schmerzte zu wissen, dass der Wahnsinn im Namen der Liebe geschah.

Jemand spendete Weihrauch, der Geruch reizte mich zum Niesen, doch ich konnte es unterdrücken. Meine Hände zitterten vor Anstrengung, als ich mich höher zog. Die Haut meiner Beine kribbelte, ein unbekanntes, gleichzeitig erschreckendes wie freudiges Gefühl.

Carlos hob den Dolch, das Baby hörte auf zu schreien, blickte ihn nur an. Diese wunderbaren dunklen Augen, so könnte mein eigenes Kind mich anschauen.

Im selben Moment stand ich auf meinen Füßen. Wie damals erschien mir die Szene, Treppe, Feuer, Gefahr und Tod.

»Aufhören«, schrie ich, »hört ihr wohl?« Die Blicke aller flogen zu mir, ich starrte Claudia an und sie mich, und dabei schrie ich verzweifelt weiter. »Wie feige ist das denn? Ein wehrloses Baby.«

Claudia stammelte: »Allia, nicht …«

Schlagartig wurde mir klar, auf welch dünnem Eis ich stand, mit diesen Puddingbeinen. Doch ich konzentrierte meine ganze Energie, und ich setzte den ersten Fuß, immer mit den Händen am Geländer. Einundzwanzig Stufen. Und wenn ich nur eine einzige schaffte, ich wollte es versuchen.

»Besser, du hältst dich da raus, *corazón*«, rief Carlos mir zu. Arschloch, dachte ich nur. Wenn ich ihn weiter ansähe, dachte ich, dann bräuchte ich den Eimer wieder.

Ich fixierte Claudia.

»Gut«, fuhr Carlos fort. »Du willst es nicht anders.« Er liftete die Maske, nickte einem Kapuzenmenschen zu, der sich in Bewegung setzte. An einem Tag, ich wusste es noch genau, hatte er mir versprochen, mich nie zu verlassen. Gerade tat er es.

Claudia war aufgesprungen. Die Farbe der Rotweinlippen tendierte ins Schwarze, während ihr Teint Pergamentpapier glich. Mit drei Sätzen war sie am Altar. Nicht nur der beauftragte Kapuzenmensch, gleich mehrere Diener eilten zu mir die Treppe herauf, als wäre ich ein Elefant unter Mäusen, den es zu erlegen galt, während Claudia wohl ein lichter Moment erfasste, sie den Säugling an ihren Busen riss und zur Tür stürmte.

»Polizei!«

Ich traute meinen Augen nicht. Blaulicht flimmerte durch die Scheiben. Fünf bewaffnete Polizisten hatten den Raum gestürmt, unter ihnen mein Bekannter Weyers. Im Türrahmen stand eine ängstlich dreinblickende Georgina in rosa Baumwollschürze, die in ihrer Sorge um mich, und weil sie Carlos nicht erreicht hatte, den Notruf gewählt hatte.

Vorsichtig, an den Kapuzenmännern vorbei, kam sie zu mir herauf. Ihr Blick streifte ungläubig meine Beine.

»Alles in Ordnung, Frau Sánchez?«

Bevor ich in den Knien einknickte und auf die Treppe sank, küsste ich Georgina auf die Stirn und ernannte sie innerlich zu meiner persönlichen Hausgöttin.

Ich murmelte zu einem Polizisten: »Marc Bernstine, irgendwo da draußen.« Dann fing ich an, wie ein Baby zu schluchzen.

33

Natalja, Marc, Claudia, Ninchen

Knapp sechs Wochen waren vergangen. Claudia, die vorerst bei mir eingezogen war, schlief noch fest. Ich fragte mich, wie weit sie wohl gegangen wäre, für diesen Mika, letztendlich auch für Carlos. Hätte sie wirklich bei der Opferung Nathans tatenlos zugesehen? Sie hatte unter Drogen gestanden, das musste ich, das würden die Ermittler ihr zugutehalten. Laut ihrer Aussage hatte sie lange gezögert mit ihrem Beitritt zu den Aposteln, und es hatte große Differenzen zwischen Mika und ihr gegeben. Schließlich, zwei Tage vor Walpurgis, hatte Mika sie doch weichgeklopft. Nur haarscharf war sie am Wiedersehen ihrer eigenen Schwester vorbeigeschlittert.

Die Gerichtsverhandlungen liefen noch, es würde dauern, bis Claudia ihre gerechte Strafe erhielt. Was Vertrauen betraf, so hatte ich mit Marc weniger Probleme und konnte verstehen, wieso zwischen uns dieses Schweigen passiert war. Viel zu groß war seine Hoffnung gewesen, Dana zu retten und mich zum glücklichsten Menschen zu machen. Wenn ich so über sein Wirken in der Gruppe nachdachte, blieb dennoch manches für mich unfassbar. Da war etwa die Tatsache, dass die zwei wichtigsten Männer in meinem Leben Zeit miteinander verbracht und doch nichts von ihren Identitäten geahnt hatten. Manchmal, so Marcs Worte, habe er darüber nachgedacht, wo er Carlos schon einmal gesehen hatte. Erst gestern Nacht, als wir beide von einem Ausflug zurückkehrten und uns im Wagen vor meinem Haus küssten, kam ihm der Lichtblitz. Er hatte Carlos' Silhouette schon droben am Fenster gesehen.

Um kurz nach neun Uhr schlüpfte Marc zu mir ins Dschungelzimmer. Er hielt etwas hinter seinem Rücken versteckt.

»Was hast du da?«

Seine Augen strahlten, doch er ließ mich noch zappeln.

»Komm schon«, bat ich.

»Es ist ein schöner Gruß von deinem Nachbarn Koster.«

Ein schöner Gruß von diesem Irren?

»Deine Ohren sind gar nicht rot ...«

Die Neugier wollte mich aus dem bequemen Schaukelstuhl treiben, aber die Beine spielten noch nicht so recht mit. Marc ließ mich nicht länger leiden und holte das Geschenk hinter seinem Rücken hervor.

Da saßen – in einem Mini-Transportkasten – Agathe und Trudie!

»Moment mal«, beschwerte sich Marc, als ich nach meinen Lieblingen greifen wollte. »Was ist mit meiner Belohnung?«

Seine Locken kitzelten mein Gesicht, als ich ihn küsste. Ich ließ die Vögel frei.

»Erst saßen sie in Kosters Apfelbaum«, erklärte Marc. »Schließlich hat er einen Käfig gekauft. Eine Nachbarin muss ihm erzählt haben, dass du deine Tiere seit dem Frühjahr vermisst.« Zögerlich erkundigte ich mich nach den Rosellas. Marc schüttelte den Kopf.

Ich sagte: »Ich habe auch was Schönes für dich.« Ich angelte nach meinen roten Krücken, stand vorsichtig auf und begleitete Marc ins Wohnzimmer. Seit Tagen arbeitete ich mit einem Physiotherapeuten zusammen. Manchmal wollte mich der Mut verlassen, wenn ich einen Rückfall mit dem Selbst-Gehen erlebte. Über solche Durststrecken half aber Marcs Frohsinn hinweg.

Mit einer Krücke deutete ich auf das gerahmte Bild neben Danas Rose auf dem Klavier. Es war ein Foto von Nathan.

»Weißt du noch«, fragte ich Marc, »Tines Gesicht, als Weyers und wir beide ihr das Baby brachten?«

Diesen Ausdruck in ihren Augen würde ich nie vergessen. Spontan hatte sie Marc und mir das verführerische Angebot von Gratis-Schuhen auf Lebenszeit gemacht. Sie wusste wohl nicht, was sie tat, denn seit meine Beine brauchbar waren, begann mein Interesse für Schuhe zu wachsen.

Um die Mittagszeit saßen Marc und ich zu Tisch, mit Essen vom Inder. Geno machte sich schon mal über die Schüssel mit dem frischen Obst her, die Georgina ihm kredenzt hatte. Claudia hatte sich, noch satt vom späten Frühstück, zum Lesen in ihr Zimmer zurückgezogen. Ich aß Tandoori, zartes Huhn, superscharf, dazu Naan-Brot, Marc hatte Lamm. Ich fauchte, da die Schärfe des Essens meinen Hals zu verätzen drohte, und legte eine kleine Verschnaufpause ein. Mit den Händen auf meinem Bauch betrachtete ich Marc. Er sah klasse aus, schwarze Jeans, weißes Sporthemd, Ozeanaugen, und ich dachte über einen ganz besonderen Nachtisch nach, der aber warten musste, da es an der Haustür klingelte.

Ein Bote gab ein Päckchen ab, ich quittierte die Lieferung und bat den jungen Mann, das Päckchen ins Wohnzimmer zu bringen. Allmählich, so dachte ich schmunzelnd, sollte man über die Anschaffung eines zweiten Klaviers nachdenken, um alle lieb gewonnenen Souvenirs und Erinnerungen zu verstauen.

Behutsam öffnete ich das Päckchen.

»Schatz?«, fragte ich. Wenn ich Marc nur ansah, spürte ich Glück. Vieles hatte ich schmerzhaft lernen müssen, vor allem, wer meine echten Freunde waren.

»Darling?«

»Was hältst du eigentlich von den Güttler-Schwestern? Sind sie nicht niedlich?«, erkundigte ich mich, während ich zerknülltes Zeitungspapier aus dem Päckchen räumte. Am gestrigen Abend hatte Marc die beiden kennengelernt, da sie von Zeit zu Zeit mit einem Strauß Blumen vor meiner Tür standen, um mir eine Freude zu bereiten.

»Gebe Gott«, sagte er, »dass man so nicht endet. Wer schläft denn im Sarg? Na ja, aber doppeltes Lottchen – doppelt seltsame Ideen.«

Ich blickte auf meinen Bauch hinab. Inzwischen hatte ein DNA-Test die Wahrheit ans Licht gebracht: Marc war der Vater.

»Tja, mein Lieber«, sagte ich, »dann wappne dich mal besser für alles Doppelte. Es sind nämlich zwei da drinnen. Zwei strampelnde, ideenreiche Ninchen.«

»Zwillinge? Oh Liebes, was soll ich sagen ...«

»Sag nichts«, meinte ich und küsste ihn selig. Irgendwann schnappte er nach Luft und deutete auf das Klavier.

»Übrigens – was verbirgt sich denn in dem Päckchen?«

Ich nieste. Aber Marc legte den Arm um mich.

Mit einem Lächeln sagte ich: »Dana ist angekommen«, und dann befreite ich den blau funkelnden Diamanten aus seiner Verpackung, der nach einer Diamantbestattung aus der Asche meiner Schwester entstanden war.

Danksagung

Für die freundliche Unterstützung beim Verfassen von »Belzebub« gilt mein besonderer Dank den Autorinnen Emilia Licht, Katrin Rodeit, Katie Schweitzer und Christine Sylvester, meinen Testleserinnen Martina Bauer und Gerlinde Maier, meiner Lektorin Susann Säuberlich und last, but not least meiner Reiseführerin durch den schönen Taunus: Sabine Schuler.